徳間文庫

夜の塩

山口恵以子

徳間書店

第一章

新大橋を渡ると、深川高橋までは一キロもない。タクシーは二分足らずでアパートの前の路地に着いた。

「じゃあ、おやすみ」

寿人は名残惜しそうに重ねていた手を退けた。車の中ではずっと十希子の手を弄んでいた……撫でたり、揉んだり、柔らかく握ったり、様々に。それはつい小一時間前まで、十希子の身体のあちこちでしていたのと同じ動きだった。

「送って下さってどうもありがとうございました。どうぞお気を付けて。お父さまとお母さまにもどうぞよろしく」

十希子が車を降りてドアを閉めると、寿人は席を移し、窓ガラスを下げた。

「お母さんによろしく」

「はい。おやすみなさい」

十希子は走り出すタクシーに頭を下げ、エンジンの音が聞こえなくなるまでそのままでいた。寿人の家は麹町六丁目にある。日比谷から東へ隅田川を渡って十希子を送り届け、それから西へ引き返すのは大回りになる。十希子は遠慮したのだが、寿人は送っていくと言って聞かなかった……。

思い出すと頬が火照るような気がして、両頬に手を当てた。つい三時間前までの自分と今の自分が、まるで別人になったような気がする。自分でも知らなかった自分を寿人の手で教えられた。存在することにさえ無頓着だった身体中の皮膚の下に、恐ろしいほど鋭く繊細な神経が潜んでいたなんて、今でも信じられない。

歓喜の余韻は疼痛となって身体に刻印されていた。恥ずかしさと喜びが激しくせめぎ合い、やがて喜びが大きく膨れあがって全てを押し流していった時間が、名残を惜しんでいるのだ。

甘い余韻を楽しみながら、母のことを思い浮かべた。母は気付くだろうか？　何か尋ねるだろうか？

でも、いいわ。

十希子は大きく息を吸い込んだ。

すでに覚悟は決まっていた。寿人と交際を始めて一年になろうとしている。茨の道だったが、二人の忍耐と粘り強さが実を結んだ。今日、寿人の母がついに折れたのだ。六月には結納という話まで出た。そして今夜、二人はこれ以上ない確かな約束を交わした。もう誰も、二人を引き離すことなど出来ない。だから今夜のことはふしだらではなく、愛情と信頼の結果なのだ。

十希子は路地に立って二階建ての仕舞屋を見上げた。終戦の翌年、懇意にしている大工の棟梁に頼んで建てたという家は、こぢんまりしているが安普請ではない。焼け跡から家を再建したのは近所でも一番早かったと、いつか大家さんは自慢していた。夜の早い大家さんはすでに就寝したらしく、一階の電気は消えていた。二階も真っ暗だ。

母も寝たのだろうか？　十時を過ぎてはいるけれど、まだ寝るには早い。第一、十希子が帰宅する前に布団に入ったことなど、一度だってないのに。

玄関の鍵を開け、音を立てないように気をつけて戸を開けて中に入り、足音を忍ばせて二階に上がった。

二階は六畳と四畳半の二間にご不浄と小さな台所が付いている。間借り人は十希子母子しかいない。アパートとは言うものの、年寄りの一人暮らしは不用心だからと、娘たちが嫁いだ後で大家さんが自宅を改装した住居なので、賄いの付かない下宿に近かった。

二階に上がるとすぐ母の居室と茶の間を兼ねた六畳間がある。暗くても誰もいないのが分った。取り敢えず電灯を点け、隣の四畳半との境の襖を開けた。そこは十希子の部屋だ。当然ながら誰もいない。茶の間を見回し、書き置きでもないか目で探したが、それらしきものも見当たらない。

十希子は拍子抜けして、ちゃぶ台の前にペタンと座り込んだ。安堵と心配が半々で胸に湧く。

昨日は土曜日で半ドンだった。十希子が午後早く学校から帰ると、保子はよそ行きの着物に着替えていた。出勤時間にはまだ早いし、それに一越縮緬の小紋は通勤にしては上等すぎる。

「お母さん、お出かけ？」

すると保子は目を伏せた。

「女学校時代の友達が亡くなったの。昼前になみ江さんから連絡があってね」

「まあ。それはお気の毒に」

保子の同級生ならまだ四十六か七だろう。

「伊豆の旅館に嫁いだ人でね。今夜がお通夜で、明日がお葬式なんですって。なみ江さんは行かれないので、お母さんに代理も兼ねて、両方共出て欲しいって仰るのよ。お母さんも戦争以来ずっと会っていなかったから、ゆっくりお別れしてこようと思うの」

「そうね。それが良いわ。うちのことは心配要らないから、ゆっくり行ってらしてね」

そんな遣り取りのあと、保子は喪服を風呂敷に包み、出掛けていった。ベージュ地に柳の葉を染め出した小紋がよく似合い、母はいつもより若々しく、華やいで見えた。もしかして、葬儀の席で昔の同級生と久しぶりに再会して、積もる話に滞在を延ばしたのかも知れない……。

十希子は自分に言い聞かせ、不安を打ち消した。

考えてみれば父が亡くなって以来、母は働き詰めで気の休まるときもなかった。それが去年、一人娘が無事大学を卒業して教職に就き、今また将来の夫を得た。定めし肩の荷が下りて、ホッとしたことだろう。少し気が緩んだところかもしれない。母だってたまには娘時代に帰って、気兼ねなく過ごしたいはずだ……。

十希子は米びつから米を二合取り、文化釜にあけてよく研いで水を張った。明日の朝、すぐ火に掛けて炊けるように。一合は明日帰ってくる母の分だ。

炊飯の準備を終えて寝間着に着替え、布団を敷いた。顔を洗って床に入ると、幸せの味を反芻するように今日の出来事を振り返った。

午後二時に日比谷の日活国際会館の前で寿人と待ち合わせた。三年前に完成したばかりの近代的な建物で、パステルカラーのタイルと曲線を活かした明るく軽快なスタイルは、戦後の気分を象徴していた。何より、上層階を占める日活ホテルには、去年来日したマリリン・モンローが泊まったことで話題を集めた。

一階のアメリカンファーマシーと地下二階の、モンローがネックレスを買ったという「マトバ真珠宝石店」を冷やかしてから、有楽座でエリザベス・テイラー主演「雨の朝巴里に死す」を観た。

前もって寿人から「この映画はフィッツジェラルドの『バビロン再訪』が原作なんだよ」と教えられていたので、前日大急ぎで件の短編集を読んで映画に臨んだのだ。

予習してきて良かったと思ったのは、映画館を出てから日活国際会館に戻り、レストランで食事となったとき。話題はもっぱら映画と原作の違い、そして『バビロン再訪』に収録されているフィッツジェラルドの短編小説になって、話が弾んだ。本当は、十希子はフィッツジェラルドはあまり好みではなく、フォークナーが好きだった。特に短編の、ユーモアとペーソスのそこはかとなく漂う作品が大好きだった。そして、寿人の好きな作家を同じ気持ちで好きになれないことに、ほんの少し後ろめたさを覚えたのだった。

相葉（あいば）寿人は優秀な英語教師で、頼りになる先輩だった。ようやく衣食住が整ってきた社会の中で、英字新聞を購読し、英米の新刊を原書で読む姿は育ちの良さを感じさせ、垢抜（あかぬ）けていた。長身白皙（はくせき）の美青年だが、それを鼻にかけるようなところはまるでなく、同僚の女性教師や生徒たちにも優しく自然な態度で接していた。

十希子はそんな寿人を見るうちに好感を抱くようになったが、やがて寿人の方も十希子に特別な関心を抱いていることに気が付いた。二人の気持ちは自然に寄り添い、やがて恋愛感情へと高まっていった。

デザートの皿が下げられ、食後のコーヒーが運ばれてくると、寿人は極めて自然な口調で「上階（うえ）に部屋を取ってあるんだ」と告げた。

十希子は頬がカッと熱くなるのを感じ、俯（うつむ）いて目を逸（そ）らした。恥ずかしさに、まともに寿人の顔を見られなかった。それでもハッキリと頷（うなず）いた。予感はあったのだ、今日、家を出るときから。だから下着は全部新しい物を身につけていた。そして……。

もちろん、相手が寿人でなければそんなことは考えなかっただろう。結婚前に男に身を任せるなど、ふしだらと非難される行為だ。しかし、過去一年の交際を通じて、十希子は寿人の人柄を、その誠実と清潔を充分に感じ取った。やっと寿人の母親から結婚の許しを勝ち取ったこの記念すべき夜に、愛の証を求められて拒んだとしたら、それこそ愛を裏切る行為ではなかろうか。

「マリリン・モンローと同じ部屋でなくて残念だけど」

部屋のドアを閉めてから、寿人は冗談めかして言った。それから二時間ほど、まともな会話はなくなった。

十希子は自分の身に起っていることが、とても現実とは思えなかった。これ以上ない実感を伴っているのに、意識が感覚に追いつけない。二人の間にこんなことが起るなんて、全身を……自分自身で見たことのない部分さえも、寿人の目の前に晒しているなんて。

電灯を消した暗い四畳半で布団に横たわっていると、あのひと時の記憶が生々しく甦る。それだけで全身が火照り、今更ながら羞恥に身をよじった。

これは、二人だけの秘密なんだわ。

十希子は自分に言い聞かせた。

今夜、秘密の扉が開いた。そこから先に道が続く。結納や、婚約指輪や、花嫁衣装や、結婚生活に続く道が。女性として歩むべき道が。多くの人に祝福され、寿人と二人で歩いて行く道が。行く手に待っているのは幸福に違いない。きっと、きっと……。張り詰めていた糸がプツンと切れたように、十希子はいつの間にか深い眠りに落ちていた。

翌朝は六時ピッタリに目が覚めた。一応目覚まし時計は仕掛けてあるが、毎日の習慣なので、鳴る前に目が覚める。

布団をたたんで押し入れにしまい、通勤着に着替えて前掛けを締め、台所の流し台の前に立った。まず文化釜をガス台に載せ、点火した。それから顔を洗い、味噌汁の鰹節を削る。七時過ぎないと豆腐屋は売りに来ないので、具は買い置きの麩かとろろ昆布にする。

ご飯が炊きあがる頃合いで、階段を降りた。

「おはようございます」

襖を開け放って畳に箒を掛けている大家の矢部ふさに挨拶する。

「おはよう。今日も良い天気よ。毎年桜が散った後は、本当に良い陽気だ」

白い割烹着姿に手拭いを姐さんかぶりにしたふさは、いつものようにせかせかと挨拶を返す。来年古希を迎えるというが、腰も曲がっていないし、頭もハッキリしているし、とてもそんな年とは思われないほど元気だ。そして、祖父母の代から下町で暮らしている人らしく、面倒見は良いがお節介ではない。間借り人の生活に必要以上に干渉することがなかった。十希子も保子も、良い大家さんに恵まれたと思って感謝していた。

十希子は玄関を出て、表の郵便受けから朝刊を二部、隣の牛乳箱から牛乳瓶二本を取った。新聞はまだ暗いうちから、牛乳はそれから三十分ほど後に配達される。

十希子は上がり框に新聞を一部置いて声をかけた。

「新聞、こちらに置いときます」

「ああ、ありがとう」

十希子の家は朝日新聞、ふさは毎日新聞を取っている。「東京日日新聞からの付き合いだから、今更浮気できないわよ」というのがふさの弁だ。そして、ふさは牛乳は取っていない。

二階に戻り、冷蔵庫を開けた。土曜日に配達してもらった氷は溶けて半分以下になっている。明日は氷屋さんに注文しないといけない。十希子は保子用の牛乳を一本冷蔵庫に入れ、扉を閉めた。

炊きあがったご飯をお櫃に移す前に、まず牛乳の栓を開け、ゆっくりと飲み干した。

配達を二本に増やしたのは、十希子が白樺学園の英語教師に採用が決まった後だ。それまでは牛乳を飲むのは十希子だけだった。

「健康のために、お母さんも一緒に飲みましょうよ」

「いいわよ、もったいない」

「牛乳代くらい、私が出すわよ。これからはお給料も入るし、少しくらい贅沢したって大丈夫よ。それに、牛乳は贅沢じゃないわ。カルシウムは私より、お母さんの方が必要なんだから」

そんな遣り取りを思い出すと、胸がキュンと締め付けられ、切なくなる。母はいつも娘第一で、自分のことは二の次だった。

でも、これからは違う。私は教職についた。そしてもうすぐ、立派な人と結婚する。いくらでも親孝行できる。今まで苦労をかけた分、うんと恩返しして、お母さんにも幸せになってもらわなくちゃ。

ご飯を蒸らしている間に、冷蔵庫から出した塩鮭を焼き、ホウレン草をバターで炒めた。朝ご飯のおかずに少し食べ、残りは弁当に詰めるのだ。

文化釜からお櫃にご飯を移し終え、上から布巾を掛けた。こうすると余計な水分が飛んでご飯が美味しくなる。冷めたら布巾を取って蓋をすると、ご飯の保ちが良い。

ちゃぶ台を出して朝ご飯を並べた。ご飯、味噌汁、塩鮭とホウレン草のバター炒めが少々。それに常備している塩昆布と錦松梅。いつもなら母の手製の糠漬けがあるのだが、昨日一日留守にしていたので、糠床は何も入っていなかった。

十希子は食後のお茶をゆっくり飲んでから立ち上がり、アルマイトの弁当箱に中身を詰めた。ご飯の真ん中にはいつものように梅干しを一粒押し込んだ。これは母の厳命で、梅干しは食中毒を防ぐという。だから何年か経つと、弁当箱の蓋は梅干しの酸で穴が空いてしまうのだった。

「小学校の頃、六月に町内会で遠足があって、お醤油ご飯のおにぎりが配られたの。でも、お母さんはお祖母ちゃんに作ってもらった梅干しのおにぎりを持っていったので、残念だったけど遠慮したわ。そうしたら、お醤油のおにぎりを食べた人たちは、みんな食中毒になっちゃったのよ」

それは母のお気に入りのエピソードで、子供の頃から何度聞かされたことだろう。

十希子は手早く洗い物を済ませ、前掛けを外した。母にはご飯と味噌汁しか用意していないが、近所の店では色々な総菜を売っているので、充分だろう。弁当箱を大判のハンカチで包んで鞄に詰め、上着に袖を通して部屋を出ると、トントントンッ、まな板に包丁の当たる音が階下から小気味よく響いてくる。

十希子は玄関に降りて靴を履き、奥の台所に声をかけた。

「それでは、行って参ります」

「行ってらっしゃい」

包丁の響きが止まり、ふさが顔だけ振り向けた。

いつもと同じ、月曜の朝だった。保子がいないこと以外は。

路地から新大橋通りに出ると都電36系統の線路が走り、菊川一丁目の停留場が目の前にある。十希子と保子は毎日この停留場から乗って、それぞれの停留場で降りた。十希子は錦糸町で、保子は築地で。十希子はそこから国電総武線に乗って御茶ノ水まで行き、保子は歩いて銀座東七丁目の店まで行く。

もっとも、同じ時間に停留場に立ったことはない。十希子が家を出るのは朝の七時で、保子は午後三時半だった。帰りも、十希子は夕方の都電で帰ってきたが、保子は仕事が十一時過ぎまであるので都電には間に合わず、国電に乗って新橋から錦糸町まで来て、駅から家までは徒歩だった。たまに仕事が深夜まで延びたときは、店から車代が出た。

錦糸町駅前には都電の線路が縦横に走っている。錦糸町始点で築地終点の36系統のほかに、有楽町の都庁前終点の28系統、葛西橋と須田町を結ぶ29系統、錦糸堀と大塚駅前を結ぶ16系統、錦糸堀車庫前と日本橋を結ぶ38系統、西荒川と日比谷公園を結ぶ25系統など、多くの路線が駅前を通るのだ。去年の三月まで、十希子は16系統に乗って大塚窪町（くぼまち）で下車し、お茶の水女子大に通っていた。

車の通行が増え、都心ではそろそろ交通渋滞が始まろうとしている時代だった。

駅が近づくとまず目に入るのは、南側の道路沿いに建て混んだバラック街だ。重工業物資の製造・供給源として三月十日の大空襲で徹底的に焼き尽くされた墨東（ぼくとう）一帯だが、錦糸町の復興は早く、終戦の翌年には千葉方面と海からの食糧調達を土台に東京の東側最大の闇市（やみいち）が出来上がった。それが今も続くバラック街で、アマカラ横丁と呼ばれている。その右奥にはやはり戦後復興した歓楽街・江東楽天地の看板が覗（のぞ）く。

十希子は都電を降りて国電の駅の改札口へ向った。四月半ばの朝は爽（さわ）やかで、空がまぶしいほど青かった。あと一月もすれば初夏の陽気で、半袖の似合う季節になる。

そうだわ。六月の結納に備えて、落下傘スタイルのワンピースを注文しよう。

十希子は「装苑」で見たグラビア写真を思い浮かべ、ウキウキした気分で駅の階段を上がった。

白樺学園は明治後期に創立されたキリスト教系の女子学校で、戦前は小学校六年と女学校五年を併設していたが、戦後は小学校・中学校・高校、そして短期大学を新設した。世間的には所謂良家の子女が通うお嬢様学校と位置づけられている。

旧神田区駿河台二丁目にあった校舎は辛くも戦災を免れ、アントニン・レイモンド設計の優美な姿を今に留めている。だが、学校から出征した男性教職員五人は、誰一人生還出来なかった。

「おはようございます」

十希子が白樺学園に到着するのは大体七時半を回った頃だ。守衛に挨拶して通用口から校内に入る。

生徒は八時十分までに登校する。十五分から月・水・金は校庭で朝礼、火・木・土は教室で園長先生の訓話の放送を聞き、八時三十分から授業が始まる。

「おはようございます」

職員室のドアを開け、十希子はまず目で寿人の姿を探した。英語教師の机のある一角に、すでに寿人は座っていた。胸の高鳴りを抑え、緩みそうな頬を引き締めて、十希子も向かいの席に腰を下ろした。寿人は顔をうつむけて熱心にガリ版を切っている。

十希子は無関心を装って、カバンから授業で使う教材を取り出した。

「あら、なんですの?」

後からやって来た中年の女教師が、寿人の手元を覗き込んだ。

「来月、中等部三年C組の神田リサが転校するんで、別れの手紙を文集にまとめようと思いまして」

「ああ、確かお父さんが通信社で、海外の支社へ赴任なさるんでしたわね」

「アメリカへ行けるっていうんで、クラスの子はみんなうらやましがってますがね」

白樺学園は小学校が二百人、中等部と高等部がそれぞれ百五十人、短大が百人弱、総勢六百人の小規模な学園だから、教師は全校生徒の顔と名前を知っている。中等部や高等部になると生徒の家庭の事情まで熟知するようになるのだ。

そろそろ朝礼の始まる時刻だった。教員たちは席を立ち、職員室を出て校庭に向った。

十希子は去年、大学を卒業すると同時に、白樺学園に英語教員として採用された。今は中等部と高等部で英語の授業を行っている。来年は定年退職する教員が二人いるので、高等部のクラス担任を任されることが決まっていた。

白樺学園の女性教師はほとんどが卒業生で、キリスト教の洗礼を受けたシスターもいる。十希子のように国民学校、都立第二高等女学校、お茶の水女子大学と公立ひと筋で学んだ、信仰も持たない若い女が教師に採用されるのは、異例と言ってよかった。

これはひとえに学園長白瀬慈子の推挙による。

十希子の父篠田俊彦は、かつて白樺学園の英語教師だった。東京高等師範学校を卒業してすぐ奉職し、昭和二十年に応召するまで勤続した。白樺学園は昭和二十年三月の決戦教育措置要綱によって全授業が停止され、生徒が勤労動員されるまで、英語の授業を続けるリベラルな校風を維持していた。それもまた、白瀬学園長の理念と気骨によるものだったろう。

赤紙が届いたとき、父はすでに三十八歳だった。アメリカの新聞や雑誌を購読してある程度英米の実情に通じていた父は、十二月八日の対英米開戦には顔を曇らせた。外では黙っていたが、家族には「とても勝ち目はない」と漏らしていたし、母も戦争に懐疑的だった。だから十希子も同級生のように盲目的に日本の勝利を信じる事ができなかった。勿論、口には出さなかったが。

父に赤紙が来て、十希子は絶望的な気持ちになった。中年の域に達した者まで駆り出さなくては戦えない戦争なら、勝ち目がないのは明らかではないのか。

母と十希子は理不尽な運命を嘆き、呪ったが、父は最後まで気丈で、弱音を吐かなかった。

「これでも昔は野球部の四番打者で鳴らしたもんだ。大丈夫、お父さんは必ず無事で帰ってくるよ」

そう言って白い歯を見せたが、南方の戦線に送られた父は帰ってこなかった。すでに軍需物資は底を尽き、兵は武器弾薬も食料も満足に支給されなかったとは、後で知ったことだ。

出征する俊彦に、白瀬学園長は言った。

「とにかく生きてお帰り下さい。手や足が一本なくなっても教師は続けられます。必ず、生きてお帰りになるんですよ」

母の保子は十希子に何度も言ったものだ。

「園長先生の言葉は、涙が出るほど嬉しかったわ。ご武運を、なんてきれい事を言わずに、とにかく生きて帰って来なさいって言って下さったのは、園長先生だけでしたよ」

父が出征してからも、学園長は何くれとなく親切にしてくれた。母はその恩を忘れず、毎年クリスマスカードと暑中見舞いは必ず送っていて、十希子が戦前は東京女子高等師範学校として知られたお茶の水女子大に合格した時も手紙で報告した。すると

「篠田先生の忘れ形見が同じ教育の道を歩むことには、運命を感じます。卒業後は、是非当学園で教鞭を執っていただきたく存じます。篠田先生は明るく円満なお人柄で、

学識豊かで優秀な教育者でいらっしゃいました。そのお嬢さんなら、これ以上望ましい人材はありません」という返事が来た。

白樺学園の教師は狭き門で、募集自体が滅多にない。十希子は早速手紙を持って、白瀬学園長に挨拶に行った。

あの日、十希子をひと目見るなり、白瀬慈子は目を潤ませた。

「……ご立派に成長なさって。篠田先生もどんなにか喜んでおいででしょう」

十希子は何故か、祖母と対面しているような感覚を覚えた。慈子が十希子に示した親しみは、元の教員の娘に対するものとしては、濃密すぎるほどだった。そして、十希子を見つめる眼差しに、十希子を通して誰かの面影を探そうとするような気配を感じた。

祖母のようだと思った第一印象は、その後も覆ることはなかった。慈子は常に優しく大らかな態度で十希子に接し、新米教師の奮闘を寛大に見守ってくれた。結婚に反対していた寿人の母がついに折れたのも、慈子が直接会いに行って説得してくれたからだと、寿人から聞かされた。

初めて会ったとき、慈子は七十少し手前だった。大柄で姿勢が良く、名門校の長に相応しい威厳と貫禄を備えていた。髪は白かったが、肌は艶があって目立つシワもなく、年齢よりずっと若々しかった。

今、校庭で演壇に立ち、話をしている慈子は五年前とあまり変っていない。年を取るのを忘れてしまったかのようだ。

十希子はふと、父が初めて白樺学園に着任した頃、学園長はどのような女性だったのだろうと想像した。

始業のベルが鳴った。

十希子は高等部の教室に向った。

「起立！」

十希子が二年A組の教室に入ると、クラス委員の生徒が号令をかけた。

「礼！」

おはようございます、と三十人分の高い女声が響く。それでも中等部に比べると低い。女声もまた、学年が上がる毎に低くなるのだ。

「おはようございます」

十希子も壇上で挨拶を返し、机の上に教科書と副読本を置いた。

高等部の授業では、開始の十五分間、生徒の選んだ英語の原書を使って、翻訳の遣り取りをすることにしていた。そうすることで生徒の英語への興味を高めるのが狙いだが、今のところ大成功だった。

「それでは、どなたか、お好きな文章を書いて翻訳してください」

一斉に手が上がった。それというのも、今回生徒たちが選んだ作品は世界的ベストセラー『風と共に去りぬ』で、戦前に三笠書房から出版された翻訳が日本でも大評判となった。三年前には日本でも映画がロードショー公開されて大ヒットし、その華麗な映像美も相俟って、未だに根強い人気を博しているのだ。

十希子は酒匂千夏という生徒を指名した。活発で向こう気が強く、それだけに個性的な意見を言うので面白い。

千夏は黒板の前に進み出ると、スラスラと英語の文章を書き、くるりと前を向いた。

「たとえ敗北に直面しようとも、敗北を認めない祖先の血を受けた彼女は、昂然と顔を上げた。必ずレットを取り戻すことが出来るだろう。必ず出来るはずだ。一度心を決めたら、手に入らない男なんて、これまで一人もいなかったんだもの」

生徒たちの間に、忍び笑いがさざ波のように広がった。大胆な文章への恥じらいと、それを書いた千夏への賞賛が、つい外に漏れてしまった感じだった。

「はい、けっこうです。見事な翻訳ですね」

十希子は軽く手を叩いた。ほとんど大久保康雄の訳の引き写しだが、原文を暗記し、ほぼ間違えずに書き移した努力は褒めてあげなくてはなるまい。それにお決まりの「明日は明日の風が吹く」を引用しないのも、個性的で良い。

「酒匂さんは、この文章のどういうところが気に入りましたか？」

「はい。スカーレットの性格がよく出ていると思いました。欲しいものがあったら見境なく突進するエネルギーと、デリカシーがなくて、単純で身勝手なところが」

千夏は得意そうに述べて席に戻った。

「私はこれです」

十希子は千夏の書いた文章の下に、英文を書いた。

「これは命からがらアトランタからタラへ帰ってきたスカーレットが、その凋落と荒廃に打ちのめされて、自らに叫ぶシーンです。映画でも印象的な場面でしたね」

神様を証人にして、あたしは誓う。あたしはヤンキーなんかに屈しない。どこまでも生き抜いてみせる。そして、戦争が終わったら、もう二度とひもじい思いなんかしない。そうだ、うちの人たちにだって、絶対にそんな思いはさせない。よしんば、そのために盗んだり、人殺しまでしなければならないとしても——。（大久保康雄、竹内道之助　訳）

「私はこのセリフに、スカーレットの本質があるように思います」

十希子は「うちの人たちにだって云々」の部分に、赤いチョークでアンダーラインを引いた。

「スカーレットはみなさんとあまり変らない若さで、幼い息子と気の狂った父と二人の妹、マミーやポークなどの使用人、それにメラニーとアシュレの一家、母方の親戚など、二十人近い人たちを養う責任を負いました。彼女は嘘をつき、盗み、人を殺しました。でも、どんな苦しいときも、庇護している人たちを見捨てませんでした。お嬢様育ちの彼女が畑を耕し、綿花摘みの重労働をしてみんなを養ったのです。成功してお金持ちになれば、それぞれ身の立つように、キチンと報いています」

生徒たちは意外そうな顔をした。十六、七歳の彼女たちは、もっぱらスカーレットとレット・バトラー、アシュレの恋模様に夢中で、その周辺事情や背景には興味が及ばない。

十希子自身、女学校時代に読んだときはそうだった。今回、授業のために読み直して、新たな発見が多々あった。特に大勢の扶養家族を抱えて奮闘するくだりには、すっかり感心してしまった。自分にはとてもこんな真似は出来ないと、頭の下がる思いだった。

「徳川家康は『人生は重い荷を背負って険しい山道を行くようなものだ』と言いまし

たが、この言葉はスカーレットにもピッタリだと思います。アシュレはそれを『侠気』という言葉で賞賛していますね。『自分の知っている中で、もっとも侠気に富んだ婦人だ』と」

生徒たちは明らかに不満そうな顔をした。千夏は露骨に「え〜？」という顔をしている。

「それをスカーレット自身よりもよく理解しているのは、メラニーでした。その次がレット・バトラー、アシュレ、それに妹のスエレンと結婚するウィル・ベンティンでしょうか。だからこれらの人たちは、多くの欠点があるのを承知の上で、スカーレットに尊敬と愛情を抱いたのだと思います」

十希子はゆっくりと生徒たちを見回した。

「名作というのは、読み手の年齢に合わせて様々なことに気付かせてくれます。十年後、二十年後、是非もう一度『風と共に去りぬ』を読んでみてください。今回とはまた違う、新しい発見、新しい感動と出会えるはずです」

昼休み、十希子は職員室へ引き上げた。担任を持っている教師は、受け持ちの教室で生徒と一緒に弁当を食べるので、残っている教師は少ない。

十希子は隣の事務室へ行って電話を借りた。

「もしもし、二階の篠田でございます。矢部さんのお宅でいらっしゃいますか?」

「あら、ときちゃん」

幸いなことに大家のふさの家には電話があるので、すぐに母を呼び出してもらえる。電話のない家は、ご近所にかけて呼びに行ってもらわなくてはならない。

「畏(おそ)れ入りますが、母をお願いできますか?」

「いいえ、お母さんは帰ってませんよ。私は朝からどこにも出掛けていないから、間違いないわ。ちょっと待って。念のために二階を見てくるから」

言うが早いか、ふさは受話器を置いた。「田舎のバスで」の歌声が聞こえた。茶の間のラジオから流れてくるのだろう。ほどなく、再びふさの声が聞こえた。

「やっぱりお留守よ。誰もいないわ」

「……そうですか。お手数かけて、申し訳ありません」

「いいわよ。もし何か言付けがあるんなら、伝えときますよ」

「畏れ入ります」

「そうだわ。もしかしたら、駅から直接『千代菊(ちよぎく)』へ行くのかも知れないわね」

保子は『千代菊』という料亭で仲居として働いている。

「そうですね。ありがとうございます。特別言付けもありませんので、結構ですわ。ご面倒かけました。失礼いたします」

十希子はペコリと頭を下げて、受話器を戻した。

ふさに「駅から直接職場に行ったのではないか」と言われ、何となくそんな気がしてきた。一度アパートへ戻ってから出勤すると、二度も隅田川を渡ることになる。新橋駅からまっすぐ銀座東七丁目に向う方が、ずっと合理的だ。

十希子は職員室に戻り、自分の机で弁当を広げた。

「篠田先生、菊端さんという方からお電話です。緊急だそうです」

六時間目の授業を終えて職員室に戻った途端、事務員が呼びに来た。

「はい」

すぐに電話に駆け寄った。菊端とは、母が勤めている料亭の主人、菊端なみ江に違いない。

「十希子ちゃん、大変なの！　とにかく、すぐ店に来てちょうだい！」

受話器を通して流れてくるなみ江の声は、日頃とは別人のように尖って耳障りで、口調はすっかり取り乱していた。

「あの、……母に何かあったんでしょうか?」

「大変なのよ。電話じゃ、とても言えない。とにかく、すぐ来て。お願い……」

最後の方は明らかに涙声だった。ただ事ではない。

「分りました。すぐにお伺いします」

緊張が喉(のど)を締め付けて、十希子の声も震えていた。

「すみません。母に何かあったようなんです。申し訳ありませんが、今日はこのまま帰らせて下さい」

教頭に申し出ると、すぐに了承された。電話での遣り取りで緊急事態と察していた様子だ。

「気をつけて。何かあったら学園に電話しなさい」

「ありがとうございます」

慌ただしく職員室を飛び出すと、寿人が追ってきた。

「お母さんに何か?」

「分らないの。でも、ただ事じゃないらしいわ」

「僕も一緒に行くよ」

十希子は首を振った。

「大丈夫ですわ。向こうの女将さんもいらっしゃるから」

だが、寿人の心遣いは嬉しかった。

「君の手に余ることがあったら電話するんだよ。学校でも、家でも」

「はい」

寿人は素早く十希子の手を握った。十希子もその手を握り返してから、そっと力を抜いて放した。

校門を出た十希子は、目の前を走ってきたタクシーに咄嗟に手を挙げた。歩いている時間が惜しかった。

「千代菊までお願いします」

それだけで通じる。

千代菊は築地川に架かる千代橋のたもとに建つ料亭だった。この一帯は所謂料亭街で、以前は木挽町と呼ばれていた。近隣には金田中・花蝶・芳翠園といった有名料亭が軒を連ねている。通り一つ隔てて新橋演舞場があり、築地川の対岸には都立築地産院がある。そしてこの時期、見番に籍を置く新橋芸者は四百名を数えた。

近くの通りには、すでに客待ちの人力車が何台か駐まっていた。芸者衆が置屋から料亭に行くときに利用するが、客も近場の移動に使っていた。

料亭は建物の周囲を高い塀で囲っていて、外からは中の様子が窺えないようになっている。千代菊の塀は黒板塀で、秘密めかした感じがいっそう強く漂っていた。長屋門を模した造りの正門の脇に小さな通用口があり、十希子はそこをくぐって中に入った。

門から玄関まで続く石畳にはすでに打ち水がしてあり、濡れた表面が黒く光っていた。

玄関の戸は開け放たれていて、広い式台が見える。よく磨き込まれているのだろう、鈍い光沢を放っていた。

一歩足を踏み入れようとして、石畳に置かれた白い塊に気が付いた。玄関の外の隅っこにひっそりと置かれた、一つまみの白い円錐形。それが「盛り塩」とは後に知った。家の中に邪気を入れないためのまじないだと。

だが、そんなものはすぐ意識の外に消えた。十希子は一つ息を吸ってから、声を張った。

「ごめん下さい！　篠田保子の娘です！」

パタパタと足音がして、廊下の奥から中年の女が現れた。紺色の無地の着物に白地の帯を締めている。動揺しているらしく、目が落ち着きなく動き、瞬きが多かった。

「あなた、保子さんの娘さんね？　裏へ回って。そっちから上がって」

女は立ったまま早口で言い、道順を示すように右手を左の方へぐるりと回した。

十希子はすぐさま玄関を出て、小走りに建物を左に半周し、勝手口に達した。そこは正面玄関とは対照的で、二畳くらいの三和土(たたき)に簀の子(すのこ)を敷き、壁際に下足棚があるだけの質素な造りだった。

中年の女は先に来て待っていた。

「こっちへ。警察の人が来てるのよ」

十希子は女の後について歩きながら、込み上げる不安と戦っていた。母は事故に遭ったに違いない。それとも、何か事件に巻き込まれたか。とにかく、無事でさえいてくれたら……。

女はある部屋の前で廊下に膝(ひざ)をつき、襖越しに声をかけた。

「女将さん、保子さんの娘さんが見えました」

女が襖を開けると、入り口に背を向けて座っている二人の男の背中が見えた。

案内されたのは昔「内所」と呼ばれた主人用の居室で、奥に長火鉢があり、壁には神棚が祭られていた。

中央に置かれた座卓の正面に女将の菊端なみ江が座っていて、十希子を見て腰を浮かしかけた。髪をふっくらとアップに結い、白大島に藍色の塩瀬の染め帯を締めている。こんな時なのに、十希子はなみ江の華やかな美しさに目を奪われた。心労で表情を曇らせた姿にも、雨に濡れた白い牡丹の花のような風情が漂っている。

「ああ、十希子ちゃん……」

二人の男が振り向いた。四十くらいの中年と、三十前の若い男だ。若い方が十希子を見るなり「あっ」という顔になった。

「十希子ちゃん、こちらへいらっしゃい」

なみ江が自分の隣を手で示してから、男たちに言った。

「保子さんの娘の十希子さんです。一人娘で、母一人、子一人だったんですよ」

なみ江が袂から取り出したハンカチで目頭を押さえた。

十希子は一瞬、部屋がぐるりと回転したような感覚に襲われた。「母一人、子一人だった」「だった」だった……!?

「こちら、刑事さんと、検事さんよ」

なみ江が洟をすすりながら紹介すると、先に中年男が「静岡県警の平山です」と名乗り、続いて若い方がほんの少し膝を進めた。

「東京地検の紺野です。正月にお目にかかりましたね。相葉に紹介してもらいました」

紺野という検事は、わずかに微笑んだ。十希子の気持ちを和ませようとしたのかも知れないが、その努力は無駄だった。先ほどから十希子はもう何も考えられなくなっていた。今年の正月、寿人に中学以来の親友だという青年を紹介されたが、そんな記憶はどこかに飛んでしまった。

紺野がチラリと平山を見ると、平山は小さく頷き、口を開いた。

「お嬢さん、大変お気の毒ですが、あなたのお母さんは亡くなりました。伊豆の修善寺(しゅぜんじ)にある『みたけ荘』という旅館で」

「亡くなりました」という言葉が、耳の中で大きく響いた。

「あの、事故ですか？」

平山は黙って首を振った。

「男と一緒でした。前岡孝治(まえおかこうじ)という三晃(さんこう)物産の社員です」

十希子は平山の言葉をもう一度頭の中で反芻した。そうしないと、意味が分からなかった。母は死んだ。男と一緒に。それは……。

十希子は平山、紺野、なみ江の顔を順繰りに見ていった。痛ましいものを見るのを避けるように、誰もが目を逸らした。

「警察じゃ、保子さん、前岡さんと心中したんじゃないかって」

なみ江が口を切ると、紺野が後を続けた。

「今年、東京地検特捜部は、三晃物産と新甫（しんぽ）鉄鋼との間の架空取引を摘発しました。詐欺罪で逮捕した関係者の供述と押収書類から多額の使途不明金の存在が明らかになり、現在も捜査は続行中です。前岡は資金課長で、現社長穂積琢磨（ほづみたくま）の女婿（じょせい）でもあり、金の流れを知る立場にありました。我々としては前岡を召喚して事情を聴くべく、手続きを進めていたところでした。それが、明日にも呼び出すという直前で、姿をくらましたんです」

十希子は紺野の話が理解できなかった。そんなこと、母とはなんの関係もないのに。

平山がポケットから手帳を出し、開いた頁（ページ）に目を走らせながらおよその状況を説明した。

「二人は十六日、土曜日の午後遅く、連れ立ってみたけ荘に到着しました。宿にはその二日前に予約を入れていたので、すぐに部屋に通されました。宿帳には山川一郎、同妻と前岡が記したそうです。その後、夕食が出され、女中が床を延べて下がると、それ以降、宿の者は部屋に近づいておりません。そして翌朝、床を上げに来た女中が二人が死んでいるのを発見し、すぐに警察に通報して、地元警察が駆け付けました」

　前岡は偽名を使っていたが、所持品の中から定期券が見つかって身元が特定された。保子の方はさらに手間取ったが、所持していた千代菊のマッチからたどり、今日になってようやく身元が判明したのだった。

「三晃物産さんはうちのお得意様なのよ。商談や接待でよくお使いいただいてるの。係は保子さん。だから、前岡さんとも懇意にしてたわ。幹事役だから、お勘定も前岡さんを通していただくし」

「前岡は家庭的にも恵まれなかったようです。奥さんは社長の三女だから、家の中でも威張ってたらしいですな」

　平山が言い添えると、なみ江もさらに付け加えた。

「保子さんには、いつも奥さんの愚痴を言っていたらしいわ。優しい人だから、前岡さんに同情したのかも知れない」

「嘘です」

　反射的に言葉が口から飛び出した。その声は自分の声とは思えないくらい低く、重かった。

「母は絶対に自殺なんかしません。心中なんて、あり得ません。私が結婚するのを心から楽しみにしていたんです。やっと、あと少しでそれが叶うのに、私の花嫁姿を見ないで急に死を選ぶなんて、そんなこと信じられません」

紺野と平山が目を見交わした。互いに事実は動かせないと了解しているのだろう。

「あなたのお気持ちはよく分りますが、しかし……」

紺野がやんわりと言った。

「二人は睡眠薬を飲んだ後、カミソリで手首を切って亡くなりました。宿には夫婦という名義で泊まっています。部屋には前岡の遺書がありました。そして、遺体は互いの手首を紐で結んでいました」

「だからって、母が心中したとは限りません！」

十希子は膝の上で拳を握りしめた。

「だまされて薬を盛られたのかも知れません。母には死ぬ理由なんてありませんでした。私を残して死ぬなんて、そんなこと、母は絶対にしません。するわけがありません。絶対に、違います！」

途中で涙が溢れそうになり、声が震えた。胸に湧き上がるのは悲しみより、怒りと悔しさだった。

みんなが寄ってたかって、お母さんの死を心中だと決めつけている。冗談じゃない！ お母さんが心中なんかするわけがない。私を残して死んだりするもんですか。

みんなはどうして、こんな簡単なことが分らないのだろう。私はどうして、こんな当たり前のことを訴えなくてはならないのだろう。そして、みんなどうして私の言うことを信じないのだろう？

頭の中は嵐が荒れ狂い、鎮まりそうもなかった。そこに紺野の声が無情に響いた。

「十六日の土曜日のことを聞かせていただけますか？」

保子が女学校時代の友人の通夜と葬儀に行くと言って出掛けた日だった。

落ち着かなきゃ。冷静にならなきゃ……十希子は必死に自分に言い聞かせた。ちゃんと話せば、きっと分ってもらえる。

「土曜日は午前中で授業が終わりました。家に帰ったのは一時を少し過ぎた頃です。母は出掛ける支度をしておりました」

なるべく正確に、順を追ってあの日の出来事を話した。紺野は途中でいくつか質問を挟んで事実を確認した。

保子が泊まりがけで家を空けることはこれまでにもあったか？　伊豆の旅館に嫁いで亡くなったという女学校時代の友人の名前は知っているか？　出掛ける前に変った様子や不審を感じた点はなかったか？

答はいずれも否だった。

「あのう、伊豆の旅館に嫁いだ同級生は、横井辰子さんだと思います。でも、お亡くなりになったのは三年前のことです」

なみ江が説明を補足した。

皮肉なものだと十希子は思った。心中などあり得ないと信じているのに、娘に嘘をついて伊豆へ旅行に行った保子の行動は、男と示し合わせたことを裏付けているように見える。しかし、たとえそれが事実だったとしても、保子が死を選ぶ理由にはならない。だが他の人間は、だから男と死んだのだと決めつけている。

一通りの聞き取りを終えると、平山が気の毒そうに言った。

「お嬢さんにはご遺体の確認をお願いします」

保子の遺体は静岡県警に運ばれ、安置されているという。伊豆・修善寺の所轄警察は大仁署だが、変死など事件性のある場合は県警本部の担当になるという。

「県警は静岡市内にあります。これから静岡までご足労願えますか？」

平山は肘を曲げて腕時計に目を遣った。

「今からなら、十六時半の特急つばめに間に合います」

「分りました」

十希子はなみ江の方を振り向いた。

「畏れ入りますがお電話をお借りできますか？　学校と自宅に連絡したいので」

「ええ、どうぞ」

黒電話は部屋の隅の紫檀の台の上に置かれていた。十希子は一礼してから電話の前に進み、白樺学園の教頭と矢部ふさの家のダイヤルを回した。事情は簡単に「母が急死したという知らせが入ったので、静岡に遺体の確認に行く」とだけ説明した。

通話が終わると、なみ江が平山と紺野に申し出た。

「みなさん、東京駅までどうぞ、うちの車をお使い下さい。店の者に送らせます」

「いや、それは……」

二人が恐縮して断ろうとしたが、なみ江は十希子を見遣り、言葉を続けた。

「十希子ちゃんのためです。こんなことになって、どんなにショックを受けているか……」

そう言われたら、検事も刑事も頷くしかない。

なみ江がパンパンと手を打つと、先ほどの中年の仲居が襖を開けた。

「満に車を出すように言ってちょうだい。みなさんを東京駅までお送りするようにって」

「畏まりました」

仲居が引っ込むとなみ江は十希子たちに顔を向けた。

「どうぞ、玄関の方に。お靴は回しておきましたから」

先に立って廊下に出た。十希子が紺野の後に続いて部屋を出ると、脇に立っていたなみ江がすっと近寄ってきて、手に千円札を握らせた。二、三枚ではなく、厚みのある枚数だった。

「あの、こんなこと、いけませんわ」

十希子が札を押し戻そうとすると、なみ江はさらに押し返した。

「そんなこと言ってる場合じゃないわ。いつ、何が必要になるか分らないのよ。邪魔になるもんじゃないから、持っておいでなさい」

確かになみ江の言うとおりだ。

「ありがとうございます。少しの間、拝借いたします」

十希子は押し戴いて頭を下げた。

門を出ると、目の前に真っ赤な車が駐まっていた。十希子は車にはまるで無知だったが、紺野が「すごいな。アルファロメオ１９００か」と呟くのを聞いて、外車なのだと分った。

運転席に座っていた若い男が身を乗り出して、助手席のドアを開いた。

「みなさん、乗って下さい。お嬢さんはこちらにどうぞ」

言われるままに車に乗り込むと、なみ江が助手席の窓から男に言った。

「満、安全運転でお願いね」

「分ってますよ」

満と呼ばれた男はアクセルを踏み込んだ。十希子がこれまで聞いたことのない、地をうねるような重く低いエンジン音が轟き、車は走り出した。

昭和通りへ出ると、車は結構なスピードで突っ走った。横を走る車がどんどん後ろへ遠ざかっていく。十希子は怖くなってチラリと運転席の男を盗み見た。

年は二十代の前半だろう。最初は千代菊の従業員かと思ったが、飲食業に携わる男衆はほとんど髪を短く刈るか五分刈りにしているものなのに、その男は少し長めの七三分けにしている。従業員ではなさそうだ。それに、従業員が外車を乗り回すというのは聞いたことがない。

何者だろう?

あまり陽に当たらない生活をしているのか、隠花植物のように青白い顔だった。ネクタイなしで、青のストライプのワイシャツは上から三番目までボタンを外してある。ジャケットは薄手のウール。男の服に詳しくない十希子から見ても、上質なのが察せられた。

車は八重洲通りへ左折し、東京駅八重洲口前で止まった。

「ありがとうございました」

三人は口々に礼を述べたが、男は「いえ、どうも」と言っただけで、すぐに車を発進させた。

「あの料亭の息子ですかね」

「あんな大きな息子のいる年には見えませんでしたが」

平山と紺野の会話を聞きながら、なみ江が母と同い年ならあれくらいの息子がいてもおかしくないと、十希子は納得していた。


新幹線はおろか、東海道線が全域電化されるのも翌年十一月のことである。特急「つばめ」「はと」でも東京から大阪まで八時間かかった。静岡までは二時間半強、準急なら三時間を要した。

「疲れたでしょう？　食堂車でコーヒーでも召し上がりますか？」

紺野が気を遣ってくれたが、十希子は辞退した。

「どうぞ、紺野さんと平山さんは食堂車に行っててらして下さい。私は大丈夫ですから」

しかし二人ともそのまま席に座り、車内販売のワゴンが回ってくると、それぞれ弁当を買い、十希子の分までお茶とサンドイッチを買ってくれた。

「お気遣いいただきまして恐縮です」

十希子は食欲がなく、お茶だけ飲んだ。

窓の外を風景が流れていく。ぼんやり眺めながら、十希子は母と一度も旅行したことがなかったことに気が付いた。これまではとてもそんな余裕はなかった。でも、これからはきっと……。

その矢先だった。

十希子は唇を引き結び、瞼を固く閉じて、こぼれそうになる涙を堪えた。泣いている場合ではない、今はまだ。

六時を過ぎる頃から陽が落ちて車窓の風景は薄暗くなり、静岡に着いたときはすっかり夜だった。

「県警はここから十分ほどです」

静岡県警は駿府城跡の手前にある。三人は駅を出て歩き始めた。

廊下を曲がった先の一番奥が、死体安置所だった。あまり広くない部屋の中央に白いシーツを掛けた台が二つある。平山がそれを少しめくると、母の顔が現れた。

十希子はじっとその顔を見下ろした。目を閉じて眠っているように見える。少なくとも苦悶(くもん)の痕(あと)は窺(うかが)われない。

紺野と平山が答を促すように十希子を見た。

「母です。間違いありません」

平山がシーツを戻した。

「これからの手続きがありますので、別室にいらして下さい」

通されたのは安物の応接セットの置かれた殺風景な部屋だった。窓のカーテンとか壁の絵とか、余計な飾りは一切ない。

平山は一度部屋を出て、書類の束を脇に抱えた制服姿の警察官を伴って戻ってきた。

「ご遺体に関しては、死体検案書が発行されました」

警察官は書類の束をテーブルに置き、一番上の紙片を取って十希子に差し出した。

「ご遺体をそのまま東京へ搬送するのは、手間も費用もかかります。こちらで茶毘(だび)に付されて、東京へお帰りになる方がよろしいと思いますよ」

十希子は機械的にこくんと頷いた。親族が旅先で急死した場合どうすれば良いかなど、どんな礼儀作法の本にも載っていない。それなら警察の勧めに従うしかないだろう。

「お辛いでしょうが、気を確かに持って下さい。明日は僕も同行させていただきます」

紺野が気の毒そうに言った。十希子は「よろしくお願いいたします」と口の中で呟いて、頭を下げた。

「そうだ。宿を手配していただけませんか？」

紺野の発言を受けて、平山が事務方の警察官に言った。

「佐乃春が良いんじゃないか？　ここから五分とかからんし」

「はい。すぐに手配します」

警察官は立ち上がり、部屋を出ていった。

それから間もなく、十希子は紺野と平山に付き添われて県警本部玄関の階段を降りた。

道路に立ったところで、いきなり強い光に目を射られた。咄嗟に目をつぶり、顔を背けた。光はさらに襲ってきた。やっと、それがカメラのフラッシュだと気が付いた。

「おい、やめろ！」

「なんだ、君たちは！」

平山と紺野が同時に叫んだ。

目を開けると、カメラを構えた男ともう一人、二人組が行く手に立ちふさがっていた。

「日刊トウキョウの記者です。あなた、前岡孝治の心中相手の娘さんですね？　一言お願いします！」

カメラを持っていない男に大声を浴びせられ、十希子はその場に立ちすくんだ。再びフラッシュが焚(た)かれた。

「やめろと言ってるんだ！」

紺野が一歩前に出て、カメラマンを突き飛ばした。

「おい、いい加減にしろよ」

平山も怒りを露わにしたが、男たちはまったく怯(ひる)む様子がない。

「ねえ、一言だけ聞かせて下さいよ。前岡は三十四だった。お母さんはいくつだったの？　年増の深情けってやつ？」

「失せろ、ゲスどもが！」

紺野が怒鳴った。だが、記者らしい男はヘラヘラしながら、紺野の背後にいる十希子の顔を覗き込んだ。

「いやあ、美人だねえ。あんたのお母さんならきっと美い女だろうな。年下の男が夢中になっても無理ないか」

紺野がつかみかかったが、相手は簡単に身をかわした。

「検事さん、暴力沙汰起こすと、経歴に傷がつくよ」

紺野が拳を繰り出すより早く、十希子は男の前に進み出た。

「私は亡くなった篠田保子の娘、篠田十希子です。あなたは日刊トウキョウの、何という方ですか？」

男は片方の眉をわずかに吊り上げた。珍しい生き物を見たかのように。年齢は三十半ばだろう。中肉中背で、これといった特徴のない顔だが、喜怒哀楽の感情を捨て去ったような目をしていた。

「これは失礼。こういう者です」

男が薄っぺらい名刺を差し出した。「日刊トウキョウ　記者　津島六郎」とあった。読んだことはなくても日刊トウキョウがどんな新聞かは知っていた。各界のスキャンダルとスポーツとエログロで売っている、戦後復活した所謂赤新聞だ。

「どうぞ、お見知りおきを」

「ええ。一生忘れません」

十希子は津島を睨み据えた。

「一生、許しません」

十希子は紺野と平山を振り向いた。

「参りましょう」

三人は並んで歩き出した。さすがにもう、津島たちは追ってこなかった。

宿はこぢんまりして静かだった。黄金週間の始まる前の平日の月曜日で、行楽客もいない。

すでに風呂も夕食も終わる時間だったが、特別に風呂を沸かし直し、夜食を出してくれた。県警からの紹介なので親切にしてくれるのだろう。そうでなければ泊めてもらえないはずだ。女の一人客は自殺を警戒され、ほとんどの宿が宿泊を断っていた。

十希子は東京の寿人の家に電話をかけた。待ちかねていたらしく、女中を通さずに直に寿人が出た。

「十希子、大丈夫か?」

寿人の声を聞くと、全身に張り詰めていた力が一気に抜けていくような気がした。

「寿人さん、手短に言うからよく聞いてね。母は修善寺の宿で亡くなったの」

短い沈黙の後で、慰めの言葉が返ってきた。

「母は、普通の死に方じゃなかったんです。男の人と一緒に死んでいたの。警察では心中だと言ってます」

息を呑む音が伝わってきて、そのまま寿人は沈黙した。

「でも、私はそんなこと信じません。母は私の結婚を楽しみにしていました。死ぬ理由なんて、一つもなかったんです。だから、私は何かの事件に巻き込まれたんだと思います」

十希子は寿人の返事を待った。「その通りだ、僕もそう思う」と言ってくれるはずだった。しかし、寿人は黙っている。仕方なく、十希子は先を続けた。

「明日、遺体を荼毘に付して、それから一緒に東京に戻ります。お葬式の準備もあるから、学校には忌引の手続きをお願いしようと思ってます」

「……そうだね」

寿人は喉に引っかかったような声で答えた。

「色々大変だと思うけど」

十希子は急に思い出した。

「あの、お正月に紹介して下さった、紺野さん。偶然、別の事件で静岡にいらしたの。とても親切にして下さって、明日も立ち会って下さるんですって」

「そう。それは良かった」

とってつけたような言い方に聞こえたが、敢(あ)えて深く考えるのはやめた。

「それじゃ、おやすみなさい。お父さまとお母さまによろしく」

「ああ、お休み。気をつけて」

電話は切れた。受話器に耳を押しつけてもツーツーという機械音しか聞こえてこない。十希子はのろのろと受話器を戻した。


火葬場を備えた斎場は静岡駅から五、六キロ離れた場所にあり、車で五分ほどだった。

十希子が斎場に着いたとき、待合室には喪服をまとった男女が座っていた。火葬になる人の親族だろう。夫婦らしい六十近い男女が一組、三十代の男女が二組、そして三十そこそこの目を赤く泣き腫(は)らした女と、四、五歳くらいの男の子だった。

十希子が紺野の後から部屋に足を踏み入れると、全員の視線が一斉に注がれた。目を赤くした女が弾かれたように立ち上がり、十希子に叫んだ。

「この、泥棒猫！　人殺し！」

十希子は立ち竦(すく)んだ。その言葉が自分に向って言い放たれたことを理解するまで、一瞬の間があった。

周りの男女があわてて腰を浮かし、紺野も渋面を作って制しようとしたが、女は完全に逆上していた。

「あんたの母親がうちの人を殺したのよ！　いい年して若い男に夢中になって、挙げ句の果てに心中を仕掛けたんだわ！　恥知らず！」

「奥さん、落ち着いて下さい」

紺野は十希子をかばうように前に立った。背中越しに、女の鬼の面のような顔が見えた。

信じられなかった。これまで接した人たちは、あの津島という記者以外、不慮の死を遂げた母に同情的だった。それなのに、目の前の女は母を「人殺し」「泥棒猫」と罵った。衝撃のあまり膝がガクガク震えそうだった。

ひどい、あんまりだ、お母さんはそんな人じゃない……。

心ではそう叫んでいるのに、まるで言葉が出てこない。喉も舌も固まって、自分の身体の一部なのに借り物のようだ。

声もなく、ただ蒼白になって震えている十希子の姿に、さすがに感じるものがあったのか、年配の夫婦が両側から前岡の妻を挟み込み、宥めるように諭した。

「落ち着きなさい。娘さんを責めたって仕方ない」

「気をしっかり持って。子供の前ですよ」

激情を吐き出して気が済んだのか、前岡の妻は両手で顔を覆ってすすり泣きを始めた。

その様子を眺めるうちに「社長の娘で気が強く、家庭内でも威張っていて夫婦仲は良くなかった」という話が、十希子の頭の隅をよぎった。

最初の衝撃が治まると、次に湧いてきたのは怒りだった。

どうして母はこんな謂(い)われのない侮辱を受けなくてはならないのだろう。年上で料亭の仲居というだけで、まるで加害者のように非難された。本当は、被害者は母の方なのに。

十希子は両手を握りしめて沸騰しそうな心を静め、待合室の長椅子に腰を下ろした。紺野は隣に座り、黙って前を見た。

しばらくしてから、十希子は紺野を促して待合室を出た。斎場の敷地に立つと、煙突から白い煙が立ちのぼっていた。十希子は目を閉じて頭(こうべ)を垂れ、手を合わせた。目を開けると、紺野はまだ黙禱(もくとう)していた。寿人に紹介されてから「検事」という職業以外忘れてしまった相手なのに、今はとても親切な人に思えた。

「紺野さん、お骨揚げをお願いしてもよろしいでしょうか？」

紺野は少しも迷惑そうな顔をしなかった。

「僕でよろしいんですか？」

「お願いいたします」

「ぶしつけですが、篠田さん、どなたかご親戚は？」

十希子は首を振った。

「祖父母はすでに他界いたしました。伯父の一家は五月二十五日の空襲で、行方が分りません。父は名古屋出身ですが、あちらも空襲がひどかったそうです。それに、終戦の前後に三度も大きな地震が起きて……。あちらの親戚とも、連絡が取れません」

「それは……お気の毒に」

それから、痛ましそうに尋ねた。

「あなたは、お母さんの事件を心中とは信じておられないんですね？」

「はい」

十希子はまっすぐに紺野の目を見返した。

「何度も申し上げたとおりです。母は私を残して自殺などいたしません」

「それで……これからどうなさるつもりですか？」

「分りません。でも、何とか、真実を突き止めたいと思っています」

口にした途端、突然降って湧いたように閃いた。

そうだ。私は真相を調べるのだ。そして、お母さんの名誉を回復するのだ。

「それは、大変ですよ」

紺野の口調はいかにも言いにくそうだった。本当は「無理ですよ」と言いたかったのかも知れない。

「とにかく東京へお帰りになったら、相葉とよく相談することです」

「はい」

寿人のことを思うと、暗い胸の裡に一筋の光明が差した。

そうだ。寿人に相談しよう。寿人ならきっとこの気持ちを分ってくれるはずだ。きっと……。

十希子は顔を上げ、煙のたなびく先を目で追った。


静岡駅で紺野と別れて準急東海に乗り、遺骨を抱いて東京駅に着いたのは午後四時過ぎだった。まだ帰宅ラッシュが始まる前の山手線と総武線を乗り継いで錦糸町駅へ行き、そこから都電に揺られて菊川一丁目の停留場で降りて深川高橋の家へ帰り着いた。

「まあ、ときちゃん！　大変だったねえ……」

玄関の戸を開けるやいなや、茶の間にいたふさがつんのめるようにして向ってきた。そして胸に抱えた骨箱をひと目見るなり、ハッと息を呑んだ。

「この度はご心配をおかけいたしまして……」

十希子が頭を下げると、ふさは溢れ出た涙を手の甲でさっと拭い、洟をすすって気丈に顔を上げた。

「そんなこといいから、上がって。疲れたでしょう？　お茶淹れようね。とらやの羊羹があるんだよ、到来もんだけど。さあ、さあ」

促されて座敷に上がると、せかせかとお茶を淹れ、分厚く切った羊羹を勧めた。

「疲れたときは、甘いもんが一番だよ」

ふさは十希子ににじり寄った。

「可哀想に。ひどい目に遭ったね。お腹空いてるかい？　夕飯は天ぷら蕎麦でも取ろうか？　それとも鰻にしようか？」

思い遣りのこもった、しかし些か陳腐なセリフにフッと口元が緩んだ。その途端、きっちり締めておいた涙腺が決壊した。

「おばさん、警察は母が心中したって言うんです。そんなの、嘘です！　絶対に嘘です！」

十希子はふさの膝の上に顔を伏せ、声を上げて泣き出した。そうしていると、昨日からずっと全身にのしかかっていた重石(おもし)が小さく砕け、涙に溶けて流されていくようだった。

ふさはそっと背中を撫でながら、自分も泣いていた。十希子がやっと泣き止んで顔を上げると、割烹着の裾(すそ)をつまんで涙を拭ってくれた。

「あたしだって、ときちゃんと同じ気持ちだよ。保子さんが心中なんて、冗談じゃない。あんなにあんたの花嫁姿を楽しみにしてたのに、何が悲しくて死ぬもんかね」

「おばさん……」

ふさはグスンと洟をすすった。

「悔しいだろうね。あんたも、保子さんも。とんだ濡れ衣かぶせられてさ」

ふさも悔しそうに顔をしかめた。

「保子さんはあんたが一人前になって、良い人と一緒になるまではって、ずっと頑張ってきたんだよ。そのために自分が障(さわ)りになっちゃいけない、料理屋の仲居だからって軽く見られちゃいけないって、それはそれは、気を張っていた。その保子さんが心中なんて、するわけないさ。相手の男に殺されたんだよ。絶対そうに違いない！　そもそも無理心中なんて言い方がおかしいんだ。ハッキリ殺人って言えばいいんだ」

ふさの言い分に、十希子は胸がスッとした。溜飲を下げるとはこういう気分に違いない。

ここに、自分と同じ考えの人がいる。実は十希子も、保子は前岡という男にだまされて薬を飲まされたのではないかと考えていた。死にたい理由のある男に道連れにされたのだ。それ以外に保子が死ぬ理由は考えられなかった。

「おばさん、嬉しいです。ありがとうございます」

十希子はふさの前に手をついた。

「少しでも母のことをご存じの方なら、きっと分ってくれると思います。でも、警察は母のこと、何も知りません。私、何としても心中じゃなくて殺人だって、警察に認めさせます」

「そうだね。それがいい。あたしで役に立つことがあったら言っとくれ。保子さんの弔い合戦のつもりで、ひと肌もふた肌も脱ぐからね」

そう、これは弔い合戦だ……十希子は頭と心にはっきりとその言葉を刻みつけた。

これから、闘いが始まるのだ。

十希子の聞かされた話では、両親の馴れ初めは、平凡と言えば極めて平凡なものだった。

母・保子の実家は旧小石川区の竹早町にあった。かつての東京高等師範学校と東京女子高等師範学校の目と鼻の先である。父はすでに亡く、家は未亡人の母と兄夫婦、女学生の保子の四人暮らしだった。ところが兄が大阪支社に転勤が決まり、夫婦で大阪へ行くことになった。女二人では不用心だというので、東京高師の学生を下宿させることにした。

学校の紹介で訪ねてきたのが名古屋から上京してきた父・篠田俊彦だった。俊彦は野球部で活躍しているスポーツマンで、学業も優秀とのことだった。彫りの深い顔立ちと長身で均整の取れた体つきは、映画俳優でも通りそうな美丈夫だが、本人は浮ついたところのまったくない、真面目で誠実な人柄だった。

その好青年ぶりに、母と保子はすぐに好感を抱いた。母子は甲斐甲斐しく俊彦の世話を焼き、俊彦も力仕事を引き受けたり、保子の勉強を見てくれたりした。

俊彦も、出会った直後から保子に惹かれていた。保子は美しさに加えて、聡明で心優しく、芯の強い少女だった。

若い男女が交流する機会などないに等しい時代である。ある作家は「友人に妹がいれば、誰かが必ず恋をした」と回顧録に記しているほどだ。一つ屋根の下に暮らす俊彦と保子の間に恋が芽生えたのは、当然の成り行きだったろう。

保子の通っていた女学校は、家から五百メートルほどの近さにある府立第二高等女学校で、府立第一、第二、第三の女学校は女子の難関校として知られていた。そこで保子と菊端なみ江は同級生になった。木挽町の料亭の娘であるなみ江は、府立第二高女に合格すると実家を離れ、女中二人と一緒に伝通院裏の貸家に住んで通学していた。だから保子は初めてなみ江の家に遊びに行ったとき、年配の女中を母親だと思ってしまった。

ともあれ、俊彦と保子の交際は順調に発展した。二人は俊彦の卒業を待って結婚する約束を交わし、その旨保子の母に報告した。母にしても密かに望んでいたことで、喜んで賛成した。

俊彦と保子が結婚した同じ年に保子の兄夫婦の東京栄転が決まったため、二人は勤務先の白樺学園にほど近い、旧神田区猿楽町の貸家で新婚生活を始めることになった。十希子の想い出の多くはその家で育まれたものだ。小学生になると野球部のエースだった父を相手に、女だてらに路地裏でキャッチボールに興じたのも忘れ難い。

しかし、通り一つ隔てた駿河台が無傷だったのとは対照的に、猿楽町・三崎町・神保町一丁目を含む一帯は三月十日の空襲で灰燼（かいじん）に帰した。そして、伯父一家の暮らしていた竹早町の家も、五月二十五日の大空襲で跡形もなくなってしまった。

「形のあるものは、いつか消えてしまうのよ。でも、心の中に残っていれば、いつだって取り出して眺められるわ」

焼け野原と化した実家の跡を前に、保子は十希子に言い聞かせた。十希子はその言葉と、その時の母の顔を忘れたことはない。

終戦まであと半年を残すばかりで父の俊彦が召集され、保子と十希子は母子二人きりで戦火の中に取り残された。それでも戦争中はまだ物資の配給があり、何とか食いつなぐことが出来た。

十希子が府立から名を変えた、母の母校でもある都立第二高等女学校に合格したのは昭和十九年だった。その時は両親と共に大喜びしたものだが、入学前に決戦教育措置要綱が決定されて授業は停止、勤労奉仕に明け暮れることとなった。九月になると新入生以外は岩谷冷蔵庫と共同印刷に勤労動員された。十希子も二年に進級すると勤労動員で共同印刷へ出勤し、軍票印刷の作業に追われた。

戦争が終わり、九月に授業が再開されたときは、どんなに嬉しかったことだろう。

十希子は復活したソフトボール部に入り、父仕込みのピッチングで大活躍した。十月の全校を挙げての遠足は、終戦の年の数少ない楽しい思い出だった。

しかし、食糧事情は戦争が終わってさらに悪くなった。配給ではとても糊口をしのぐことはできず、農家に食料の買い出しに行きたくとも、交換できるような衣類は三月十日の空襲で焼けてしまった。

あの頃のひもじさを、食べ盛りだった十希子ははっきり覚えている。水がなければとても飲み込めないようなフスマのパンや、カボチャのツルの入った薄い雑炊や、筋だらけのカボチャの浮いたスイトン……。それでも、食べられるだけ幸せだった。

住宅事情も最悪だった。終戦当時、母子は焼け跡に建てたバラックに他の家族と共同で住んでいたのだ。

保子は闇市や闇食堂の手伝いをしたり、日雇いをしたりして日銭を稼いだ。その後、知人のツテで使われなくなったミシンがあると聞き、借りることに成功した。持ち主の妻が空襲で亡くなったのだという。その古いシンガーミシンで、洋裁の腕を活かし、女物の洋服を作り始めた。一番のお得意様はパンパンと呼ばれる米兵相手の娼婦たちだった。彼女たちのお陰で十希子は学業を続け、学制改革で東京都立第二女子新制高等学校と名を改めた学校を卒業することが出来た。

保子が女学校時代の同級生だった菊端なみ江と偶然再会したのは、十希子が卒業する前の年の夏だった。

なみ江は高級料亭千代菊の一人娘で、戦争前から母親に代わって二代目女将を務めていた。当時木挽町七丁目と呼ばれていた一角は、両隣の六丁目と八丁目が丸焼けになり、新橋演舞場も焼け落ちたというのに運良く焼失を免れ、千代菊も無傷で残った。料亭は高級レストランやバーと同じく、昭和十九年三月を以て営業を禁止されたのだが、どこにでも抜け道はあるもので、陸軍の大物を何人も顧客に持っていた千代菊は、それ以後も裏でこっそり営業を続けていた。そして戦争が終わるやいなや、早速大っぴらに商売を再開し、進駐軍や政府関係者、闇成金相手に大いに儲けていた。

「人手が足りないのよ。あなた、手伝ってくれない？」

その時なみ江が出した条件は破格で、月給二千五百円、衣食住付き、娘も同居してかまわない、だった。その年の公務員の初任給二千三百円より多い。しかも、料亭の仲居はチップの収入がバカにならない。何より、当時一番の難題だった食料についても、高級料亭で働いていれば融通が期待できるという。信じられないほどうまい話だった。

それでも保子はすぐにも飛びつきたい気持ちを抑えて、一応聞いてみた。

「願ってもないお話だけど、私みたいな素人に務まるかしら？」

「勿論、大丈夫よ」

なみ江はニッコリ笑って胸を叩いたと、保子は語った。

「あなたなら行儀作法は身についているから、一から教えなくてもすむし、頭も良いし、教育もあるし、充分務まりますよ。うちは客筋が良いから、仲居もそれなりに上等な人でないと困るの。だから人手が足りなくて苦労してるんだけど」

なみ江はそう言って華やかに笑った。

保子はすぐに十希子を連れてバラックを出た。千代菊では戦後間もなく、店の近所の急ごしらえの建物を借り受け、従業員用の寮にしていた。貸し与えられたのは三畳一間だったが、母子水入らずで一部屋に住めるのはありがたかった。

なみ江の人を見る目は確かで、保子は仲居として優秀だった。最初は戸惑うことも多かったようだが、すぐに接客のコツを呑み込み、上客を任されるようになった。保子を担当係に指名する客も増えた。チップの収入も良かったのだろう。十希子はお茶の水女子大に進学したが、在学中はアルバイトを探す必要もなく、学業に専念できた。そして大好きなソフトボールも続けることが出来た。

十希子が大学に入学した年、保子は矢部ふさの貸間を見付けて、千代菊の従業員寮から移り住んだ。

「お母さん、無理してお家賃払わなくても、私、ここで充分よ」

十希子が懐具合を心配して言うと、保子はきっぱりと答えた。

「いいえ。母子で料亭の女中部屋に住み込んでいるなんて、外聞が良くないわ。あなたが結婚するとき、侮（あなど）られたら口惜しいじゃないの。お母さん、今じゃ千代菊の接客副主任よ。仲居頭の次、ナンバー2ね。安心して、大船に乗った気でいらっしゃい」

あれからもう五年。その間、思い出しても悲しいことはほとんどなかった。日に日に生活は豊かに、便利になっていった。

それと歩調を同じくして、十希子の夢と希望も膨らんでいった気がする。今日よりは明日、明日よりは明後日と、幸せは深まり、確かな手応えを感じさせてくれていた。

第二章

疲れていたせいか、朝は八時になってやっと目が覚めた。あわてて服を着替えて顔を洗い、階段を降りると、ふさは朝ご飯の支度を調(ととの)えてちゃぶ台に座っていた。

「おはよう。ちゃんと眠れた？」

「おはようございます。お陰様で」

三和土に降りようとすると、ふさが傍(かたわ)らに置いた新聞をポンポンと叩いた。

「もう、取ってきたよ。それより、ここへお座りなさいよ。一緒に朝飯(あさはん)にしよう」

「すみません。昨日からご馳走(ちそう)になりっぱなしで」

「どういたしまして。学校が始まるまでは、ご飯はあたしのところへ呼ばれたらいいよ」

十希子が恐縮して首を振ると、ふさはやんわり押し返すように言った。

「遠慮することないよ。どうせご馳走なんかないんだから。それより、ときちゃんは少しでも身体を休めて、これからに備えないと」

　そしてほんの少し眉をひそめた。

「言いたかないけど、これから大変だよ。後始末だの挨拶回りだの、みんな、ときちゃんがしなくちゃならないんだから」

　ふさの言う通りだった。十希子はありがたく厚意を受けることに決めた。

「おばさん、ありがとうございます。少しの間、お言葉に甘えさせていただきます」

　ふさは満足そうに頷いて、味噌汁をよそってくれた。味噌汁は豆腐とワカメで、おかずは目刺しとキュウリの糠漬けだった。簡単な料理なのに、味噌汁も漬け物も母とは味が違っていた。十希子は改めて失われたものの味を噛みしめた。

「四十九日が済んだら、お骨はどうする？　お寺さんはあるの？」

　食事が終わる頃、ほうじ茶を淹れながらふさが尋ねた。

「はい。白金にある母方の菩提寺(ぼだいじ)は焼けなかったので。父のお墓も作ったので、一緒にしてあげようと思います」

「そう。それは何よりだね」

　だが、父の墓に遺骨はない。母は父の愛用していた万年筆と、出征前に切った爪と髪の毛を骨箱に収め、埋葬したのだった。爪と髪の毛の残りは和紙に包んで、今も小さな仏壇に祭られている。

母はそれほど父を愛していたのだ。その母がどうして、男と心中などするだろう?

午後になると白瀬慈子が訪ねてきた。

「まあ、園長先生。わざわざご足労いただきまして、痛み入ります」

十希子は上がり框（かまち）に平伏し、二階に上がってもらった。

慈子はまず保子の骨箱に手を合わせ、十希子を気遣いながら悔みを述べた。

「あなたには本当にお辛いことでしょうけれど、これから先、ずいぶんと不愉快な思いをさせられると思います」

慈子が何を言いたいかはよく承知していた。

「覚悟しております」

今朝の新聞にも「不正取引の容疑で東京地検特捜部に召喚される寸前だった企業の資金課長が、出入りの料亭の仲居とで心中した」という内容の記事が載っていた。朝日新聞は扇情的な表現を使っていないが、これがあの津島という記者のいる日刊トウキョウのような赤新聞や、売らんかなの低俗雑誌なら、どんな記事に仕立て上げるか、想像しただけで身震いしそうだった。

「でも、園長先生、母が毒を飲んで死んだことは事実ですが、相手の男の人と心中したとは、私はどうしても信じられません。きっと何か、まだ表に出ていない事実があったはずです。私は真実を突き止めて、母の汚名をそそぐつもりです」

慈子は何も言わずに聞いている。

「ただ、母のことで学園の名誉を傷つけてしまったことは、まことに申し訳なく思っております。本当に、すみませんでした」

「あなたが謝ることはありませんよ。一番辛い思いをしているのはあなたなんですから」

慈子はいつもと変らない、穏やかな口調で言った。

「正直な気持ちを言えば、私も同感です。警察発表は、とても信じられません。私は子供がいませんが、それでも母親の気持ちとして、結婚間近の大切な娘を残して心中するというのは、不自然極まりないと思いますよ」

十希子は快哉(かいさい)を叫びたくなった。そうなのだ。母を知る人なら、こんなバカな話は誰も信じない。学園長が太鼓判を押してくれたのだ。これ以上の証左があるだろうか。

「ただ……」

慈子は一度畳に目を落とした。

「お母様を知っている人ならあなたの言い分を信じます。でも、新聞や雑誌を読むほとんどの人は、何も知りません。書いてあることを信じるでしょう」

慈子はもう一度目を上げて、じっと十希子を見つめた。

「あなたはこれから、そういう人たちに囲まれて生きていかなくてはなりません。それは生徒や、同僚の教師や、生徒の親たちです。その中で胸を張って、誇りを失わずに、前を見てまっすぐに歩いていくことが出来ますか？」

確かにその通りだろう。きっと白い目で見られ、陰口を利かれ、後ろ指を指され、嘲笑われるだろう。でも、分ってくれる人はいる。矢部ふさも、白瀬慈子も、そして寿人も……。それなら大丈夫だ。恐れたりしない。耐えていける。

「はい。私は母を信じています。そして、母と私を信じて下さる方がいらっしゃいます。だから、決して泣き言は言いません」

慈子がわずかに口元を緩めた。

「それを聞いて安堵しました」

それからずいと膝を進め、十希子の手に自分の手を重ねた。

「篠田先生、私はあなたの味方です。困ったことがあったら何でも相談なさい。必ず力になりますよ」

十希子は慈子と一緒に家を出て、都電の停留場まで送っていった。

遠ざかる車両を見つめながら、ふと、慈子は亡き父・俊彦を愛していたのではないかと思った。残された妻と子に援助の手を惜しまなかったのは、俊彦に対する想いがあったからかも知れない。

たとえその想像が間違っていたとしても、慈子が保子と十希子に溢れる愛を注いでくれたことは紛れもない事実だった。その厚意に報いるためにも、道を踏み外してはならない。そして、真実を突き止めて保子の汚名をそそがなくてはならない。

十希子は決意も新たに、反対方向から走ってくる築地行きの都電を見据えた。


都立築地産院の前にさしかかったときから、築地側の対岸に人だかりがしているのが目に入った。カメラを抱えた人間が混じっているので、報道陣だろう。

十希子は千代橋を渡って千代菊の通用門へと歩を進めた。

フラッシュが焚かれ、同時に人垣から男が飛び出してきた。あの津島という記者だった。

「篠田さん、今日はどういうご用件で千代菊へ？　お母さんの心中事件について、娘さんとしてどう思ってますか？」

十希子は無視したが、津島の言葉で心中した仲居の娘と分ってしまった。他の記者たちも一斉に群がってきて、取り囲まれた。

「お母さんと前岡はいつ頃から関係してたんですか？」

「心中を持ちかけたのはどっちだと思いますか？」

人権もプライバシーも確立していない時代だった。大きな事件に巻き込まれたら最後、被害者も加害者もその家族も、丸裸にされてマスコミの前に晒されねばならなかった。

十希子は男たちにもみくちゃにされながら、何とか玄関脇の通用門に手をかけて、中に滑り込んだ。

大きく息を吐いて呼吸を整え、足早に勝手口に回った。

「ごめんください」

ほどなくこの前とは別の仲居が現れた。用件を告げると取り次ぎに奥へ引っ込み、戻ってきて「どうぞ」と案内に立った。

通されたのはこの前と同じ部屋だった。

「いらっしゃい。表が騒がしかったでしょう。大丈夫だった？」

なみ江は長火鉢の前に座り、気遣わしげに問いかけた。座卓はどこかに片付けられ、長火鉢の向かいに座布団が一枚敷かれている。十希子は座布団の脇に座って両手をつき、頭を下げた。

「本当に、大変だったわね」

なみ江は火鉢にかけた鉄瓶を取り、萬古焼の急須に湯を注いでお茶を入れた。日常的な動作が、まるで踊りの所作のように優雅に見えた。今日は地味な鼠色の鮫小紋、錆び朱地に源氏香を織り出した帯で、上品な色気が匂い立つようだ。

「お陰様で、何とか。警察の勧めもあって、遺体はあちらで荼毘に付しました。お通夜とお葬式も、身内だけで済まそうと思っております」

とは言え、身内と言えるのは十希子だけだった。血の繋がった人たちは、もはや一人もこの世にいなかった。

十希子はハンドバッグから白い封筒を取り出し、なみ江の前に差し出した。

「こちらは大変役に立ちました。本当にありがとうございました」

「これは香典代わりに受け取ってちょうだい。それとね……」

なみ江は封筒を押し戻してから、くるりと周囲を見回した。

「今月分のお給金と退職金をお支払いします。あと、うちに保子さんの私物がいくつか置いてあるはずだから、整理してまとめておくわね。都合の良いときに取りに来てちょうだい」

「何から何まで、ありがとうございます」

十希子は深々と頭を下げた。

「女将さんにはいつも良くしていただいて、お礼の言葉もございません。お店で母を雇って下さらなかったら、私も大学に進学することは出来なかったと思います。母は、いつも感謝しておりました」

なみ江はやんわりと首を振った。

「私こそ、保子さんには感謝してるのよ。知っての通り、うちの母は芸者上がりで、私も正式な結婚で生まれた子じゃないの。頑張って二女（府立第二高等女学校）に入ったけど、先生や生徒の中には白い目で見る人もいてね……。辛かったわ。でも、保子さんはいつも何のこだわりもなく、仲良くしてくれた。遊びに行くと、保子さんのお母さんも歓迎して下さって、お夕飯までご馳走になったことが何度もあるわ」

それは初めて聞く話だった。保子はなみ江の出自のことなど一言も言ったことはない。

「母はいつも、女将さんが昔からとてもきれいな人で、全校生徒の憧れだったとか、下駄箱を開けると毎日Sレターがドッサリ入っていたとか、並んで歩くと通りすがりの人がみんな振り返って、自分まで鼻が高かったとか、そんなことばかり申していました」

「保子さん、人が好いのよ。昔から全然悪気がなくて」

なみ江は懐かしそうに目を細めた。

「そうそう、あなたのお父さんにもお目にかかったことがあるわ。確か東京高師の学生さんで、下宿していた方よね？　夕飯の後、三人でトランプをやって夢中になってしまって、心配して女中が迎えに来たんだったわ」

十希子を見る目が急に涙で潤んだ。

「これから辛いことや面倒なことも多いと思うけど、私で良かったらいつでも相談に乗るわ。出来るだけ力になるから、遠慮せずに何でも言ってちょうだいね」

礼の言葉を述べながら、十希子も胸が熱くなった。保子を直接知る人は、みんな十希子に良くしてくれる。これこそ、母が人生を懸けて娘に残してくれた遺産なのだ。

「帰るときは裏口から出た方が良いわ。表はまだ記者連中がいるかも知れない」

なみ江は勝手口まで付き添った。

「左手に別の通用口があるから、そこから出て。外の路地を左へ抜けて広い通りに出たら、右に行くと昭和通りよ」

「ありがとうございました」

言われた通り勝手口に面した裏木戸を出て、路地を抜けて表通りに出た。

と、真っ赤なアルファロメオが走ってきて、目の前で駐まった。

「乗れよ。家まで送ってく」

運転席の窓から顔を出したのは、満とかいう青白い青年だ。

「いえ、大丈夫です」

「遠慮すんなよ。ドライブのついでだから」

満が助手席のドアを開けた。十希子は仕方なく、一礼して車内に身を入れた。

「すみません。お邪魔します」

満は苦笑を漏らして、アクセルを踏み込んだ。

「うち、何処?」

「深川高橋三丁目です。……あの、都電の菊川一丁目の停留場の近く……新大橋通りと清澄(きよすみ)通りの交差点を、少し東に行った辺り」

満はまたクスッと笑った。

「学校の先生なんだって?」

「ええ」

「そんな感じだな」

十希子は満の横顔を盗み見た。二度も車に乗せてもらったのに、この男が何者か、まだ何も知らない。

「あなたは、何をなさってるの？」

「学生……と言っても全然行ってないけど。留年したから、今年で五年目」

その態度と言葉つきが、内面の自堕落と鬱屈と投げやりを雄弁にもの語っていた。

十希子は困惑して気詰まりを感じた。とは言え、送ってもらってずっと黙っているのも悪いような気がした。

「この車、とても高級なんでしょう？」

「最高級」

「車がお好きなんですね」

「女よりずっと。よく言うことを聞くし、生意気な口は利かない」

十希子は申し訳程度に愛想笑いを浮かべた。

「あんたが本当に知りたいのは、俺が千代菊の女将のツバメか息子かどっちなのか、だろ？」

十希子はまたしても困惑して押し黙った。

「息子だよ。正確には非嫡出子。育ちすぎた隠し子だな」

「千代菊の女将さんには大変お世話になりました。母と私の大恩人です。心から感謝しております」

満はバカにしたような笑い声を立てた。

「別に恩に着ることないって。あれは自分に損になることは絶対やらない女だ。あんたの母親を雇ったのは、優越感を楽しみたかったんだろ。江戸の仇を千代菊で討ったってわけさ」

十希子はこの男と一緒にいるのが苦痛になった。

「先生、名前は？」

「篠田十希子です」

「俺は菊端満。今夜、デートしようよ。フロリダでマンボ踊ってさ、資生堂でメシ食って、そのままどっかにシケ込まない？」

「私、まだ喪中なんです。初七日も済んでいないのよ」

やんわりたしなめると、さすがにバツの悪そうな顔をした。

菊川一丁目の停留場が見えてきた。

「あ、ここで停めて下さい」

「家まで送るよ」

「ここで大丈夫です。家の前は、路地が狭くて車が入れないの」

満は渋々ブレーキをかけ、十希子は勢いよくドアを開けて通りに降り立った。

「ありがとうございました」

そう言うと、後も見ずに小走りで路地へ入った。


その夜、夕飯が済んだ後、寿人が訪ねてきた。

電話が来ないかと心待ちにしていたので、本人が現れたのは嬉しかった。

「遅くなりましたが、御霊前にお線香を上げさせていただきたくて」

「よくいらして下さいました」

十希子はほとんどいそいそと二階へ案内した。

部屋へ入るなり、寿人は十希子を抱きしめて唇を重ねた。愛しい人の腕に身を任せていると、肌の温かさが服を通して身体に沁み、安心感が胸に満ちた。つかの間、この数日の緊張から解放された。

「大丈夫だった？」

十希子は頷き、下から寿人の顔を見上げた。

「電話を下さらないから、心配してたわ」

「ごめん。何度もかけようと思ったんだけど、何て言って良いか、分らなくて」

何も言わなくて良いのだ。今のように力一杯抱きしめて、思い切りキスしてくれたら、それだけで。

気持ちが通じたのか、寿人はもう一度十希子を抱き寄せた。二人は抱き合ったまま、ゆっくりと畳の上に倒れ込んだ。寿人の手が下半身を滑り、スカートをたくし上げようとした。十希子はさすがに身を固くしてその手を拒もうとしたが、強い力で押し切られた。

「電気……」

消さなきゃ、と言おうとしたが、寿人は首を振った。

「このままで。君を見たい」

十希子は目を閉じた。恥ずかしさと喜びがせめぎ合い、やがて喜びが勝（まさ）った。十希子はひたすら寿人の胸にしがみついた。優しさと温かさと安心の源に。

寿人は日活ホテルの時より少し乱暴で性急だったが、気にしなかった。階下のラジオから「別れの一本杉」が流れてきて、上の音もふさに聞こえるのではないか、そちらの方が気になった。

隣の部屋には母の遺骨が置いてある。だが、不謹慎とは思わなかった。寿人はもうすぐ夫になる。未来の夫との絆を深めることは、むしろ亡き母の供養になるはずだった。これから先、家族と呼べる人は寿人しかいないのだから。

「今日、園長先生が来て下さったの」

「……そう」

「辛いだろうけど頑張りなさいって。出来る限り力になるって仰っていただいたわ。嬉しかった」

「園長、理想主義だから」

寿人は身を起こし、部屋に散らばった衣類をかき集めて身につけ始めた。十希子もそれに倣った。

服を着て姫鏡台を覗き、乱れた髪を整えてから、二人は六畳の居間に入った。

骨箱は小さな仏壇の前に置いてある。寿人は線香を上げ、手を合わせた。そして十希子の方に向き直ると、上着のポケットから香典袋を出した。

「ご愁傷様でした」

「畏れ入ります」

十希子は押し戴いて、仏壇に供えた。

「お茶、淹れるわ」

「いや、もう失礼する」

「停留場まで送るわ」

「いや、ここで」

別れ際、寿人は息が止まるほど長いキスをした。玄関を出てから、振り向いて言った。

「元気で」

「あなたも」

変な挨拶……軽く手を振りながら、頭の隅で十希子は思った。永遠の別れでもないのに。


覚悟はしていたが、事態は十希子の予想を遥かに上回って悪い方へ転がった。

喪が明けて白樺学園に出勤した日の朝、校門の前の光景に目を疑った。首からカメラをぶら下げた報道陣が、何人も待ち構えているのだ。

十希子が近づくと一斉にフラッシュが焚かれた。

「篠田さん、今日から職場復帰ですか？」

「授業は今まで通り続けるんですか？」

「教師は聖職ですが、お母さんの事件のことを、生徒たちにどう伝えるおつもりですか？」

フラッシュと質問の洪水を浴びながら、十希子は校門を通り過ぎ、無言で通用口へ向った。あの津島という男の姿が目の端に映った。十希子は通用口の前で立ち止まり、くるりと振り向いた。

「いい加減にして下さい！　学校にまで押しかけるのは非常識にもほどがあります。帰らないと警察を呼びますよ」

そんな言葉で怯むものは誰もいなかった。カメラマンは競ってフラッシュを焚き、記者たちは手帳に鉛筆を走らせた。津島は明らかにニヤニヤ笑っていた。

十希子は「この恥知らず！」と叫びたい気持ちを抑え、校舎へ向った。

職員室に入っていくと、先に登校した教師たちがこちらを振り向いた。その目には明らかに好奇の色が浮いている。

「この度はご心配をおかけいたしました。色々お騒がせしたようで、申し訳ありません」

殊勝に挨拶して、教頭の席に近づいた。

「表に記者やカメラマンが詰めかけています。警察を呼んで追い払いましょうか？」

教頭は首を振った。

「私が行ってきます。それでも帰らないなら、警察に連絡しましょう」

十希子は頭を下げて、自分の席に戻った。

「この度はご愁傷様です」

「大変でしたね」

同僚の英語教師たちは、口々にねぎらってくれた。気を遣って、誰も報道については触れないので、十希子はホッとした。

どうして記者たちが自分にしつこくつきまとうのか、十希子は理解できなかった。そもそも事件の大本は、企業間の架空取引だと聞かされた。保子と相手の男の死は、その過程で発生した、謂わば傍流の事件だった。まして十希子は遺族であって、事件の容疑者でも関係者でもない。無関係の人間を追い回す暇があったら、何故事件の核心に迫らないのだろう。

「篠田先生、朝礼ですよ」

隣の席の教師の声でハッと我に返り、あわてて席を立った。

その日の終業後は、守衛に報道陣のいないことを確認してもらってから、同僚の英語教師たちの間に隠れるようにして御茶ノ水の駅まで歩いた。

駅のホームで反対方向の電車に乗る寿人と別れた。同僚の手前もあって、他人行儀な挨拶を交わしただけだった。本当は、二人だけに分る合図のようなものを送って欲しかったのだが。

錦糸町から都電に乗り、菊川一丁目で降りて路地を曲がった途端、ギョッとして立ちすくんだ。

隣の家の塀に寄りかかって、津島六郎が煙草を吹かしている。十希子の姿を認めて
「よう」と片手を挙げて見せた。

十希子は怒りで頭の中が爆発しそうになった。

「いい加減にしなさい！」

つかつかと正面に進み、カバンでぶん殴ってやりたい気持ちを必死に抑えて睨み付けた。

「どういうつもり？　これ以上つきまとったら、本当に警察に訴えるわよ」

「まあ、まあ、お平らに。美人税だと思いなさいよ」

「ふざけないでよ」

「ふざけてないよ。あんたがブスなら誰も追いかけやしないさ。美人だから記事にな

るんだ」

津島の口から出ると「美人」という言葉は「バカ」に聞こえた。

「私は犯人でも容疑者でもない、まっとうな社会人です。一介の平凡な教師です。突然母を失って心労で参っています。そんな人間をさらし者にして、なにが面白いの？あなたもジャーナリストの端くれなら、恥を知りなさい」

津島はまたしてもニヤリと笑った。十希子は「カエルの面に小便」という慣用句を映像で見せられた気がした。

「あんた、ジャーナリズムの根本は何だと思う？」

「社会の木鐸」

「違うね。怖いもの見たさと、人の不幸は蜜の味、だよ」

「日刊トウキョウのような新聞は、そうでしょうね」

「言うねえ」

津島は楽しそうに言って短くなった煙草を一息吸い込み、ポイと捨てて靴で踏み消した。

「まあ、その通りだ。立派なことは大新聞に任せて、俺たちはもっぱら下世話な記事を書く。汚職事件の渦中にあるサラリーマンが年上の美人仲居と心中なんざ、大衆

……つまりスケベなおっさんたちの下世話な好奇心を大いにかき立てるネタだ。まし
てその仲居に娘がいて、これが清純この上ない美人教師となったら、おっさんたちは
放っとけないでしょう。あんたが何喰ってんのか、何色のパンツ穿いてんのか、興味
津々なんだよ」
「最低ね」
「世の中、そんなもんだって」
そして、いくらか真面目な顔になった。
「人の噂も七十五日って言うだろう。しばらくは頭の周りをハエがブンブン飛んでる
と思って、辛抱するんだな。いずれおっさんたちの興味は別の女に移って、あんたの
ことは誰も思い出さなくなるよ」
どうして私が我慢しなくちゃいけないの？　そう食ってかかろうとして、ふと気が
付いた。
「ここへ、何しに来たの？」
「まあ、何か一言もらえるんじゃないかと思って」
それを聞いて、十希子は急に思い直した。
「私は母が心中したなんて、信じません」

ほんの一瞬、津島の目が光ったような気がした。

「直接母を知る方たちは、皆さんそう言ってくれました。警察発表は間違いです。母は私の花嫁姿を見るのをとても楽しみにしていました。私を残して誰かと死ぬなんて、絶対あり得ません」

津島は笑わなかった。同意したわけでもない。ただ黙ってじっと十希子を眺めている。

「私は事件の真相を突き止めるつもりです。本当は何があったのか、どうして母があんな形で死ななくてはならなかったのか、必ず……」

津島が苦笑を漏らした。十希子をではなく、自分を嗤(わら)っているような笑い方だった。

「それより、嫁に行けよ」

言うなり背中を向けて、表通りへ歩き出した。その背中を眺めるうちに、最前までの強烈な嫌悪感がいくらか薄れていることに気が付いて、十希子は訝(いぶか)しく思った。

昭和三十年には出版社系の週刊誌はまだ創刊されていなかったが、新聞社系の「サンデー毎日」「週刊朝日」は刊行されていた。そして「日刊トウキョウ」に代表されるようなゴシップとスポーツとエログロに特化した日刊紙も多く存在した。

その全てが保子の心中事件を扇情的に書き立てた。そして、娘である十希子にも矛先は向けられた。津島の指摘した通り、清純な美貌の持ち主だったことと、お嬢様学校で教鞭を執る英語教師という肩書きが読者の興味を引いたのだ。

連日のように記事が載った。大きな事件は一面に載るが、十希子の記事は社会面のゴシップ欄だった。紙面の穴埋めに便利に利用されたらしい。十希子は決して読まなかったが、あることないこと書かれているのは分っていた。それは五月十一日に紫雲丸事故（修学旅行生を乗せた客船が瀬戸内海で衝突・沈没し、死者一六八名を出した海難事故）が起るまで続いたのだった。

ゴールデンウィーク明けに、ＰＴＡ会長と理事三人が新聞と雑誌の束を抱えて白樺学園に乗り込んできた。その不機嫌な顔つきから、容易ならぬ事態であることは明らかだった。

理事たちは学園長と応接室に入り、長い時間話し合っていた。直接聞かなくとも、その内容は想像が付いた。

「妻子ある男と情死するような女の娘に、大事な娘の教育は任せられない」

それが理事たちの主張だった。

それに対して、白瀬慈子は一貫して反論した。

「篠田先生は既に昨年から本学園で教鞭を執っています。この一年、生徒たちの心情や素行に特別な問題が生じた例はなく、みな健やかに成長しております。これは篠田先生の授業や人格に、何の問題もないことを証明しております」

さらに慈子は説得を続けた。

「責任能力のない子供の犯した過失を親が肩代わりするというなら、まだ話は分ります。でも、親の過失の責任を子供に負わせるというのは、いかがなものでしょう。江戸時代にはそのようなこともあったようですが、今は封建社会ではありません。もし、親の不名誉を言い立てて、何の落ち度もない篠田先生を辞めさせたりしたら、白樺学園は封建的で理不尽な学校として、社会的に著しい不名誉を被ることになるのではないでしょうか？」

話し合いというのは往々にして、どちらが正しいかではなく、どちらが強いかによって決まる。慈子は世間の荒波に抗して戦争中も英語の授業を廃止しなかったほどの人物である。理念も意志も胆力も、並の人間ではとても太刀打ちできない。

結局、理事たちは渋々引き下がらざるを得なかった。

「園長先生、本当にありがとうございました」

深々と頭を下げる十希子に、慈子は事も無げに言った。

「気にすることはありません。理事さんたちも来年の今頃は、早まったことをしなくて良かったと思っているはずです」

慈子の決然とした態度は職員にも行き渡った。内心はどうあれ、表立って十希子に嫌みを言ったり、好奇の目を向けたりする者はいなかった。

久しぶりに寿人が住まいを訪ねてきたのは、五月の終わりの、街灯が灯る頃だった。この前の慌ただしい逢瀬（おうせ）以来、記者を警戒して外で会うことは控えていたし、学校では通り一遍の会話に終始していたので、十希子はこの日を待ち望んでいた。

「いらっしゃい。どうぞ、上がって」

いそいそと先に立って階段を上がった。しかし、心なしか寿人の足取りは重い。やっと二人きりになったというのに、表情も沈んでいた。

「どうなさったの？」

この前は部屋に入るなり思い切り抱きしめて唇を求めたのに、今夜は畳の上に正座して、首を垂れている。

「すまない」

寿人は目を伏せたまま言った。

「結婚は、なかったことにして欲しい」

十希子は一瞬、寿人が冗談を言っているのかと思った。とても本気とは思えない。あれほど互いに理解し合い、求め合い、濃密な時を過ごした二人ではないか。それが、どうして、今になって？

「母が、強硬でね。どうしても反対なんだ」

その母親を、粘り強く説得してくれたのではなかったのか？

「学園長の説得で、一時は認める気になったんだけど、お母さんの事件があって、すっかり頑なになってしまって」

寿人はずっとうなだれている。

「私が嫌いになったの？」

寿人が弾かれたように顔を上げた。

「違う！　好きだ。今だって君を愛してるよ」

それなら、どうして母親の反対を押し切ってくれないのだろう。

「だけど、このまま母の反対を押し切って結婚しても、結局はうまくいかないと思う。わだかまりが残るのは良くない。夫婦の間に溝が出来てしまう」

寿人はまだうなだれていた。だから全て言訳だと分ってしまう。事実は単純で、母親と十希子を両天秤にかけたら、母親が重かったというだけだ。母親には代々相続した財産と高級官僚を輩出した一門がバックにあるが、十希子には身体一つしかない。それも寿人に与えてしまった。

「分ったわ」

十希子はいきなり立ち上がり、階段に面した襖を開いた。

「どうぞお帰りになって」

寿人はのろのろと立ち上がり、十希子の前に立った。

「すまない。僕だって辛いんだ」

寿人は腕を伸ばして抱こうとしたが、十希子はその手を振り払った。

「さようなら」

それまで聞かせたことのない、低く重い声で言った。中に込めたのは軽蔑だった。

寿人は居たたまれないように顔を背け、足早に階段を降りた。

寿人が玄関から出ていくと、十希子は仏壇の前に置いた骨箱を振り返った。

お母さん、ごめんなさい。私がバカだったわ。

裏切られたとは思いたくなかった。あれほど心を燃やした愛がこんなにも脆く、儚く、頼りないものだったとは信じたくなかった。

骨箱の前に座り、手を合わせた。自然と、深い情愛で結ばれていた生前の父と母の姿が思い出された。

お父さんとお母さんの愛は、こんなものじゃなかった。それなら、私が愛と信じたものは、いったい何だったんだろう?

不意に、夢という言葉が頭に浮かんだ。

ああ、そうだ。私は夢を見ていたのだ……白馬の王子様と結婚するという、幸せな夢を。

そして、夢は終わってしまった。十希子は夢から覚めたのだ。おそらく寿人も夢から覚めたのだろう。困難を乗り越えて純粋な愛を貫くという夢から。

突然、涙があふれ出した。嗚咽が唇を破って漏れた。十希子は畳に突っ伏して、夜が明けるまで泣き続けた。心に残る未練の最後のひとかけらが、涙で押し流されてしまうまで。

「どうしました、突然?」

翌日、学園長室を訪ねて辞表を提出すると、慈子は訝しげに眉をひそめ、十希子を凝視した。冷たい水で顔を洗って目薬を差しても、泣き腫らした痕跡は消し去れなかった。

「申し訳ありません」

「何があったの？」

「相葉先生との婚約を解消しました」

慈子はハッと息を呑んだ。それからいくらか険しい顔になってじっと考え込んだ。

「早まったことと思いませんか？」

「いいえ」

十希子はきっぱりと答えた。

「園長先生のご尽力を無駄にしてしまって、お詫びいたします。でも、このまま白樺学園にいたら、不毛な感情に押しつぶされそうな気がするんです。それよりはこちらを出て、新しい道を探して、チャレンジしたいと思いました」

「分りました」

慈子は深い溜息を吐いた。

「執着は、目に見える対象に生まれます。いくら忘れたいと思っても、目の前に対象があれば、なかなか難しいものです。それなら別の場所へ行く方が良いかもしれません」

慈子は立ち上がり、机を回って十希子の側に歩み寄った。

「しっかりおやりなさい。困ったことがあったら、何でも相談しなさい。そして、将来あなたが執着を完全に断ち切ったら、いつでも戻っていらっしゃい」

慈子は十希子の手を取った。

「経験は人の財産です。経験の豊富な人間は良い教師になれるはずです。あなたが多くの経験を積んで、今より一回りも二回りも大きな人間になって戻って来てくれる日を、私は待っていますよ」

十希子は慈子の手を握り返し、何度も頷(うなず)いた。涸(か)れ果てたと思っていた涙が新たに溢れてきて、温かく頬を濡らした。

十希子は貯金通帳を調べていた。

遺品の整理を始めたのは、五月になってからだ。それまではとてもそんな余裕がなかった。

保子の残した通帳は二冊あった。一冊は保子名義だが、もう一冊は十希子名義で、どちらも昭和二十四年、保子が千代菊に勤めた年から始まっていた。

保子名義の通帳には、毎月支給される給料から食費と家賃、電気代、ガス代などの経費を差し引いた金額が積み立てられていた。だから数字の流れは穏やかで、一定の法則に従っている。

十希子名義の通帳は、謎めいていた。初めて通帳を見たときは、娘の結婚費用の足しに毎月細々と積み立ててくれたのだろうと思い、胸が熱くなった。しかし、内容をつぶさに見ていくと、どうも違っていた。

昭和二十四年は十二月に五千円が貯金されているが、これは当時の新人公務員の給料と同じくらいの金額であり、かなりの大金だった。翌年は三月、五月、九月、十二月に同程度の金額が積み立てられている。昭和二十六年からは、毎月公務員の初任給ほどの金額が積み立てられるようになった。去年は毎月の積み立て金額が一万円に値上がりしていた。

これはいったい何だろう？

十希子は通帳に並んだ数字を凝視した。客からのご祝儀かと思ったが、それにしては多すぎるのではないか？　祝儀を出す客ばかりではない。月によって金額にばらつきがあるのが自然だろう。毎月一万円ずつというのは変だ。

もしかして、通帳に記載されたこの金の出所（でどころ）は、母の死と何か関係があるのではないだろうか？

疑惑は次第に膨れあがり、十希子はその重さに押しつぶされそうだった。

「いらっしゃい。よく来てくれたわね」

なみ江は長火鉢の奥に座り、にこやかな笑顔で十希子を迎えた。

六月に入って千代菊では仕切りの襖や障子が葦戸（よしど）に変わり、夏座敷の設（しつら）えを調えている。応対に出た仲居のお仕着せも紺色の袷（あわせ）から藤色の単衣（ひとえ）に変っていた。開け放たれた葦戸から、廊下越しに庭が見える。客用の手入れされた庭ではなく、小さな裏庭だが、緑が目に爽やかに映った。

「ご無沙汰しておりました」

十希子は丁寧に頭を下げ、手土産の菓子折を差し出した。

なみ江は水色の単衣の縞お召に、紺地に紫陽花（あじさい）を染めた塩瀬の夏帯を締めている。ゆるく束ねた髪に挿した水色の玉簪（たまかんざし）はトルコ石だ。

「お元気そうで良かったわ。学校へはもう、復帰したんでしょう？」

口にしてから気付いたようで、ふと眉をひそめた。

「あら、そう言えば、今日は学校の方はよろしいの？」

時刻は一時半で、平日はまだ授業がある。

「五月いっぱいで、退職いたしました」

「まあ」

なみ江は困惑の体で十希子の顔を眺めている。立ち入ったことを訊いて良いものか、迷っているらしい。

「色々ありまして、居づらくなりました」

「それはまあ、大変だったわね」

なみ江はさらに困惑した様子で言った。

「それで、本日は女将さんにお願いがあって参りました」

「ええ、どうぞ。言ってちょうだい」

「厚かましいお願いですが、私をこちらで雇っていただけないでしょうか？」

鷹揚に構えていたなみ江が、驚いて目を丸くした。十希子は素早く座布団を外し、畳に手をついて頭を下げた。

「どうか、お願いします。母の後釜に座ろうとは考えておりません。ずぶの素人ですから、一から修業させていただきます。お給料も、お志で結構です……」

「ちょっと、待って」

なみ江は十希子の言葉を押し止め、頭を上げるように言った。

「ねえ、十希子ちゃん、あなた、本気で言ってるの？」

「勿論です」

十希子は背筋を伸ばした。

「母があんなことになって、私はすっかり信用を失ってしまいました。教師仲間からは色眼鏡で見られましたし、父兄からは『情死するような女の娘に子供の教育は任せられない』とハッキリ言われました。私には返す言葉もありませんでした」

「……ひどいわ」

なみ江の目には明らかに同情が浮かんだ。

「それに、実は、許婚に婚約を破棄されました」

「まあ！」

「六月に結納という約束でしたが、この間、突然」

なみ江は同情を込めて首を左右に振った。

「それで、決心したんです。もう、教師を続けて、結婚して、家庭を持ってという道を目指すのはよそうって。どうせこの先も母のことであれこれ言われるなら、そんなことは関係のない仕事を見付けようって」

十希子はじっとなみ江の顔を見つめた。

「こちらのお仕事なら、母親の事件とは関係なく働けます。それに母がそうだったように、中年になっても続けられます。普通の会社は女が長く勤めるのを嫌がりますから」

　黙って話を聞きながら、なみ江は何やら思案しているようだった。気持ちが傾きかけているのを、十希子は感じ取った。

「女将さん、私、決していい加減な気持ちじゃないんです。よくよく考えた上で決めたことなんです。雇っていただけないでしょうか？」

　フウッと一つ息を吐いて、なみ江はハッキリと頷いた。

「分ったわ。来てもらうわ」

　十希子はパッと顔を輝かせた。

「ありがとうございます！」

「正直、立派な学校の先生をしてた人がうちで働くのは勿体ないと思うけど、あなたがそこまで考えてるなら、仕方ないわね」

　なみ江は苦笑を漏らした。

「ホントは、うちはありがたいのよ。十希子ちゃんは若くてきれいだし、保子さんの娘なら間違いないし、それに、何と言っても英語の先生ですものね。この頃、外人のお客様も増えてね。勿論通訳が付いてるけど、みんな男でしょ。やっぱり直接女の子とおしゃべりしたいのよね」

千代菊には企業や政治家が接待で連れてくる外人客のほか、来日したスターも訪れる。

「芸者を呼んでも、身振り手振りだけじゃ物足りないだろうし。その点、十希子ちゃんが間に入って取り持ってくれたら、きっとお客も芸者も大喜びだわ」

なみ江の頭には仲居としての十希子の使い道が次々浮かんできたらしく、目がクルクルと動き、声も弾んでいた。

「それじゃ、善は急げよ。仲居頭に紹介するから、おいでなさい」

なみ江はすっくと立ち上がった。十希子は後について廊下に出た。なみ江の腰の上でお太鼓の紫陽花が揺れていた。

第三章

「着物と帯はお店が貸してくれるけど、下着や小物類は自分で用意するようにね。肌襦袢とお腰、長襦袢、足袋、帯締め、帯揚げ、それから腰紐と伊達締」

仲居頭は皆川うめという六十近い小柄な女で、先代女将の頃から千代菊で働いているベテランだった。見た目は年相応だが、声がとても若々しい。

「下着類は洗い替えも必要だから、最低二枚は要るわよ。足袋は毎日替えるから、最低三足ね」

十希子は神妙に頷いて、うめの言うことを手帳にメモした。

「まあ、小物類は保子さんの物をそのまま使うとして、足袋は新調した方が良いね」

「はい」

「それと、髪の毛だけど……」

うめはジロリと髪に目を遣った。十希子の髪型は横分けをやや短めの内巻きにした、ページ・ボーイという流行のスタイルだった。

「きっちりまとめて、襟足が見えるように髷に結うこと。前髪がおでこにかからないように注意してね」

十希子はまたしても神妙に頷いた。

「仕事は四時からだけど、その前に店に来て着替えを済ませておくように。まずお座敷の準備とお膳のセット。その日のお客様の確認、板さんからお料理の説明を聞く、座敷をかける芸者衆の名前を見番へ連絡。それが終わったら賄い食べて、六時になったらそろそろお客様がお見えになるから……」

言いさして、うめは途中で気が付いたように言葉を切った。

「そうだ。あんた、着物は着られるの？」

「はい。何とか」

「ま、最初の内は姐さんたちが手伝ってくれるけど、早く一人でちゃんと着られるようになんなさい。あたしたちは芸者じゃないんだから、着付けに時間かけてらんないよ」

「はい。頑張ります」

十希子は一度深く頷いてから、遠慮がちに尋ねた。

「あのう、おしまさんとお八重さんは、今もこちらにいらっしゃいますか？」

「おしまは一昨年世話する人がいて、大塚の待合の後妻に入ったけど、お八重はまだいるわよ。でも、どうして……」

うめは一瞬不審そうな顔をしたが、すぐに思い出した。

「ああ、そうか。保子さんは最初、寮に入ってたんだ」

「はい。短い間でしたけど、母と二人でお世話になりました。おしまさんとお八重さんとは隣同士で、仲良くしていただきました」

しまと八重子も雇われたばかりの新人仲居で、当時は二十歳をいくつも出ていなかった。二人とも十希子を可愛がってくれて、リボンやヘアピンをもらった記憶がある。

「知った顔がいるならあんたも心強いだろう。キチンと挨拶して、引き立ててもらうんだね」

「はい。ありがとうございます」

十希子は丁寧に礼を言って手帳をバッグにしまった。

裏口から千代菊を出て、新橋の駅へ歩きながら、八重子に何をどのように尋ねようか、考えを巡らせていた。

東京地検特捜部に摘発された大手商社三晃物産と鉄骨加工メーカー新甫鉄鋼の架空取引事件は、マスコミが大騒ぎした割には、はかばかしい進展を見せなかった。

三晃物産社長の女婿で資金課長だった前岡孝治の心中事件の後、三晃物産の副社長と新甫の社長が詐欺罪で逮捕された。しかし、捜査の過程で浮かび上がった三千万円に上る巨額の使途不明金は、建設省と建設族議員へ流れた疑いが濃厚だったが、直接の証拠に乏しく、それ以上の追及は困難を極めた。

建設省で逮捕に至ったのは道路局長と河川局長、都市局の下水道部長、政治家では北海道を地盤とする三年生議員一人に留まった。しかも事件の突破口と見られていた道路局の経理課長が、取り調べ中に窓から飛び降りて自殺したため、決定的な証拠や証言は得られずに終わった。結局、逮捕された建設省の役人は全員、証拠不十分で不起訴となった。

駅の新聞スタンドには不起訴を報じる見出しの文字が躍っていた。

十希子はそれらの文字を横目に、足早に通り過ぎた。「大山鳴動して鼠一匹」という格言が思い浮かび、静かな怒りが胸に湧いた。

どうやら母の命を奪い、名誉を踏みにじった連中は、傷一つ負わなかったらしい。のうのうと、枕を高くして寝ているのだろう。

十希子は足を止め、新聞スタンドを振り返った。

でも、それが続くと思ったら大間違いよ。蟻の一穴で千丈の堤も崩れるなら、人はもっと大きい穴を開けられるわ。

声に出さずに呟いて、再び歩き出した。


「山吹の間は羽佐間薬品の仁科様で十二名様、紫陽花の間は通産省の本田様で十名様、萩の間は豊橋建設の楢山様で八名様、柊の間は……」

うめが本日の予約客のリストを読み上げる声が続いた。

座敷の名前を聞きながら、十希子はその部屋が何処にあったか、必死に思い出そうとした。

千代菊は数寄屋造りの壮麗な建物だった。十人前後の宴会の出来る大座敷が一階と二階に四部屋あり、それぞれ四季の花の名前が付けられていた。その他は二〜三人用のこぢんまりした座敷で、名前は「源氏物語」の各帖から取っていて、全て次の間付きだった。

その日の午後、早めに初出勤した十希子は、うめに引率されて店の中を見て回った。建物の中はまるで迷路のようで、廊下は曲がりくねりながら何処までも続いていく。

「ここが桐壺、ここは空蟬、夕顔、若紫、葵、明石、薄雲、玉鬘……」

廊下に沿って並ぶ小座敷は果てしもなく、源氏五十四帖ではないが、五十四部屋もあるのではないかと思われた。

「まあ、いっぺんで覚えるのは無理だろうから、しばらくの間は少し早めに来て、自分で見て回って覚えるんだね」

「はい。ありがとうございます」

それがすむと、仲居たちの支度部屋に連れていかれた。

障子を開けると、中の女たちが一斉にこちらを振り向いた。十畳以上ある部屋なのに、女たちで溢れかえって、足の踏み場もない有様だ。その迫力に十希子は一瞬たじろいだが、うめはいささかも動じることなく、慣れた仕草で踏み込んだ。

「今日から入った篠田十希子さんよ。保子さんの娘だから、みんな、よろしく引き立ててやってちょうだいね。それと、前は英語の先生だったから、外人のお客さんが来ても大丈夫だからね」

十希子は深々と頭を下げ、三秒数えてから戻した。

いくらか目が慣れて、壁際の着物の群れに気が付いた。部屋の端から端まで一本梁が通っていて、そこにハンガーに吊したお揃いの着物が掛けてある。よく見ると帯や長襦袢、腰紐なども一緒に掛かっている。店から支給される仲居たちのお仕着せだった。

きっと仕事が終わったら、すぐに着替えて帰らないと終電に間に合わないのだろう。忙しいので畳んでいる暇はないし、仕事で汗もかく。翌日また同じ着物を着るのだから、ハンガーに吊して干しておくのは合理的だった。

「お八重さん、あんた、慣れるまで当分面倒見てやってちょうだい」

「はい。どうぞよろしくね」

八重子は笑顔を向けた。以前とあまり変っていないので、ひと目で分った。丸顔で目尻の垂れた細い目に、ちょっと厚ぼったい唇。寮で一緒だった頃はおしゃべりで気の好い人だった。性格も変っていなければ良いのだが……。

「ときちゃん。ホントにまあ、大きくなったわねえ」

うめが部屋を出ていくと、八重子が懐かしそうに近づいてきた。

八重子だけでなく、他の仲居も側へ来て、口々に「お母さんは、お気の毒でしたね」「ご愁傷様です」とお悔みを口にした。誰も皆友好的で、保子の娘だという理由で好意を持ってくれた様子だった。十希子はここでもまた、母の残してくれた遺産を嚙みしめた。

「皆さん、何分にも初めてで、至らぬ点は多々あろうかと存じますが、早く仕事に慣れるよう、精一杯努力いたします。これから、どうぞよろしくお願いします」

八重子は「水くさいこと言わないでよ」と微笑んだ後、いくらか言いにくそうに訊いた。

「学校、どうして辞めちゃったの？」

「居づらくなってしまって……生徒たちの親御さんが学校の方に色々言ってきたものですから」

「そうなの」

八重子は気の毒そうに頷いた。

「これ、六月のお仕着せ。九月にはまたこれ着るのよ」

八重子が畳んだ布が置かれた棚から、藤色の無地の単衣と黒い塩瀬の帯を出してくれた。

それとは別に仕切りの付いた棚があって、小型の柳行李(やなぎごうり)や衣装箱が載っている。各人の私物をしまっておく場所だという。

「着物、一人で着られる？」

「はい、何とか」

それでも十希子が着物を着付けていると、もうすこし裾を短めにとか、襟を詰めた方が良いとか、色々とアドバイスが飛んだ。

「来月からは薄物。七、八とね。九月はこれに戻って、十月からは袷。今年は新調してくれるって話だけど」

八重子は十希子の仕上がり具合を点検して、合格点を付けた。

「それとね、あたしたちは帯に栓抜き挟んでるの。一日何十回ってビールの栓抜くからね。みんな、取りやすいように栓抜きに根付けを付けてるのよ。ときちゃんも何か付けると良いわよ」

着物も帯も支給品なので、根付けは個性的なおしゃれ心を発揮できる、数少ない小物だった。

「あのう、お仕事は、大体どんなことをすれば良いんですか？」

「まず、お客様がお着きになったらお部屋に案内して、お酒とお料理を運んで、空いた食器を下げることが主だけど、その他にお酒やお食事の進み具合を見て板場（厨房）に追加を注文したり、次のお料理を遅くしてもらったり、逆に早めに出してもらったり。お馴染みさんだと好みも分るから、苦手なものは出さないように、あらかじめ板場の方にお願いしたりね。それから、お客さんの贔屓の芸者さんの手配とか、帰りのお車の手配もあるわ」

　下戸のお客さんが接待で来たときは、こっそり銚子に白湯を入れて出すこともあるという。

「芸者さんを呼ぶのは、置屋さんに電話するんですか？」

「いいえ、見番。料亭は電話で名前だけ言えば、後は見番が置屋に連絡してくれるのよ。あ、ここは新橋の見番だからね」

「はい」

「そうだ、トクホン持ってる？」

「えっ？」

「何しろ箱膳捧げてお座敷と板場を何往復もするんだから、足がクタクタよ。担当が全部二階の座敷だったら、もう大変よ」

「あの、救急箱に入ってるかも知れません。なかったら、明日買います」

「じゃ、今日はあたしの少しあげるから、持ってきなさい」

「すみません」

　八重子はむしろ嬉しそうに、私物を入れた行李からトクホンの箱を出し、中身を五枚ほど十希子に差し出した。そして、仲居たちがそれぞれ支度部屋を出て周囲に人がいなくなったのを見澄ますと、声を潜めて言った。

「上客はみんな係の人が決まってんのよ。お勘定とか領収書とか、芸者の誰それにお相手させろとか、面倒臭いことは係のお姐さんに任せれば良いからね。あたしたちは言われた通り、右から左へ動いてれば良いのよ」

「はい。分りました」

八重子に頭を下げたものの、十希子は頭の中では別のことを考えていた。

八重子は千代菊では大して重要な働きをしていないようだ。それなら持っている情報も大したことはないだろう。重要なことが知りたければ、うめを始めとする上位の仲居に取り入らなくてはならない。大口の客の会計を任されているような仲居に。


五時半になると仲居たちに賄いが出た。その日の献立は深川丼と具の入っていない味噌汁だった。

板場に降りて自分で器によそい、廊下を挟んだ十二、三畳の座敷で食べるのだが、客室と違って障子も畳も黄ばんでいる。そしてゆっくり味わっている暇はなく、かっ込むようなスピードで食べなくてはならない。

「でもね、板場のある料亭って、上等なのよ。普通は元々待合（貸席）だから、料理は全部仕出しだもん。だからこの辺って、仕出し屋が多いでしょ？」

慣れているのか、さっさと平らげて食後のほうじ茶を飲み、楊枝を使いながら八重子が解説してくれた。

「うちの板さんは京都の有名な料理屋で修業した人らしいわ。来日した外人のスターさんがうちへ案内されるのも、料理が美味しいからだって」

「まあ、そうなんですか」

どうりで、全然具が入っていないのに、味噌汁は出汁が効いていて美味しかった。

「……表向きはね。ホントは女将さんのパトロンが映画会社に太いコネがあるからなのよ」

八重子は十希子の耳に口を寄せて囁いた。

時計が六時を回ると、正門の前には黒塗りの車が次々に横付けされ、高価な背広を着た男たちが五人、六人と、まとまって玄関を入ってきた。

「いらっしゃいませ！」

女将を始め、仲居たちは全員式台に膝をついて出迎えた。客たちが靴を脱ぐと、下足番が飛んできて足箱へ収めていく。

「どうぞ、撫子の間にご案内いたします」

中年の仲居が立ち上がり、先頭の客の鞄を受け取った。四人の仲居が続いて他の客の鞄を受け取り、一同は階段を上っていった。

十希子は八重子の隣に控え、担当する客が到着するのを待った。

間もなく、見番から呼んだ芸者衆が五人到着した。三人は若く、二人は四十過ぎに見えた。

それ以外に、風呂敷に包んだ荷物を背負った初老の男が従っていた。男は玄関先で風呂敷をひろげ、二つの木箱から三味線と締太鼓（しめだいこ）を取り出して年配の芸者に渡した。これが所謂箱屋（はこや）で、芸者の付き人的な仕事のほか、見番への連絡なども受け持っているのだった。

「あの三人、ゆかり・牡丹・染香（そめか）って言ってね、すごい売れっ子なのよ。〝東（あずま）をどり〟で大人気」

八重子がチラリと芸者たちを振り返って耳打ちした。

大正十四（一九二五）年、京都の〝都をどり〟に倣って新橋の芸妓たちの始めた東をどりは、戦争中は中断されたが、昭和二十三（一九四八）年に復活すると大人気を博し、スター性のある人気芸者を何人も生んだ。

「いらっしゃいませ！」

すぐに次の客たちが到着した。

八重子が十希子に目配せして立ち上がった。十希子も八重子を見習い、二人の客から鞄を受け取って一緒に階段を上った。


覚悟はしていたが、仲居の労働は目の回るような忙しさだった。

千代菊では春と夏の座敷は一階、秋と冬の座敷は二階にある。十希子は八重子の後について、いくつもの座敷と階下にある板場の間を慌ただしく往復した。その合間には各座敷の食事と酒の進行状況を確かめ、細かく配膳の世話をしなくてはならない。

十希子は全て八重子の後にくっついて真似をしていれば良かったが、他の仲居たちはそれぞれ独自の判断でいくつもの座敷を動き回っている。大きな座敷は担当の仲居が何人もいるが、個人用の小さな座敷は一人で担当する。それを二つも三つも掛け持ちするのだから、頭も身体もフル回転しなくては務まらない。

そんな中、女将のなみ江は各座敷を回って、優雅に挨拶を繰り返した。十人以上の宴席なのに挨拶だけで下がる座敷もあれば、じっくりと腰を据える小さな座敷もあった。

昼間も充分に美しいが、夜の明りの下で見るなみ江は華やかさに妖艶（ようえん）さが加わって、溜息が出るほどだった。その上、名門料亭の女将としての貫禄も備わっている。若く美しい芸者衆と比べても、いささかも引けを取らない。まさにスターだった。

二階の大座敷で、十希子が空いた食器を下げていると、主任格の仲居が宴席に入ってきた。白樺学園から千代菊に駆け付けたとき、応対に出た女だった。主賓の横に座っている若い芸者に何か言うと、芸者は頷き、横の客にお愛想を振りまいてから「ちょっと失礼いたします」と下がろうとした。

「なんだ、紅子(べにこ)。今夜は貸し切りのはずだぞ」

会計元らしい恰幅のいい男が見とがめて文句を言った。

「ごめんなさいね、ターさん。これも浮世の義理なのよ」

芸者が席を立つと、会計元が仲居に目配せした。二人は座敷を出て、廊下の端で立ち止まった。

「和子(かずこ)、どうなってるんだ？　倉本(くらもと)さんの機嫌を損ねたら……」

「大丈夫です。ちゃんと話は通しましたから」

「紅子も承知なんだな？」

「勿論ですよ」

「十一時に帝国ホテルの……」

「はい、承知しております」

二人は声を潜めていたが、廊下に出た十希子の耳にも会話は聞こえてきた。会計以外に客と芸者の取り持ちも仕切っているということは、あの仲居は千代菊でも古株なのだろう。十希子は階段を降りながら、あの仲居の顔と和子という名を記憶に焼き付けた。

「君、ご不浄はどこかね？」

板場に向う途中で、客に呼び止められた。せかせかした口調だった。焦っているようでもあった。

「はい。ええと……」

十希子は廊下の真ん中で、思わず周囲を見回した。手洗いがどちらにあるか、急には思い出せない。

「あのう……」

一刻を争う風情の客の前でいよいよ焦っていると、通りかかった別の客が「あっちですよ」と教えてくれた。客は礼もそこそこ、廊下を小走りに駆けていった。

「畏れ入ります。ありがとうございました」

「ニューフェースだね」

客は物珍しそうにジロジロと十希子の顔を見た。四十代半ばで、寿人と同じくらいの背丈……一七五、六センチだった。色はやや浅黒く、目つきが鋭い。立派な服装をしているのに、どことなく堅気の人間とは違う、危険な匂いがした。

「本日からお世話になりました。よろしくお願い申します」

十希子は会釈して足早にその場を離れた。銚子の追加を速やかに座敷に持っていかなければならない。

玄関も人の出入りが絶えなかった。遅れて到着した客と宴の半ばで帰る客、他の料亭に呼ばれてゆく芸者衆と別の座敷を終えてからやってきた芸者衆、そんな男女の履き物の用意で、下足番は休んでいる暇もない。

十希子が板場へビールを取りに行く途中、若い芸者が入って来るのが見えた。

「こんばんは！」

そこへ客を案内してきたうめが通り合わせた。

「ああ、小ゆきさん、夕顔の間で冬木先生がお待ちかねよ」

「はあい」

小ゆきという芸者は式台に上がると、さっと着物の褄を取った。

「ちょいと、小ゆきさん！」

うめが、ピシッと鞭を振るような声で言った。

「うちの廊下は、芸者衆の裾が汚れるような、そんないい加減な掃除はしていないよ」

小ゆきはハッとした顔になり、裾を下ろすとこぼれるような笑みを浮かべた。

「あらあ、イヤだわ、お姐さん。そんなつもりじゃありませんよ。気を悪くしないでくださいな」

そして、可愛く両手を合わせると、小走りに座敷へ向った。

十希子は足早に板場へ歩きながら、芸者という商売は恐ろしく割に合わないと思った。

水商売の女を直接には知らなかったが、芸者は素人女がすぐ出来る商売ではなく、子供の頃から置屋に下地ッ子で入り、厳しい稽古を重ねて鑑札を取らなくてはならないことくらいは、常識として知っていた。そして、衣装やカツラで出費がかさむことも聞いていた。

それなのに、客と旦那と料亭の女将だけでなく、仲居にまで気を遣わなければならないとは。こんなに時間と金がかかって気苦労の多い仕事を、これからの若い女性が選ぶかどうか疑問に思った。

「どう、疲れたでしょ？」

十一時を回ってやっと客が全員引き上げ、仕事が終わった。

「ええ、もうクタクタ。トクホンいただいて良かったわ。帰ったら貼って寝ます」

仲居たちは賑やかにおしゃべりしながらも、手早く仕事着を脱ぎ、通勤着に着替えて支度部屋を後にした。

「八重子さんは、今も寮にお住まいですか？」

「あそこは三年前になくなったわ。今は田町のアパート」

「じゃ、新橋までご一緒ですね」

すると、八重子は意味ありげに含み笑いした。

「悪い。今夜、ちょっと約束があってね」

「あら、それはどうも……」

十希子が言葉を濁すと、八重子はあわてて付け足した。

「お客じゃないわよ、一緒に住んでる男。あぶく銭が入ったから、奢ってくれるんだって」

八重子は「月がとっても青いから」をハミングしながら裏口を出ると、「お先に」と路地を駆けていった。十希子は足が棒のようになって、とても駆け出す気力がなかった。教師も立ち仕事だが、座る時間もある。仲居の仕事は立ったり座ったりが多く、おまけに階段を何度も上り下りし、廊下はほとんど小走りなので、疲労度は比べものにならなかった。

保子は十希子よりずっと年を取ってからこんなキツい仕事を始め、一度として泣き言を漏らすことなく、何年も続けてきたのだった。それを思えば、これしきのことで弱音を吐いてはいられない。

しかし、やはり初日は疲労困憊(こんぱい)だった。

突然、背後でクラクションが鳴った。びっくりして振り返ると、アルファロメオがゆっくり付いてくる。

「乗れよ。送ってやる」

満が運転席から身を乗り出して言った。

「結構です」

十希子は歩く速度を緩めないまま答えた。

「遠慮すんなよ」

「遠慮じゃありません。困るんです」

「なんで?」

十希子は振り向いて後ろ歩きになった。

「私は今日から千代菊に仲居見習いとして雇っていただきました。それが経営者の息子さんに車で送ってもらったら、先輩の仲居さんたちにどう思われるでしょう？」

「みんな羨ましがるよ、きっと」

「それが困るんです。私は一番新米なんですから、先輩たちに色々教えてもらわないといけない立場です。先輩たちがみんな車で送ってもらっているならともかく、私一人だけ特別扱いされたら、皆さんの気分を害します。言ってること、お分りでしょ？」

満は車を前に出して停め、助手席を指さした。

「分ったから乗れよ。明日からはもう送らない」

正直、これから新橋駅まで歩いて電車に乗り、多分立ちっぱなしで錦糸町に着き、駅から家まで歩くかと思うと、しんどかった。

「それじゃ、お言葉に甘えます」

十希子は助手席に乗り込んだ。

「何で、学校辞めちゃったんだい？」

車をスタートさせてから、満が尋ねた。

「仕方なかったんです。『情死するような女の娘に、大事な子供の教育は任せられない』って父兄が学校にねじ込んできて」

「ふうん」

素っ気ないが、声には同情が感じられた。

「だからって、何も仲居になることないだろう。他の学校探せば良いじゃないか」

「何処も同じですよ、学校なんて」

「そりゃそうだけど、よりによってうちに来ることないだろ」

「千代菊は一流のお店です。それに、どうせ仲居の仕事をするなら、誰も知り合いのいない店より、母の勤めていた店の方が働きやすいと思いました」

「そうかなあ……。かえってやりにくいと思うけど」

「人には同情ってものがあります。気の毒に思ったら、人は親切にしてくれるでしょう。私の母は千代菊で一生懸命働いていたはずだから、お仲間だった人たちも、きっと娘の私に親切にしてくれる。それを当てにしているんです」

「ふうん」

満は興味なさそうに、気のない相槌を打った。

「君が別の店で働いてたら、毎日送っていけたのにな」

満は片手で上着のポケットから外国製の煙草を取り出し、一本口にくわえて細長い銀のライターで火を付けた。

「満さん、大学はどちら？」

「慶応」

「立派な学校じゃありませんか。どうして行かないの？」

月謝も高いのに……と思う。十希子がお茶の水女子大を選んだ一番の理由は、国立で月謝が安かったからだ。私立大学の学費は母子家庭には高額すぎて、最初から志望しなかった。

「どうしてかなあ……目標がないからかな？　卒業したってどうせ店継ぐだけだし、行く意味ないよな」

「でも、自分で希望して受験したんでしょ？」

「慶応ボーイなら上玉が引っかかるかと思ってさ」

満の吐き出した煙は、窓から抜けて夜の中へと流れた。

「ところが、あんまり代わり映えしねえんで、ガッカリ。上玉は街にゴロゴロ転がってないんだな」

スマートな容姿と潤沢な小遣いを持つ金持ちのドラ息子。こういうタイプを好む若い女は十希子の周囲にもいる。

「ああ、ここで結構です」

アルファロメオは菊川一丁目の停留場の横に駐まった。

「ありがとうございました」

十希子が車から降りると、満は運転席の窓から首を出した。

「今度の休み、食事に行こうよ。黙ってりゃ分らないよ」

「無理です。女の勘って鋭いんですよ。それじゃ……」

十希子はさっと片手を振って路地に入った。


「まあ、先生、ようこそおいでなさいませ」

うめが最高級の笑顔を見せ、式台に膝をついた。

「来てるか?」

「はい、先ほどからお待ちでございます」

客は慣れた様子で廊下を奥へ進んだ。その後から鞄を持った秘書らしき男とうめが続く。居並ぶ仲居たちは皆、客が廊下を曲がるまで、深々と頭を下げた。

見覚えがあった。新聞でよく見る顔だ。年齢は五十半ば、背はあまり高くないががっしりした体格で、口髭を生やし、太い鼈甲縁の眼鏡を掛けている。久世龍太郎。大臣職を歴任した与党の大物政治家で、前年の造船疑獄の際はうまく免れて、現在は党幹事長だった。

続いて、七、八人の団体客が入ってきた。

「湯川だが」

先頭の男が言った。四十半ばで謹厳な顔つきをしている。

「いらっしゃいませ。お待ちしておりました。お部屋にご案内いたします」

和子がすっと近寄って、腰を屈めた。同じ部屋を担当する仲居が三人、それぞれ客の鞄を受け取り、案内に立った。

「芙蓉の間のお客様、お着きでございます」

和子が奥に声をかけた。

千代菊では部屋の外で客の個人名を口にしないように命じられていた。政敵や商売敵が同じ日に来店している場合もあり、出迎えの時は「～の間のお客様」で統一されていた。その方が板場も仲居も動きやすい。その代わり、担当の仲居は客の名前と部屋割りを、しっかり頭に入れておかなくてはならなかった。

「ああ、君。一人遅れて来るから、頼んだよ」

「畏まりました」

一同が廊下の奥へ消えると、八重子が小声で教えてくれた。

「今の人たち、検事さんよ」

「ご存じなんですか？」

「襟の徽章。あれ、『秋霜烈日』って、検察のマークなの。弁護士さんは向日葵の徽章よ」

「よくご存じですねえ」

「もう八年だもん。ときちゃんもそのうち、徽章見ただけでどこの会社か分るようになるわよ」

すぐに次の客が到着して、十希子も案内に立った。

ほどなく芸者衆の第一陣が玄関を入ってきた。

「こんばんはあ！」

色とりどりの衣装が三和土に溢れ、花びらで覆い尽くされたように見える。

「紅子さん、小萩さん、あかねさん、山吹の間です。ゆかりさん、牡丹さん、染香さんは梔子の間、みち奴さんとゆり千代さんは柊の間……」

うめは十人ほどの芸者の顔ぶれを見て、よどみなく部屋割りを伝えた。さすがだと、十希子は感心した。呼ばれた芸者はまだ大勢いるし、座敷は沢山あるというのに。

見とれている暇もなく、十希子は八重子に従って、その日も大座敷一部屋と小座敷三部屋の世話に追われていた。

空いた食器を板場に下げ、座敷に戻ろうと玄関にさしかかったとき、客が一人入ってきた。

「あのう、湯川さんの名前で席があると思うんですが……」

「いらっしゃいませ。お待ちしておりました」

うめはさっと一礼すると、十希子を目に留めて命じた。

「十希子さん、お客様を芙蓉の間にご案内して」

「はい」

十希子は振り向いて玄関に引き返そうとした。

「……十希子さん!?」

驚いて目を丸くしている客の顔には見覚えがあった。

「紺野さん？」

改めて見れば、背広の襟には「秋霜烈日」の徽章が付いていた。

「どうして？」

「どうぞ、お部屋にご案内いたします」

十希子はニッコリ微笑んで目で促した。

「相葉は知ってるんですか？」

廊下の半ばで、十希子は足を止めて紺野と向き合った。黙って首を振ると、ますます困惑した顔になった。

「婚約は解消しましたの。学校も退職いたしました」

「そんな……ばかな」

信じられない、と言いたげな目になった。

「何だって、そんなことに？」

「一言では申し上げられません。強いて言えば、寿人さんのご両親が私を息子の嫁に相応しくないと判断なさって、寿人さんも同意なさったんですわ」

紺野の顔に表れたのは同情と、怒りだった。

それを見て十希子は、怒りの似合う顔だと思った。寿人の顔と声は愛を囁くのが似合っていた。でもこの顔には義憤が似合う。

我知らず、十希子は笑みを漏らしていたらしい。廊下を歩いてきた客が不思議そうな顔をした。昨日、洗面所を教えてくれた客だった。十希子はあわてて軽く頭を下げ、踵(きびす)を返そうとした。

その時、客と紺野が互いの顔を見合うのが見えた。その一瞬、火花が散るような緊張感が走った。

客は速度を変えずに廊下を通り過ぎた。

「お知り合いですの？」

「違います。でも、誰かは知っています。向こうも、これには含むところがあるようだ」

紺野は襟元の徽章を指さした。

「どうぞ、こちらのお部屋でございます」

芙蓉の間の前まで来ると、紺野は背広から名刺を取り出し、十希子に手渡した。

「時間のあるときに連絡して下さい。お話ししたいことがあります。それから、僕でお力になれることがあったら、何でも言って下さい」

「すみません」

十希子は廊下に膝をつき「お連れ様がお見えでございます」と声をかけて襖を開けた。

その翌日、うめが読み上げる予約客のリストの「三晃物産」という社名を聞いて、十希子は緊張で身が引き締まった。母の〝心中〟相手が勤めていた会社だ。座敷は萩の間。

前岡の上司や同僚は来るだろうか？　事件について何か知っている人は？　もしかしたら、何か手がかりが……？

十希子は気が逸り、ソワソワと落ち着かなくなった。

「お客様、お着きになりました！」

下足番の声に、式台に手をついた仲居たちが一斉に「いらっしゃいませ！」と声を張った。夜の営業が始まると、身なりのいい男たちのグループが次々に玄関に到着した。

何組目かの客が入ってきたとき、和子が立って「萩の間のお客様、ご案内です」と奥に声をかけた。

それじゃ、この人たちが三晃物産……！

十希子はその七、八人のグループを凝視した。和子を先頭に、座敷付きの仲居が二人、案内に立った。悔しいが十希子は担当ではない。しかし、仲居なら宴席に近づく方法はあるはずだった。

それから一時間ほどしてから、十希子は板場でビールを四本調達し、萩の間に向った。

中庭に面した萩の間は葦戸を開け放っていた。宴たけなわで、どの顔もほんのり赤く染まり、陽気な声と笑いが飛び交っている。

幸い仲居の姿はない。十希子は廊下にビール瓶を載せた盆を下ろし、お辞儀した。

「おビールの追加をお持ちいたしました」

「ああ、こっちと、そっちに置いて」

中年の男が座卓の上を指さした。

十希子が座敷に入ってビールの栓を抜いていると、男たちの視線が集中した。

「あんた、新入り？」

「はい。十希子と申します。よろしくお願いいたします」

男たちは空のグラスを差し出し、口々に「いくつ？」「美人だねえ」「彼氏はいるの？」などと話しかけた。十希子は適当に受け流しながらも、笑顔を絶やさず、顔と名前を覚えてもらえるように努めた。次に店に来たとき、声をかけてもらえるように。

そこへ和子がビールを運んできた。十希子の姿に一瞬眉毛を吊り上げたが、すぐに笑いにごまかした。

「あらあ、ビールがダブっちゃったかしら」

「良いよ。置いてってくれ。どうせすぐ空になる」

「それより和子、こんな上玉がいるのに隠しとくのはいただけないぜ。今度来たら、絶対に呼んでくれよな」

一番上席に座っている年輩の男がご機嫌な声で言うと、和子も笑顔で答えた。

「はいはい。西島さんたら、ホントに目ざといんだから。油断も隙もありゃしない」

男たちが苦笑を漏らす中、和子は素早く十希子に目配せした。

「十希子ちゃん、また遊びにおいでよね」

「はい。ありがとうございました」

座敷を離れると和子は十希子の袂を摑み、廊下の隅に引っ張っていった。

「ちょっと、あんた、どういうつもり?」

「すみません。お部屋の前を通りかかったら、ビールの追加を頼まれまして……」

「余計なことすんじゃないわよ」

「申し訳ありません。山吹の間にお持ちしたビールが余っていたもので、つい」

「今度、担当でもない座敷にのこのこ顔出したら、承知しないわよ。分ったわね?」

「はい。本当にすみませんでした」

神妙に頭を下げたものの、頭の中は、何とかして三晃の社員に近づく方法はないか、そのことでいっぱいだった。

勤め始めて半月もすると、十希子にも千代菊の表と裏がいくらか分ってきた。与党幹事長の久世龍太郎は、三日にあげず来店した。派閥の議員を引き連れて大人数で来ることもあれば、お忍びで来ることもあった。お忍びで来るときは内密の談合で利用する場合と完全なプライベートに分かれたが、いずれにしても泊まっていった。

「だって、女将さんのパトロンだもの」

何も聞かなくても八重子が教えてくれた。これは秘密でも何でもなく、店の者も政財界の関係者も、みんな知っている話だという。

「だから、久世先生の派閥の先生たちも、久世先生に取り入りたい会社の幹部も、みんな義理立てして千代菊を使ってくれるのよ。お陰で、女将さんは黙ってるだけで、お金が転がり込んでくるって寸法よ」

十希子はなみ江の妖艶な美貌と、スターもかくやという堂々たる貫禄を思い浮かべた。

確かに、大物政治家が虜（とりこ）になるのも無理はない。保子も美しかったが、まったく質が違う。保子の美しさが一輪挿しなら、なみ江は大広間を飾る豪奢（ごうしゃ）な生け込みだった。

保子の美しさがもたらすのが安心なら、なみ江のそれは惑乱だった。人の心を鷲摑みにする強さと迫力を備えている。そんな女は滅多にいるものではない……。

「別に久世先生だけじゃないわよ。小座敷の次の間、あれはお泊まり用。芸者を呼んで泊まる人、多いわよ」

戦後料亭と名を変えた店のほとんどは待合で、昔から芸者遊びの場を提供してきた。千代菊は料理にも定評があるが、純粋な料理屋とは違う。

「でも、朝はどうするの？　私たちは、夜は帰っちゃうけど」

「うめさんは住み込み。板場も泊まりを一人置いてるから、泊まりのお客さんが何人いても、何とかなるのよ。それでも手が足りないときは和子さんが早出するわ」

和子はどうやら千代菊ではうめに次ぐ地位にあるらしい。それなら、もしかして事件について何か知っているかも知れない。直接の手がかりでなくとも、和子の側にいれば聞こえてくる内緒話は沢山あるはずだ。

十希子は改めて母のことを思い出した。保子はたまに「映画スターの誰それがお店に来た」と言うくらいで、千代菊で見聞きしたことを十希子に話したことはほとんどなかった。それは仲居としての心得だったろうが、それ以上に、生臭い話を聞かせたくなかったのだろう。

客と芸者の関係のほかに、接待する企業と接待される役所の関係も分ってきた。銀行と証券会社は大蔵省、製薬会社は厚生省、商社や機械メーカーは通産省、工務店や大手不動産会社は建設省、放送関係各社は郵政省、私鉄の親会社や海運関係は運輸省……とにかく、各役所には必ず接待する企業が存在した。

もっとも、大きな座敷で堂々と行われる接待は表向きで、やましいところはない。しかし、小座敷でひっそりと行われる接待は、公にしたくない取り決めが行われている感じがあった。それが何か、十希子のような下っ端の仲居には、窺い知ることも出来なかったが。

「十希子さん、薄雲の間をお願いね」

うめにそう命じられたのは、七月に入って間もない頃だった。

「糸魚川(いといがわ)先生のお座敷よ。今日は和子さんが休みだから」

ベテラン仲居の和子は昨日から夏風邪を引いて店を休んでいた。

勤めてから一ヶ月を超え、仲居と板場の顔ぶれだけでなく、座敷の名前と位置、客の名前と顔もかなり頭に入っていた。糸魚川という名前も何度か耳にした。「先生」と言われているので会社員ではなく、議員・医師・弁護士・公認会計士のような職業だろうか。

「いらっしゃいませ」

その日の口開けの客が入ってきた。二人連れで、一人はあの、手洗いを教えてくれた客だった。そしてあの時、東京地検特捜部の紺野とは険悪な雰囲気だった……。

「十希子さん、先生をご案内して。薄雲の間のお客様、お着きになりました」

うめの一声で、十希子はこの客が糸魚川だと初めて知った。

「どうぞ、こちらでございます」

糸魚川の背後にいる秘書らしき男から鞄を受け取ろうとしたが、男は黙って首を振った。二人の先に立って案内しながら、本当は糸魚川の方がこの店に詳しいのにと、いくらか皮肉に思った。

「もう、店は慣れたかね？」

背後から糸魚川が声をかけた。

「はい。お陰様で、だいぶ」

薄雲の間は一階の奥にあり、中庭に面している。糸魚川は部屋に入ると上着を脱ぎ、ネクタイを外した。十希子はそれを受け取ってハンガーに吊し、備え付けの小さな箪笥に掛けた。

糸魚川は座布団に胡座をかき、扇子をひろげてパタパタと扇いだ。秘書は糸魚川が着席するのを待って、左横の席に正座した。

「ビール。恵比寿で」

「はい」

十希子は板場へ行ってビールの支度を盆に載せ、冷蔵庫で冷やした冷たいおしぼりを余分に取って薄雲の間に戻った。

秘書は壁を背に端座したままだ。三十半ばくらいで、背広を着た上からも屈強な体つきをしているのが見て取れた。もしかしたら、秘書ではなくてボディ・ガードなのかも知れないと思った。

「どうぞ、こちらでお顔と首筋をおふき下さい」

「気が利くじゃないか」

十希子はビールの酌をしてから団扇で風を送った。

「お料理、お持ちしてよろしいでしょうか?」

「ああ」

十希子は板場へ行って薄雲の間の料理を始めてくれるように告げた。板場の若い衆がすぐにガラスの器を差し出し、一言言い添えた。

「薄雲の間の先付け、焼き茄子の雲丹載せ本山葵添え」

今週の先付けは胡麻豆腐だが、糸魚川のように週に二度目の来店をした客の場合は、献立も器もすべて一新するのだ。

十希子は薄雲の間に料理を運び、糸魚川にビールの酌をした。秘書のグラスにも注ごうとしたら、手を振って断られた。

「先生、お酒はこの後どうなさいます?」

「このまま、ビールで」

その時「失礼いたします」と声がかかって葦戸が開き、女将のなみ江が入ってきた。今夜の装いは黒地に白菊の刺繍を施した絽の訪問着に金紗の袋帯という華麗な装いで、このまま舞台に立っても映えそうだった。

「いらっしゃいませ。本日もありがとうございます。能勢さんもようこそ」

華やかな挨拶のお陰で、秘書兼ボディ・ガードは能勢という名だと分った。

能勢は相変わらず石の地蔵のように身動き一つしないが、糸魚川の方は大袈裟に目を丸くした。

「こりゃまた、今夜はずいぶんと派手派手しいな。新橋から新人芸者で出るのかね?」

「意地悪ばっかり。今夜は大きなお座敷が三つも入ってるんですのよ」

なみ江は軽く睨んでぶつ真似をした。

「そんなのは毎晩だろうが。商売繁盛で結構なことだ」

なみ江はすっと糸魚川により添い、十希子に顔を向けた。

「六月に入った十希子さん。保子さんの娘さんよ」

能勢はチラリと十希子に視線を向けたが、すぐに元に戻した。糸魚川は既になみ江から話を聞かされていた様子で、軽く頷いた。

「目元がそっくりだ」

それからじっと十希子の顔に目を据えた。

「お母さんは気の毒だったね」

「畏れ入ります」

十希子が頭を下げると、なみ江が言い添えた。

「糸魚川先生は長年、保子さんがお会計の担当だったのよ」

「保子はよく気が付いて気働きのある女だった。お世話になったよ」

しみじみとした口調で言って、グラスを献じた。

「そうだ、この子を俺の担当にしてくれ」

「よろしいんですか？」

「保子の娘なら頭の出来は良いだろう。それに、供養にもなる」

なみ江は花が開くような笑顔を見せた。

「良かったわね、十希子ちゃん。糸魚川先生はうちのお得意様で、とても紳士でいらっしゃるの。絶対にご無理は仰らないから、安心よ」

「おい、おい。そう釘を刺すなよ。口説けなくなるじゃないか」

なみ江と糸魚川が楽しそうな笑い声を立てたのを潮に、十希子は座敷を下がった。二人の気安さと親密さは女将と馴染み客なら当然だろう。しかし、糸魚川は明らかに東京地検特捜部に目を付けられていた。その理由が何か、気になってたまらなかった。

薄雲の間に口取り、椀盛りと料理を運び、お造りを持っていくと、なみ江の代わりに紅子という芸者が席に付いていた。

「手前から縞海老、平貝、平目、鮪でございます」

糸魚川は無感動な目で刺身の皿を一瞥した。週に何度も千代菊に来ているので、宴会料理には飽きているのかも知れない。

「そうだな、酒をもらおうか。冷酒で。グラスは二つ」

「畏まりました」

板場へ急ぐ途中、なみ江に呼び止められた。

「十希子ちゃん、萩の間のトヨス商事さんのお席、外人のお客様が二名おいでなの。芸者も付けてあるけど、英語がダメで座が持たないから、三十分ばかり助けてあげて」

「はい。薄雲はどういたしましょうか?」

「うめさんに頼むわ」

十希子はなみ江に糸魚川の注文を伝えると、萩の間に向った。

外人客の相手をするのは初めてではなかった。千代菊は数寄屋造りの建物が外人受けするというので、毎週のように外人客が接待で連れてこられる。接客するのは芸者だが、言葉が通じないので通訳が必要になる。通訳は英語の話せるその会社の社員かプロの通訳だが、どちらも男だった。酒席の男女の会話を男が通訳するのは雰囲気を損なうこと甚だしい。そこで十希子が重宝された。

十希子は客と芸者の少し後ろに座って、他愛もない話を通訳した。そのまま訳すこともあるが、話を面白くするために脚色することもあった。自分の話で外人が笑ったと思うので、芸者も喜んだ。

十希子は外人のいる席に出るのは好きだった。賓客が外国の要人だと、酒席が乱れない。外国人はほとんど酔っ払うことはなかったし、接待する側の日本人も緊張しているせいか、決して羽目を外さないのだ。

もっとも後になって、あの外人のホテルの部屋に芸者の誰それが送り込まれた……という話を聞くことはあったが。

「君はどうしてこの店で働いているの?」

その日席についた外人客が尋ねた。取引先の重役という人物で、十希子の目には初老に見えた。

「夜はここで働いて、昼間は英文タイプの学校に通っています」

何度も同じことを訊かれているので、無難な作り話を答えるようにしていた。

「卒業したら、商社のタイピストになりたいです。千代菊ではネイティヴの方とお話しできるので、とても勉強になります」

「それは感心だ。頑張りなさい」

その客も他の客と同じく、それ以上は質問しなかった。十希子は客にニッコリと微笑むと、素早く芸者に説明した。

「どうしてここで働いてるのか訊かれたので、英語の勉強をしているって答えました」

「あら、それじゃ私はここで、殿方の勉強をさせていただいてるって言ってちょうだいな」

芸者は扇子で口元を隠してころころと笑い声を立てた。

三十分ほど会話の橋渡しをして、その座敷を出た。その日は薄雲の間以外に担当する座敷が三つあり、順番に顔を出して食器を下げたり酒や料理を運んだりしなければならなかった。

最後に薄雲の間を覗くと、糸魚川は紅子に団扇で風を送らせながら、悠然と盃を傾けていた。料理にはほとんど箸を付けた様子がない。一方、能勢の器はきれいに空になっていた。

「残りの料理を全部運んでくれ。後はこっちでゆっくりやるから。そうだ、冷酒をもう一本」

「畏まりました」

十希子は板場に言って「薄雲の間の料理を全部お願いします」と頼んだ。

「鱸の塩焼き、蓼酢添え。強肴は秋田県象潟の岩牡蠣。冷やし茶碗蒸しの銀餡。留め椀は冬瓜と茗荷、薄揚げ。ご飯と香の物。デザートはメロン」

板場の若い衆が長手盆に次々と料理を載せた。魚介類は毎日築地で仕入れているので、糸魚川の分も変える必要がない。茶碗蒸しは糸魚川の大好物で、その日の献立にかかわらず、千代菊に来たら必ず出すのだとは、後になってから知った。

薄雲の間に料理を運び、膳の上にきれいに並べて退出しようとすると、糸魚川が「ちょっと」と呼び止めた。十希子が座り直すと、糸魚川はワイシャツの胸ポケットからポチ袋を出した。

「これはほんの気持ちだ。これからも頑張りなさい」

「ありがとうございます。頂戴いたします」

十希子は両手で押し戴き、帯にはさんだ。

「請求書は事務所に回してくれ。女将かうめ婆さんに言えば分る」

「畏まりました」

十希子はもう一度丁寧に頭を下げ、座敷を出た。紅子の甘ったるい笑い声が廊下に漏れた。

「糸魚川先生は、何て言うのかねえ、大きな会社のよろず相談役みたいな方だね。会社同士や会社と役人、政治家の先生方の間を取り持って、仕事をやりやすくするのが仕事。そうそう、英語でブローカーとやら言うらしい。何しろお顔の広い方だから」

その日、仕事が終わってから、糸魚川の担当になったことをうめに報告し、どういう職業なのか尋ねると、その答が返ってきた。

「こちらのお店にはお長いんですか？」

「ああ。久世先生の鞄持ちの頃からだから、かれこれ四半世紀近いんじゃなかったっけ」

フルネームは糸魚川修三、秘書の名は能勢忠と、うめが教えてくれた。

「実は、ご祝儀をいただいたんですが、どうしましょう？」

「もらったものは取っとけば良いさ……」

言いかけて、十希子の帯に目を落とした。

「そうだ、新しい根付けでも買って、今度糸魚川先生がいらしたらお目に掛けてごらん。喜ぶよ」

「はい。そういたします」

十希子は帯に挟んだ栓抜きの柄に、根付けの代わりにペンダントを結びつけていた。模造真珠の付いたそれは、見るからに安物だった。

何を思ったか、うめはキラリと目を光らせた。

「それからね、あんたも会計を担当するからには心得ておきなさい。お客さんの中には芸者を買って泊まる方もいる。それは知ってるね？」

「はい。少しだけ」

「芸者には三種類いるんだよ。売れっ子と不見転とご相談。売れっ子は東をどりで大人気のゆみ、まり千代、小くに。それにあんたも知ってるゆかり、牡丹、染香……あいう妓たち。いくらお客さんがご執心でも、あの妓たちは無理。一流の旦那が付いてるからね。それとは逆に、不見転は絶対イヤとは言わない。それで稼いでるんだから」

うめは意地悪くニヤリと笑った。

「ご相談っていうのは、旦那はいるけど話によっちゃ大丈夫な妓たち。紅子、小萩、みち奴……いちいち数え切れない。ご相談が一番多いかも知れないねえ」

十希子は糸魚川にしなだれかかっていた紅子を思い出した。

「糸魚川先生は、紅子さんがご贔屓なんですか?」

「あの先生はうるさいことは仰らないんだけど、一人の妓とはあんまり長く続かないのよ。深間になるのがイヤなんだろうね」

うめはもう一度ニヤリと笑って、十希子の帯をポンと叩いた。

「ま、糸魚川先生に目を掛けていただいたんなら、あんたにも運が向いてきたってことさ。これから新しいお客さんも紹介して下さるよ。せいぜい気張るんだね」

「はい。頑張ります」

とは言え、頑張ろうにも出来ることはあまりなさそうだった。なみ江や馴染みの芸者が来たときは、なるべく邪魔をしないように早々に退散することくらいだろうか。

蒸し暑い夜だった。働いているときは気を張っているのであまり感じないが、着物から私服に着替えると、空気がねっとりと肌にまとわりつくのを感じた。十希子は仲間の仲居たちと裏口から出て、路地を抜けて大通りに出た。

左右を見回したがアルファロメオの姿はない。初日の夜にきっぱり断って以来、満は十希子の前に現れなくなった。同じ屋根の下にいるはずだが、敷地が広く部屋数も多い千代菊では、対立する派閥が同じ日に会合を開いても最後まで相手の会合を知らずに散会したという逸話が残っているくらいで、満の顔さえ見なかった。

様子の良い金持ちのドラ息子だから、遊び相手には事欠かない。十希子のことなどさっさと忘れて、今頃は女友達と夜のドライブを楽しんでいるのかも知れない。そう思うと、清々する反面、ちょっぴり残念でもあった。こんな夜は車を飛ばして家まで帰れたら、きっと気分がスカッとするだろうに。

新橋駅の構内に入った途端、十希子はギョッとして足を止めた。改札の横に、津島六郎が立っている。

「よう」

津島は片手を挙げて挨拶すると、十希子の前に歩を進めた。

「そんな、道端の犬のクソ踏んづけたみたいな顔するなよ」

十希子はきっとして津島を睨んだ。

「何の用?」

「千代菊の仲居になったんだって?」

「だから?」

「ちょっと話を聞かせてもらいたくて」

「お断りよ」

「寿司でも奢るからさ」

「結構よ。帰りの電車がなくなるわ」

「タクシーで家まで送ってくよ」

十希子はフンと鼻で笑った。

「赤新聞の記者が格好つけないでよ。財布の中はピーピーのくせに」

「言ってくれるねえ」

津島はニヤニヤ笑っていた。他人から浴びせられる罵詈雑言に慣れきって、腹も立たないようだ。

十希子は構わず改札に向おうとしたが、津島は身体を割り込ませて行く手をふさいだ。

「どいて」

「実は、こっちにも情報がある。あんたのお母さんのことで」

十希子は思わず津島の顔を見返した。真剣な眼差しが、何かを訴えようとしていた。

「分ったわ。一緒に来て」

十希子はそのままタクシー乗り場に歩き、空車に乗り込んだ。

「乗って」

隣の席を指さすと、津島も乗ってきた。

「運転手さん、深川高橋三丁目にお願いします。新大橋通りと清澄通りの交差点の、少し東寄り」

津島が怪訝そうな顔をした。

「うちへ行きましょう。人目のあるところで大事な話はしたくないわ」

津島は神妙な顔で頷いた。

「ここで停めて下さい」

菊川一丁目の停留場の前だった。津島は財布を出そうとしたが、その前に十希子は運転手に百円札を二枚渡した。

「お釣りはいらないわ」

車を降りると、津島が皮肉に唇を歪めた。

「ずいぶんと景気が良いな」

「仲居風情が？」

「そうは言ってない」

「今日はたまたま、太っ腹なお客さんにご祝儀をいただいたのよ」

十希子は先に立ってどんどん路地を進んだ。

玄関の鍵を開けると、ふさはまだ起きていて、開け放した障子の奥からこちらを見ていた。

「おばさん、ただいま」

「お帰り。お客さん？」

十希子の後ろにいる津島に、不審な目を向けた。

「新聞記者さん。大事な話があるから、二階でお聞きするわ。終わったらすぐお帰りになるから、大丈夫よ」

十希子は津島を目で促し、階段を上がった。

部屋に入ると早速窓を開け放った。こもっていた熱気が逃げ、いくらか凌ぎやすくなった。

「麦茶しかないわ」

振り返ると津島は、敷居の外で戸惑ったように突っ立っている。

「お構いなく」

「どうぞ、お座り下さい」

十希子は座布団を勧め、冷蔵庫から薬罐を出して二つのコップに注いだ。津島は座布団を当てずに正座して、周囲を見回してから言いにくそうに口を開いた。

「お線香、あげさせてもらって良いかな？」

意外な気がしたが、これも記者のテクニックかも知れないと思い直した。

「どうぞ、お願いします」

津島は仏壇の前で畏まると、線香を上げて手を合わせ、しばらく瞑目して頭を垂れていた。

しかし、十希子の方に向き直ったときは、再び元の人を人とも思わない赤新聞の記者に戻っていた。正座がいかにも窮屈そうだ。

「どうぞ、お楽になさって下さい」

津島は「どうも」と言って膝を崩すと、シャツのポケットからくしゃくしゃの新生の箱を取り出した。

「灰皿、ないかな?」

「ないわ」

十希子は台所から丼を持ってきて津島の前に置いた。

「や、どうも」

バーの名前が印刷された紙マッチで火を付けて、美味そうに煙を吸い込んだ。不意に、満が吸っていた外国製の煙草と銀色の細長いライターを思い出した。

「母に関する情報って、何ですか?」

「お母さんは心中じゃないと言っていたが、今もそう思ってる?」

「勿論です」

「実は、俺もそう思うんだ」

十希子は津島の顔を正面から見据え、真意を探ろうとした。あんな破廉恥な記事を書いておいて、今更どういう魂胆があるのだろう?

「どうしてそう思うの？」

「現場の状態がね」

　津島は半分吸いかけの煙草を、丼でもみ消した。

「二人が泊まった旅館でも取材したんだが、どうもね、様子が変なんだ」

「どんな風に？」

「情交の痕跡がない」

　津島の態度は真剣で、少しも揶揄していなかった。

「俺は心中した男女の取材を何件もしたことがある。ほとんど例外なく、今生の想いを込めてやりまくってから死んでいた。しかし、あんたのお母さんと前岡には、まったくその形跡がなかったそうだ。二人して高級温泉旅館で一晩過ごしたっていうのに、何もしないまま死ぬのはどう考えても不自然だ」

　十希子は我知らず津島に詰め寄っていた。

「それが分っていて、どうしてあんな記事を書いたの？」

「喰うためだ」

　津島は当然のように答えた。

「俺は日刊トウキョウの名刺を持ってるが、別に社員でも何でもない。売れそうな記事を売り込んで生活してる。デスクが心中事件の記事を欲しがってるなら、それを書くしかないだろ」

十希子は身体を引き、いささかも悪びれない津島の顔を眺めた。

そう、今更腹を立てても仕方ない。この男が恥知らずで、性根が腐っているのはとっくの昔に分っていたことだ。

ふた呼吸ほど間を置いてから、改めて尋ねた。

「それなら、警察も検察も、そのことを問題にしなかったのは何故？」

「一つには、これまであんまり心中死体を見たことがなかったからだな。静岡じゃ殺人なんぞほとんど起らないし、東京地検特捜部は経済事件が専門で、痴情怨恨は範疇にない。もう一つは、状況証拠が揃ってたからだろう。争った痕はなく、お互いの手首を腰紐で結んで死んでいた。それに前岡が架空取引の件で追い詰められていて、家庭もうまくいってなくて、人生に嫌気がさしていたのは確からしい。あんたのお母さんも、前岡に同情していたことは同僚の仲居たちが証言している」

「だからって母が……」

言い募ろうとする十希子を、津島は片手を挙げて制した。

「言いたいことは分る。お母さんには死を選ぶ理由はなかった。前岡とはホンの浮気で、心中だてするほどの仲じゃなかったとも考えられる。だから、所謂無理心中を仕掛けられた……だまされて睡眠薬を飲まされたのかも知れないとは、警察も検察も考えたと思う」

「それじゃ、どうして捜査してくれないんですかッ!?　それが本当なら、母は殺されたんじゃありませんか！」

津島は唇に人差し指を当てて「しーっ」と言った。深夜の住宅地で窓を全開にして大声を出したら、ご近所が何事かと怪しむだろう。

「要するに、立証が難しいからだよ。容疑者も被害者も死亡している。死人に口なしだ」

十希子は怒りで全身が震えそうだった。赤新聞の記者ならいざ知らず、天下の警察と検察が、事件の真相をうやむやにしたまま放棄するとは。

「それじゃ、母の名誉はどうなるんですか？　このままずっと、男と情死した仲居と言われ続けるんですか？」

「犯人が別にいれば、その限りではなくなる」

十希子は思わず息を呑んだ。これまで母の死を心中とは信じなかったが、前岡については自殺を疑わずにいた。

「前岡とあんたの母親は誰かに殺された後、心中に偽装された可能性がある」

「誰に？」

「それが分れば苦労しない」

十希子は温(ぬる)くなった麦茶を一息に飲み干した。津島は新しい煙草をくわえて火を付け、使い切った紙マッチをポンと丼に投げ捨てた。

「何故、前岡の無理心中ではなく、二人とも殺されたと思うの？」

「取材していくと、腑(ふ)に落ちないことが多くてさ。前岡ってのは至って気の小さい、虫も殺せないほど優しい男だったらしい。テメエが世をはかなんで死ぬのは分るが、罪のない女を道連れにするのが、どうも……ニンに合ってない気がするのさ」

十希子は火葬場での情景を思い出した。目を赤く泣き腫らした前岡の妻と、まだ四、五歳の幼い男の子。そして本人はまだ三十四歳だったという。果たして、そんなに簡単に死を選ぶだろうか。この世に未練があったのではあるまいか……。

「三晃物産と新甫鉄鋼の架空取引では、三千万を超える使途不明金の行方は、結局ほとんど詳(つまび)らかにならなかった。三晃の資金課長と道路局の経理課長が死んで、そこで捜査の糸が切れたわけだ。言い換えれば、どちらかが生きていれば、そこから糸をたぐって、芋づる式に与党の主(おも)だった政治家まで引っ張れたかも知れない。つまり、この事件では、前岡と飛び降り自殺した建設省の小役人は、生きていられちゃ都合が悪かった。死んでくれて助かった人間が大勢いたってことさ」

「それは……例えば建設大臣とか？」

「勿論。だが、だけじゃない。疑獄事件となると必ず新聞に名前の載るような政治家は、他に何人もいるからな」

津島は十希子から顔を背けて煙を吐いた。

「建設省の役人は取り調べの最中に窓から飛び降りたんだから、自殺に疑いの余地はない。だが、前岡が本当に自殺したのかどうか、俺は疑わしいと思う」

津島は煙草をもみ消し、灰皿代わりの丼を脇へ退けて十希子と向かい合った。

「企業と役所と政治家がグルになった事件は、これが最初でも最後でもない。これからも起きる。そのうちの一つでも徹底的に追及して解明できれば、過去の事件との関連も浮かび上がってくる。つまり、あの心中事件に関して、新しい事実や証言が出てくるかも知れない。そうなったら再捜査になる」

再捜査という言葉は十希子の胸に希望の光を灯した。だが、津島のひろげた風呂敷は巨大すぎて、目標にたどり着くまでの道筋がまるで見えなかった。

「でも、そんな事件、どうやって探すの？」

「探す必要なんかない。足下に転がってる」

津島は自信たっぷりに断言した。

「千代菊にある」

十希子は戸惑った。確かに千代菊は政治家や役人や大企業の重役たちが常連だが、料亭は仕事の後の遊びの場で、大事な商談や密談は避けるのではないだろうか？

「日本は昔から待合政治でね。大事な話は全部、夜決まるんだよ」

十希子は千代菊にやって来る政治家の顔ぶれを思い浮かべた。

「千代菊の女将のパトロンは与党幹事長の久世龍太郎だろう。幹事長は党のナンバー2で金庫番、おまけに久世は大派閥『木星会』の領袖(りょうしゅう)だ。金は久世に集まって、久世から四方に流れてゆく。久世の周辺には胡散臭い連中が大勢集まってくるし、胡散臭い話の絶え間がない」

津島がわずかに身を乗り出した。初めは一メートル以上離れて座っていたのに、今や互いの膝がくっつきそうだ。

「つまり、久世の周囲に目を光らせていれば、必ず何か引っかかってくる。汚職、贈収賄、架空取引、利益供与、密約、エトセトラ」

十希子は糸魚川修三のことを思った。若い頃久世の鞄持ちを務めていたという怪しげなブローカー。あの男はきっと久世の企みに関与しているはずだ……。

「俺に協力してくれないか？」

津島の目は真剣だった。

「何をすれば良いの？」

「千代菊であんたが見聞きしたことを、教えて欲しい」

「でも、私、久世先生の担当じゃないわ」

「構わないさ。何月何日にどういう顔ぶれが客でやって来たか、それだけ分れば十分だ。それと、誰と誰が同席したか、呼ばれた芸者の顔ぶれ、もし分ったらそれも教えて欲しい」

「それが、何かの役に立つの？」

「立つ。火のないところに煙は立たない。政財界が癒着して起す悪巧みは、必ず煙が立つんだ。ごくかすかな目立たないものであっても、兆候がある。その時、誰と誰がいつどこで会っていたかというデータが手元にあれば、その悪巧みの全貌が推定できる。全貌が明らかになれば、今度はそのデータが動かぬ証拠になる」

十希子は目を逸らした。丼の中の捨てられた紙マッチが目に入った。黒地に赤で印刷された、女体に擬した「炎」の文字……いかにも津島のような男が通いそうな店だ。

この男をどこまで信じて良いのだろう？　心中でないと知りながら保子について思い切り扇情的な記事を書き、十希子の私生活を暴露し、その結果寿人との婚約をぶちこわした。赤新聞のすれっからしのゴロツキ記者。昔の言葉で言う〝羽織ごろ〟。普通に考えたら、信じる方がバカだ。

しかし……。

「少し、考えさせて下さい」

津島は黙って頷いた。

「答が決まったら、会社に電話してくれ。名刺、まだ持ってるかな？」

「ええ」

津島はのっそり立ち上がり、そのまま階段を降りた。

「夜分にお邪魔しました」

階下でふさに挨拶する声が聞こえた。

翌日、十希子はいつもより少し早く家を出た。

都電を降りて築地川に沿って歩き、千代菊の正面にやってきた。

千代橋のたもとに立って見上げると、黒板塀に囲まれた建物が聳(そび)えている。まるで要塞のように見えた。外からは中の様子は一切窺い知ることは出来ない。そして中に入ってはみたものの……。

十希子は自分の無力さに打ちのめされる思いがした。料亭の裏事情や約束事には詳しくなったが、母の事件の手がかりはまるでつかめていない。これから先、同じことを続けて何かつかめるか、まったく分らない。いや、おそらく徒労に終わる確率の方が高いだろう。

それは砂漠に落ちた針を探すような作業だった。誰が何を知っているのか、本当のところ、それさえ十希子には分らない。三晃物産にしても、社員の中で重大な秘密を知っているのが誰か、どうやってそれを突き止めたら良いか、まるで見当が付かない。

しかし、もし新聞記者を味方に付ければ、少しは展望が開けるかも知れない。一個人には望むべくもない情報量と取材力を、マスコミは持っている。それを利用すれば、あるいは？

十希子は津島のことを考えた。

あの男が赤新聞のゴロツキ記者なのはよく分っている。しかし、今はそれだけではないような気がしている。口には出さないけれど、あの男には別の魂胆がある。それが何かは分らない。でも、強い執念を抱いているらしい。今はそれに懸けるしかない。

それ以外に、真実を突き止める糸口はないのだから。

十希子はもう一度千代菊を見上げた。

それから、公衆電話のある方へ歩き、日刊トウキョウの編集部へ電話をかけた。

「津島さん、私、決心しました。あなたに協力します」

受話器の向こうで津島が息を呑む気配が伝わってきた。

「ありがとう。今夜、もう一度お宅を訪ねても構わないか?」

「ええ」

十希子は受話器を置いた。

電話ボックスから出て空を見上げると、心なしか先ほどよりも広く高く感じられた。

その夜、十希子が千代菊から帰宅する時間を見計らったように、津島が訪ねてきた。

昨夜と同じく二階に上げ、差し向かいになると、十希子は正面からしっかりと津島の目を捉えた。

「最初にお聞きするわ。特ダネを摑んでも、もし日刊トウキョウが掲載しなかったら?」

津島は少しも動じることなく答えた。

「ハナから日トウに持ち込む気はないさ。政治ネタは大新聞に売る。毎日、朝日、読売。月刊誌も週刊誌もある。それにラジオも」

　津島はいきなり腕を伸ばし、肩を摑んだ。十希子はギョッとしてたじろいだが、津島は手を引っ込めなかった。

「なあ、面白いと思わないか？　俺たちが組めば、日頃ふんぞり返ってる連中に一泡吹かせてやれるんだぜ。そして、あんたは仇討ち本懐が遂げられる」

　肩を揺すぶられて、十希子はますます身を固くした。

「千代菊で網を張っていれば、連中は必ずシッポを出す。それを教えてくれたら、俺がつかんで表に引きずり出してやる。デカい政治スキャンダルを暴露するんだ。これ以外に警察や検察を動かす方法はない」

　十希子は津島の手を摑み、肩から外した。

「約束してくれますか？」

　十希子は津島の顔から目を逸らさなかった。瞬き一つ、微妙な表情の動き一つも見逃さないように。

「私が伝えた情報を元に、必ず大きな記事を書くと」

　津島も十希子に目を据えたまま、大きく頷いた。

「母を殺した真犯人をあぶり出して、母の名誉を回復すると」

「必ず、約束する」

「いいわ」

十希子は目の前の津島と、成仏できずにこの世のどこかを彷徨(さまよ)っているはずの保子の魂に言った。

「私は母を殺した人間を許しません。必ず、この手で引導を渡してやります」

第四章

千代菊のお仕着せが薄物から単衣に替わる頃になっても、十希子ははかばかしい成果を上げられずにいた。

あれから三晃物産の宴会の予約は入らなくなり、社員に近づく道は閉ざされた。仲居たちの噂話では、花蝶に鞍替え(くらが)したらしい。

それでも毎日千代菊の中で見聞きしたことをメモしては津島に知らせていたが、果たして自分の情報がどれほど役に立っているのか、心許(こころもと)なかった。

そんなとき、思いも寄らぬチャンスが舞い込んだ。

九月が下旬に入ったその日、出勤すると十希子はなみ江から内所に呼ばれた。

「十希子ちゃん、月末の金曜日だけど、小石川の久世先生のお屋敷に行ってもらえないかしら？」

まさに渡りに舟で、声が上ずってしまった。

「久世先生のお屋敷ですか？」

「ええ。毎年旧暦の八月十五日にお月見の会を催されるの。今年は九月三十日に当たるんですって」

政界と財界から親しい人間を招き、親睦を深めるのだという。千代菊からも毎年、料理の仕出しと給仕の手伝いを出している。

「和子さんのほかに若い子が二、三人行くんだけど、今年は十希子ちゃんにも行ってもらおうと思って。お披露目も兼ねて」

「大変光栄なことで、ありがとうございます。精一杯頑張ります」

久世の自宅に入る機会など、この先二度と訪れないかも知れない。そう思うと興奮して息が弾みそうになった。

だめ、だめ。落ち着いて、冷静にならなきゃ。このチャンスを最大限に活用するのよ。絶対に失敗は出来ない。

自分の心に言い聞かせ、内所を出た。向こうから和子がやって来るのを見て、十希子は小走りに駆け寄った。

「和子さん、この度はありがとうございました」

最大級の笑顔を浮かべて頭を下げると、和子は面食らったような顔をした。

「久世先生のお屋敷の手伝いに推薦して下さったって、女将さんから伺いました」

「あら、あたしは……」

「当日はどうぞ、よろしくお願いいたします」

押し被せるように言い、再び笑顔を浮かべてその場を離れた。

……これで良い。十希子は胸の裡で呟いた。

感謝されて悪い気のする人間はいない。これを切っ掛けに、和子に接近できるかも知れない。和子はうめに次いで千代菊の事情通だった。何とかしてもう少し親しくなりたい。そうすれば、和子が何かを知っているとしたら聞き出せる一歩につながりそうだ。持っている情報にも近づけるだろう。

久世龍太郎の屋敷は東大の植物園にほど近い旧小石川区の林町にあった。空襲の惨禍を免れた元華族の邸宅を、戦後になって久世が買い取ったのだという。

敷地は五百坪以上あった。後に公園になった旧華族の屋敷に比べれば小さいが、個人の住宅としては充分に広くて立派だった。家は別棟に独立した茶室のある和洋折衷様式で、庭には背後に築山(つきやま)を備えた広い池があり、大きな石灯籠(いしどうろう)が何棹(さお)も置かれていた。

月見の会はガーデンパーティ形式で行われた。庭に天ぷらや寿司など、各種屋台が出て料理を提供し、客たちは月を眺めながら料理をつまみ、酒を飲み、歓談するのだった。

毎年のことなので、千代菊の人間も、迎える久世家の人間も、すっかり慣れているようだ。書生らしい若い男が数人で屋台を組み立て、炭火を起こし、調理の舞台を整えた。千代菊の料理人は食材を台に並べ、いつでも取りかかれるように準備した。十希子たち仲居は酒の支度に取りかかった。

しかし、日頃千代菊で高級料理を見慣れた十希子も、その日の久世邸の豪勢なパーティ風景には目を見張らされた。

庭の一角は西洋料理のコーナーで、帝国ホテルからコックと給仕が出張してきた。そこには巨大なローストビーフの塊や色とりどりのオードブル、伊勢エビのテルミドール、ミートクロケット、ビーフシチュー等が銀製の容器に鎮座し、白い制服の給仕たちがグラスや皿、ナイフ・フォークを並べていた。シャンパングラスには金の縁取りがあり、ナイフとフォークは彫刻を施した銀製だった。洋酒のコーナーは氷を入れた銀のバケツがいくつも並び、緑色のシャンパンの瓶が林立して栓の抜かれる瞬間を待っていた。

十希子は「麗しのサブリナ」のパーティシーンを思い出した。日本にもこんな世界があるのかと思うと、溜息が出そうだった。

パーティの準備が整うと、久世の妻が現れた。一同の緊張ぶりで、言われなくても久世夫人だと分るのだ。

「みなさん、本日はよろしくお願いします」

夫人は素っ気ない口調でそれだけ言うと、屋敷に引き返した。

六十くらいの、瘦せた背の高い女性だった。かつては美しかったのだろうが、今は石灯籠のような固さと冷たさだけが目立っていた。

やがて客が到着した。次々と庭に案内されてきて、三十人ほどになった。そこへ新橋芸者が五人やってきて、華やかに挨拶した。客がみんな男なので、彼女たちがいなければずいぶんと殺風景だったことだろう。

最後に久世夫妻が登場し、いよいよ宴が始まろうという瞬間に、更なる驚きが訪れた。

「皆さま、ご起立下さい。……殿下のご来賓です」

久世が得意満面の笑みを浮かべて宣言した。

モーゼの十戒の如く、さっと人並みが二つに割れ、その真ん中を中年の上品な紳士が歩いてきた。十希子も新聞の写真でお顔を知っている皇室の方だった。

殿下が歩みを止めると、久世はその前に進み出て、直立不動の姿勢から最敬礼した。

「殿下、本日はようこそおいで下さいました」

「いや、君の家から見る月は大きいと聞いてね。楽しみにしているよ」

「畏れ入ります」

そんな遣り取りが聞こえてくる間、十希子たち仲居や給仕、料理人は頭を低く垂れていた。

久世の権勢を目の当たりにして、十希子の胸には闘志と恐れが同時に湧き上がった。この化け物じみた政治家を権力の座から引きずり下ろしてやると決意を新たにする一方で、果たして自分にそんな力があるだろうかと訝っていた。

殿下の乾杯の音頭で、宴が始まった。

議員バッジを付けている客は半分ほどで、何人かは十希子も千代菊で見かけたことがある。曽根広忠(そねひろただ)という閣僚経験のある議員は、久世の宴席の常連だった。

給仕と仲居は客の間を動き回って料理と酒に目を配り、忙しく立ち働いた。久世の屋敷の中を探索できるかも知れないと期待していたのに、これでは座敷に上がることも出来ない。

焦り始めた気持ちを無理矢理静め、客に料理や酒のお代わりを運んでいると、和子が久世の妻に何事か言われているのが目に入った。和子は神妙に頭を下げたが、顔を上げると素早く周囲を見回し、十希子と目を合わせた。

「十希子さん、ちょっと」

あわててそばに参じると、和子は回りに聞こえないように声を潜めて言った。

「ここはもう良いから、奥へ行って奥様の手伝いをしなさい」

十希子は思わず息を呑んだ。それは期待と喜びの表れだったが、和子は不安と受け取ったらしい。

「明日のお茶会の準備に、人手が足りないんですって。女中さんがいるから、言うとおりにすれば良いのよ」

勝手口へ回って台所へ行けという指示を受けて、十希子は小走りに庭を駆けた。

「ごめん下さい。千代菊の者です。奥様から中のお手伝いをするように言いつかって参りました」

勝手口を開けるとすぐ台所で、目の前で年配の女中と三十くらいの女中が慌ただしく動き回っていた。

「ああ、ご苦労さんね。上がって、これを茶室へ運んでちょうだい」

年配の女中は十希子をろくに見もせずに言った。

「まっすぐ行って、渡り廊下の先よ」

そう言って茶箱を手渡された。米びつや衣類の収納などに使われる茶箱の半分ほどの大きさだが、重量はずしりと手応えがあった。

渡り廊下に通じる茶室の出入り口は、にじり口ではなく普通の障子戸で今は大きく開け放されていた。中では二十代と思われる若い女中が、薄紙で皿を包んでは茶箱に詰めていた。

「こんにちは。千代菊の者です。お手伝いさせていただきます」

十希子が茶箱を畳に下ろすと、女は手を止めずに言った。

「ご苦労さん。中身出して、ここに並べて」

蓋を開けると、薄紙で包まれた皿のような物が入っていた。薄紙をとると漆器の皿で、二十枚ほどあった。

そこへ台所にいた二人が大荷物を抱えて入ってきた。見れば屛風(びょうぶ)のようだ。年配の女中が命じた。

「千代菊の人、こっちの屛風を台所に置いてきて」

「はい」

十希子は元から置いてあった屛風を畳み、脇に抱えて茶室を出た。台所に通じる廊下の片側には障子を閉めた部屋が続き、反対側は庭に面していた。こっそり障子を開けてみたが、暗くて中はよく見えなかった。

茶室に戻ると、久世の妻がいた。十希子は遠慮して入り口に控え、頭を下げた。

「とにかく、全部ですよ。軸も、茶器も、花入れも、茶杓も、柄杓も、火箸も、一つ残さず取り替えてちょうだい」

声が尖っていて、客人に挨拶したときとはガラリと変っていた。そう言い捨てると、久世の妻はくるりと踵を返して出ていった。

「さ、時間がないわ。ぐずぐずしないで、片付けるわよ」

年配の女中の叱咤で、十希子たちは再び模様替えに取りかかった。新しく出した花卉や器や茶道具を所定の位置に配置し、それまでの物を包み直して茶箱にしまい、台所と物置に運んだ。

女中たちの顔には、明らかにうんざりした表情が浮かんでいた。特に一番若い女中は不満を隠そうともせず、口をへの字にひん曲げていた。十希子は二人で茶箱を運ぶ途中、小声で尋ねた。

「奥様はどうして急に、お道具や掛け軸を取り替えるんですか?」

「知るもんですか！」

　吐き捨てるように言って、鼻にシワを寄せた。

「要するに、ヒステリーなんだわ。それが時々爆発するのよ。今日みたいにお茶会の前の日になって道具を全部取っ替えたり、衣替えが終わったばかりなのに畳と障子を全部取っ替えたり」

　不平不満が限界まで溜まっていたらしく、憤懣やるかたないという口吻だった。

「あたしに言わせりゃ、全部欲求不満の表れよ。家の中をかき回すより、亭主を取り替えりゃいいんだわ」

　十希子はわざと驚いたような顔をした。

「ご主人と奥様、ご夫婦仲が悪いの？」

　若い女はバカにしたようにフンと鼻で笑った。

「見りゃ分るでしょ」

　思いがけず垣間見た久世の家庭に、十希子はかすかな同情を覚えた。もちろん、千代菊で働いていれば、政治家は妾を持ったり女遊びをしたりする人種だと知れる。しかし、それでもここまで夫婦仲が険悪な例は珍しいのではないかと思った。政治家の夫婦というのは情愛はなくても、利害関係や目的意識が一致していて、それなりに協力関係が成立しているのだと推察していたのだ。

結局、久世の家では母の死に繋がりそうな何の成果も得られなかった。しかし、久世が頻繁になみ江に会いに来るのは、美しさに惹かれるだけでなく、あの女らしい柔らかな雰囲気に慰められるからではないかと、おぼろげに想像したのだった。

十一月も半ばを過ぎ、銀杏(いちょう)は黄葉を始めているが、外はいつの間にか夜の帳(とばり)が落ちて、街灯の明りが映るだけだ。

ガラス越しに外の風景に目を遣って、十希子は改めて「秋の日のつるべ落とし」の速さに驚かされた。五時少し前にラウンジに入ってきたときは、まだ太陽は沈みかけだったのに、それから一時間とちょっとで、もう漆黒と言って良いほどに暗い。

紺野直樹(なおき)は腕時計を見て、十希子に目を戻した。

「そろそろ食事にしましょうか?」

「はい」

紺野はカップに残ったコーヒーを飲み干して、立ち上がった。十希子もそれに倣った。

日比谷のお堀端に並び建つ東京會舘と帝国劇場は、空襲による焼失を免れ、それぞれ大正十一年と明治四十四年に竣工された当時の優雅な姿を残している。外から眺めているだけでも目の保養になるが、中の施設を利用できるのは贅沢な幸せだ。

今日は紺野に誘われて午後からは帝劇で日本初の「シネラマ映画」を鑑賞し、その後は東京會舘で食事をする予定だった。予約の時間にはまだ間があったので、ラウンジでお堀端の景色を眺めながらコーヒーを飲んだ。

紺野と二人きりで会うのはこれで六回目だった。千代菊で思いがけず再会した後、一週間もしないうちに電話があり、休みの日に会うことになった。

場所は銀座の喫茶店だった。紺野は何の前置きもなく、単刀直入に尋ねた。

「ぶしつけですが、あなたがもし相葉寿人との復縁を望んでいらっしゃるのなら、お力になります。僕が相葉を説得します」

十希子は首を振った。

「お互いの気持ちが離れてしまった以上、二人の関係が元に戻ることはありません。寿人さんも私に失望なさったのでしょうが、私もガッカリしました。もうあの方との結婚は考えられません」

紺野は深刻な表情で「そうですか」と頷いたが、その目の奥に喜びの色がちらついたのを、十希子は見逃さなかった。

皮肉なもので、恋を失ってから十希子は男に敏感になった。それまでは寿人しか見えなかったのが、他の男が見えるようになった。まるで実験動物を観察するように、冷静に、平常心を保ちながら。そうやって紺野を見ていれば、十希子を見つめる目は恋する者のそれに違いなかった。

今では毎週のように電話がかかってきて、およそ月に一度の割で食事に誘われ、十希子は応じていた。お茶を飲んで食事をするだけだが、いずれそれでは済まなくなるだろうことも承知していた。

魚料理で評判のレストラン「プルニエ」は二階にあって、お堀端に面している。二人は窓際の席に案内された。

紺野はウエイターの差し出すメニューを開き、ざっと眺めてから尋ねた。

「コースでよろしいですか？　ここの名物がほとんど入ってますから」

「お任せいたします」

十希子が小さく頭を下げると、ウエイターにメニューを返し、いくらか声を落とした。

「コンソメ・マドリッド、舌平目のボンファム、マロン・シャンテリーがお勧めだそうです。実は、僕も食べるのは初めてなんですが」

「まあ、嬉しい。それを聞いて安心いたしました」

十希子が答えると、紺野は嬉しそうに笑った。

ヒラの検事はプルニエで気軽に食事が出来るほど高給取りではない。それが十希子のためにわざわざ高いフランス料理店を予約してくれたと思えば、ありがたい反面、気が重くなった。

寿人は生まれ育ちが良いせいか、洗練されたスマートな身ごなしが身についていたが、紺野は堅苦しくて無骨な感じがする。本当はプルニエより蕎麦屋の方が落ち着くのだろう。中学・高校・大学と続く幼馴染みで親友だという二人が、こんなに違っているのは珍しい。もっとも、だから親友になったのかも知れないが。

不意に、寿人には軍隊経験がないことを思い出した。

徴兵年齢は昭和十八（一九四三）年には十九歳に、翌年には十八歳に引き下げられていた。寿人は大正十五（一九二六）年生まれだから、終戦時は十九歳で、旧制一高の二年生だった。普通なら学徒兵として徴兵されていてもおかしくはないが、子供の頃肺浸潤を患ったため徴兵検査で不合格になり、即日帰郷で家に帰されたと聞いたことがある。

「紺野さんは、終戦の時はどちらにいらっしゃいましたの？」

「東京です。東部軍管区の通信隊にいました」

「学徒出陣なさったんですね」

「出陣とは言えませんね。戦地には行ってませんから。二年生のとき入営して、学徒兵はみんな幹部候補生の試験を受けさせられるんですよ。僕は特別操縦見習士官というのになって、通信隊に配属されたんですが、そこで終戦でした。先輩たちは南方や特攻やシベリヤでひどい目に遭ってますから、運が良かったと思います。その反面、わずかな生まれ年の差で助かったのが、申し訳ない気持ちもあります」

幸運を感謝しつつも忸怩たる思いを禁じ得ない紺野に、十希子は深い共感を感じた。

「私たちは共同印刷に勤労動員されて、毎日軍票の印刷をしていました」

そして、忸怩たる思いは十希子にもある。

「でも、私たちはまだ幸運でした。一女と深川高女の人たちは長野県に動員されたそうです。親元を離れて寮生活をしているときに終戦なんて、どんなに心細かったでしょう」

無事に帰れればまだ救われるが、動員先で爆撃に遭い、犠牲になった女学生や中学生は日本各地に大勢いた。それなのに、そういう悲惨な話が公に流布したのは戦後になってからだ。

「ただ、不思議なもので、軍隊に入ってから猛烈に勉強がしたくなりました。したくても出来ない時期があったから、戦後学校に戻ってからは、向学心に燃えたような気がします」

「私も、同じです」

戦争中、ほとんどの女学校で英語の授業がなくなってしまった。十希子が英語が好きで、英語教師になったのは、亡くなった父の影響もあるが、あの時代の一種の飢餓感のためだと思っている。

オードブルは小エビのカクテル、スープはマドリッドの美しい夕日にちなんで名付けられたコンソメ・マドリッド風、魚料理は白ワイン風味のグラタンソースのかかった舌平目の酒蒸しボンファム（貴婦人風）と、食事は和やかに進んだ。

肉料理の皿が下げられると、紺野は遠慮がちに尋ねた。

「食事の後、もうすこしお付き合い願えませんか？　ここのメインバーは、とても評判が良いんですよ」

「それはありがとうございます。喜んでお供いたしますわ」

十希子はニッコリ笑って付け加えた。

「でも、紺野さんはお仕事がお忙しいんじゃありませんの？」

「忙しいのは十希子さんも同じでしょう」

「私は残業も早出もありませんから。でも、検事さんは、大きな事件に携わっているときは、ろくにお家にも帰れないんでしょう?」

「それほどでもありませんよ」

紺野はいつもより少し饒舌になった。

「今はまだ、大きなヤマはありません。気になる件がないことはないですが、まだホンのとば口といったところです」

「それでは、これから本格的にお忙しくなりますわね」

東京地検特捜部は何か摑んだのだろうかと、十希子は頭の中で最近の新聞社会面の記事をざっと思い浮かべた。


「こちらからは以上よ」

「そんな雲を摑むような話じゃ、探りようがない。もっと具体的に何か言ってなかったのか?」

「いいえ」

「会社名、地方名、何県か、どこの省庁か、前後の関係でヒントになるようなことは？」

受話器を通した津島の声は、苛立っているように聞こえる。

「何も。向こうは仕事の話はしないように気をつけてるのよ。こっちがあれこれ訊いたら警戒されるわ」

築地の停留場から千代菊へ向う途中にある公衆電話で、十希子は日刊トウキョウの編集部に電話していた。ここなら誰にも聞かれる心配はない。

「最初のデートから半年近く経ってるじゃないか。もうすこし突っ込んだ話が出来そうなもんだぞ」

「だから、困ってるのよ」

「何が？」

「私、これ以上紺野さんと会うのはやめるわ」

「何だよ、急に？」

「急じゃないわ。先月からそう思ってたのよ」

「何か言われたのか？」

「結婚してくれって」

受話器の向こうで笑い声が弾けた。

「笑い事じゃないわよ」

「良いじゃないか、やらせてやれよ。どうせ処女じゃないんだろ?」

十希子は受話器を電話台に叩きつけた。

怒りで頭が熱くなり、悔しさが胸に渦巻いた。あんな男にこんな侮辱を受ける自分に腹が立った。

やっぱり、津島のようなゴロツキ記者を信用したのは間違いだったのかも知れない。あの男が書けるのは低俗なスキャンダル記事とエログロだけで、大事件のスクープなど手に余るのだ。

築地川沿いの道は川風が吹きつけてくる。少し早めに洋服ダンスから引っ張り出した冬物のコートの襟を立て、十希子は通い慣れた道を急いだ。

昨夜、別れ際の出来事が思い浮かぶ。東京會舘を出てから、二人で夜の日比谷を歩いた。何となく予感があった。不意に紺野は足を止め、思い詰めた顔で十希子の手を取った。

「あなたのことを真剣に考えています。あなたも、真剣に考えていただけないでしょうか?」

十希子は咄嗟に顔を背けた。まともに見られたら、本当の気持ちが分ってしまうような気がした。しかし、どうやら紺野はそれをためらいと受け取ったらしい。手を握る指に力がこもった。

「相葉の裏切りであなたがどれほど傷ついたか、よく分っているつもりです。でも、あなたはまだ若い。これからいくらでも幸せをつかめるんです。どうか、いつまでも過去にとらわれるのはやめてください。僕は、あなたを幸せにするために、出来る限り努力します。あなたも、将来の幸せを考えてください」

論旨が破綻(はたん)している、と十希子は思った。相思相愛という前提がなければ成立しない話なのに、そこを飛ばして結論を急いでいる。

「お気持ちはありがたいと思います。でも、無理ですわ」

「何故？」

「母のことがあります。きっと、ご家族が反対なさいます」

「そんなこと、関係ありません。僕はまったく気にしていません」

私は気にしているわ……十希子は心の中で言った。

お母さんは心中なんかしていない。殺されたのよ。前岡か、それとも他の誰かに。私はどんなことがあっても真犯人を突き止める。そして、お母さんの無念を晴らし、名誉を回復してみせる。

十希子の沈黙に焦れたように、紺野がさらに言った。

「僕のことがお嫌いですか？」

「いいえ」

答えながら、十希子はうんざりしていた。どうしてこの男は「嫌い」の反対は「好き」と思うのだろう。嫌いでないのは好きとは違う。嫌いと好きの間には、数え切れないほどの関門があるというのに。

「でも、とても無理です。紺野さんにはお分りにならないかも知れませんけど……」

紺野の顔は思い詰めたあまり、怒っているように見えた。気の毒ではあったが、同情だけでは好きになれない。

「嘘だと思うなら、お家へ帰ってご両親に私のことをお話しになってください」

十希子はそっと紺野の手をほどき、一歩退いた。

「ごめんなさい。どうかもう、私のことは忘れてください」

そのまま後も見ずに駆けだして、流してきたタクシーを拾って帰ってきた。

はっきり「好きではない」と言わずに「忘れてください」と気を持たせるような言い方をしたのは、まだ可能性があると誤解させるためだ。東京地検特捜部に繋がる糸は温存したい。紺野が再び接近してくるかどうかは一種の賭けだが、吉と出れば気が楽になる。当分は慎重になって、結婚や肉体関係を迫るような真似はしないだろうから。


その日、仲居たちが支度部屋で着替えていると、突然うめが入ってきた。

「今日の副島さんのお座敷、予約取り消しになったからね。胡蝶の間の担当は、他の部屋を手伝ってちょうだい」

担当はベテランの和子だった。

「急に、どうしたのかしら?」

しきりに首をひねっている。

十希子は和子を手伝って、副島の宴席に二度ほど顔を出したことがある。その時漏れ聞いた会話から、商業デザインの会社を経営しているらしいと知れた。

「副島さんは長いお馴染みさんなんですか?」

「ううん、ここ二、三年よ」

和子は記憶をたどるように斜め上を見上げた。

「小さな事務所だけど、結構儲かってるみたい。月に一度はうちを使って下さるもの」

そして、訳知り顔で耳打ちした。

「ご接待でね。あそこ、大新さんの下請けだから、定期的に重役に胡麻すってんのよ」

大新とは大新製薬のことだ。業界最大手の製薬会社である。

大新製薬も千代菊の得意客だった。もっぱら厚生省の役人や名門大学医学部の教授たちを接待するため利用している。

面白いもので、下請けの接待ではふんぞり返っていた製薬会社の幹部たちが、役人や大学教授を接待する段になると、男芸者のように機嫌取りに終始する。そして、役人や教授たちもまた、謙らざるを得ない場面がある。主に与党の代議士、それも大臣クラスと同席する場面だ。

十希子は巡り巡って、一番エライのは誰だろうと考えた。

糸魚川は頻繁に千代菊を利用する。ほとんどの場合、どこかの会社に頼まれて役人や代議士を紹介するためだ。そんな時は会社から接待されると同時に、客人を接待する立場でもある。秘書の能勢だけを連れてお忍びで来るときは、気に入りの芸者を侍らせて、能勢を先に帰して泊まっていく。

やはり、久世龍太郎かしら。

糸魚川は久世の酒席には、必ずお伺いを立てて挨拶にまかり出る。かつての雇い主は、今はほとんどパトロンだ。役人や代議士に口利きが出来るのも、全て久世の威光だろう。勿論、収益の一部は久世に還元されているはずだが。

久世は常に接待を受ける側で、誰かを接待するようなことはない。アメリカ政府の要人でも来日しない限りは。

そこでふと思い直した。久世は夫婦仲が冷え切っている。そしてお忍びでなみ江に会いにやって来る。

それじゃ、結局、女将さんが一番エライのかしら。

「今日の予約の確認です。みんな、準備は良いね？」

うめの声が響き、十希子は気を引き締めて集中した。

「藤の間、川北工務店、十名様。山吹の間、博伝社、十二名様。紫陽花の間、文永堂、八名様。芙蓉の間……」

いつもと同じ、千代菊の華やかで活気に満ちた一日が始まった。

「失礼いたします」

十希子は廊下に膝をついて声をかけ、薄雲の間の襖を開けた。

糸魚川が一人、床の間を背にして座り、手酌で燗酒を口に運んでいる。今日は珍しく能勢の姿がない。

「お寒くはございませんか?」

「いや、ちょうど良い」

脇息の横には火鉢が置かれ、赤々と炭が熾(おこ)っていた。もっともこれは暖房器具というよりホンのお飾りで、十二月に入ると各部屋にストーブが設置される。

運んできた料理を座卓に並べた。椀盛りは白子豆腐、お造りは赤貝・伊勢海老・鮪、焼き物は銀鱈の西京味噌漬け。

膳には口取りの河豚煮凝り(ふぐにこご)と前菜の柚釜・合鴨ロース・海老芋田楽が、ほとんど箸を付けられないまま残っているが、料理をあまり食べないのはいつものことだった。それに糸魚川は仲居が頻繁に出入りするのを嫌うので、三、四品まとめて運ぶように言われていた。

「だいぶ慣れてきたようだな」

「はい、お陰様で」

帯には七宝焼き(しっぽうや)のメダルが揺れている。糸魚川にもらった祝儀で買ったペンダントで、栓抜きに結びつけて根付け代わりに使っているが、仲居仲間にも評判が良い。

「これとこれはもう下げてくれ。どうせ喰わん」

糸魚川が先付けと前菜の器を指さした。

「もったいないですね。お高いのに」

食器を盆に下げながらつい本音を漏らすと、糸魚川が小さく笑った。

「保子と同じことを言うんだな。やはり親子だ」

「うちは母子家庭で、貧乏でしたから」

「貧乏は言い過ぎだろう。十希子は女子大まで出たんだから」

「そうですね。でも、質素倹約してました。母は私の健康のためにって、毎朝牛乳を取ってたんですけど、一本だけ。私がお勤めするようになって、やっと二本取ることに同意したんです」

糸魚川がもう一度微笑んだ。笑うと鑿（のみ）で刻んだような鋭い目が細くなり、不思議と人懐っこい表情に見える。

「先生は、食べ物は何がお好きなんですか？」

「茶碗蒸し」

十希子はプッと吹き出した。糸魚川の茶碗蒸し好きは、千代菊の人間ならみんな知っている。

「他にはないんですか？」

「めし」

「は？」

「米の飯だ。本当にめしの味を楽しみたかったら、おかずは邪魔なんだよ。醤油か塩で十分だ。若い頃、一人で一升喰ったことがある」

十希子はまた笑い声を立てた。糸魚川はにこりともしないでじっと十希子を見ている。

「でも、それじゃ奥様はかえって大変ですね。どんなおかずを作っても邪魔にされたら」

「女房はいない」

「……すみません。ひょっとして、お亡くなりに？」

もしかして古傷に触ったのだろうかと、失言を悔いた。

「いや、女房をもらったことは一度もない。俺は飽きっぽいんだ。共白髪は性に合わん」

あっさり言って話題を変えた。

「十希子は喰い物は何が好きだ？」

「私ですか？」

十希子はほんの少し首を傾げて考えた。食べ盛りの頃は戦争と戦後の食糧難で、好き嫌いを言えるような状況ではなかった。

「何でも好きです。特に美味しい物が」

「そうか。じゃあ、今度一緒に美味いものを食いに行こう」

十希子はわずかに戸惑った。今のところ糸魚川と親密なのは芸者の紅子だった。抜け駆けするような真似をしたら、紅子を敵に回すことになるのでは？

「どうした、いやか？」

あわてて首を振った。糸魚川と個人的に親しくなる機会を逃すわけにはいかない。おそらく、千代菊の裏も表も知り尽くしているはずだから。

正直、客から誘いを受けるのはこれが初めてではなかった。仲居の中でも一番若くて一番美しい十希子は、しょっちゅう食事やら映画やら、時には露骨にホテルに誘われた。もちろん、全てやんわり断っていたが、自分が男心をそそる存在であることを、今では充分に自覚していた。糸魚川から声がかかるのは遅すぎたくらいだ。

「でも、紅子さんが気を悪くなさるんじゃないですか？」

糸魚川は皮肉に唇を歪めた。

「気にすることはない。どうせ芸者だ」

「そんなこと仰ったら、私だってどうせ仲居ですわ」

「誘惑が多いだろう？」

十希子は黙って糸魚川を見返した。はいと言えば自惚(うぬぼ)れているようだし、いいえと言えば嘘になる。

「千代菊に英語の出来る若くて美人の仲居が入ったと評判だ。俺の耳にも聞こえてくる。あちこちからお誘いがあるんじゃないか？」

「私は、そんな浮ついた気持ちじゃありません。母と同じく、真面目に働いて、一生の仕事にしたいと思ってるんです」

糸魚川はゆっくりと首を振った。

「無理だな。十希子はこの店には収まらない」

十希子は一瞬ヒヤリとした。糸魚川に怪しまれるような点はなかったか、あわてて過去の言動を思い返そうとしたときだった。

「こんばんは！」

明るい声が弾んで襖が開き、紅子が入ってきた。紅子はすぐ糸魚川の隣に座り、しなだれかかるように肩を押しつけた。

「何だ、早かったな」

「前のお座敷がなくなっちゃってさ。ガッカリ。駆け付け一杯、いただいて良いでしょ?」

紅子が盃を取り、糸魚川が酌をしてやった。紅子は白い喉を見せて、一息に飲み干した。

十希子はその間に頭を下げ、そっと襖を開けて退出した。廊下に出て襖を閉めながら、紅子の声を漏れ聞いた。

「ほら、例の副島事務所。今朝、国税局の査察が入ったって……」

国税局という言葉で連想するのは、単純に脱税だった。

小さな会社なのに無理して、毎月千代菊で接待なんかしているから、お金がかかったんだわ。それで税金をごまかして……。

その夜も千代菊の座敷は全て予約で一杯だった。仲居たちは大小の宴席に料理と酒を運び、空いた食器を下げ、会計を任された席では請求書の送り先を確認し、帰りの車を手配した。客席と板場を往復し、忙しく階段を上り下りしているうちに、時計の針は十一時を回った。大半の客は帰ったか、帰り支度を始めていた。

十希子は薄雲の間に勘定書きを持っていった。部屋の中では紅子が糸魚川にべったりと貼り付いていた。

「本日はありがとう存じました」

勘定書きを朱塗りの会計盆に載せて差し出すと、糸魚川は一瞥しただけで頷いた。

「事務所に送ってくれ」

「畏まりました」

糸魚川は事務所に請求書を送らせ、月末にまとめて支払っていた。常連客はほとんどそうだった。うめの話では、戦後はその都度現金で決済する客も増えたが、戦前は全てツケだったため、紹介者がない限り一見(いちげん)の客は受けなかったという。

去り際に、奥の襖に目を走らせた。次の間に布団を敷いたのは十希子だった。当然、紅子と泊まるのだろう。この次、糸魚川に食事に誘われたら、紅子が現れる前に日時を決めておかなくてはならない。この次があれば……。

いや、絶対にある。十希子は自分に強く言い聞かせた。

うめは糸魚川は移り気で、特定の女と深間にならないと言っていた。それなら紅子ともそろそろ切れどきだ。新入りの十希子は、糸魚川の目には新鮮に映っているに違いない。だから、きっと。

裏口を出て路地を抜けたところで、街灯の下に立っていた女が近寄ってきた。

「篠田十希子さん?」

十希子は立ち止まって相手を見返した。コート姿で頭にネッカチーフを被った女だった。夜目にも三十をとっくに過ぎているのが見て取れる。顔立ちは悪くないのに、険のある目つきと肌の衰えのせいで、あまり美しく見えない。真っ赤な口紅ときつい香水の香りが、堅気の職業でないことを物語っていた。

「篠田ですが、どちら様でしょう?」

女は黙ってコートのポケットから出した名刺を見せた。津島の名刺だった。目にした途端、我知らず顔をしかめていた。

「今、うちの店にいるんだけど、来てくれって」

津島もこの女も、胡散臭かった。十希子がためらっていると、女は鼻の頭にシワを寄せてフンと笑った。

「男が呼びに来たんじゃ迷惑だろうからって、あたしが頼まれたのよ。いやなら良いわよ」

女はさっと踵を返して歩き出した。十希子は仕方なく後を付いていった。

着いた先は昭和通りを渡って二つ目の通り、銀座七丁目の小さな雑居ビルの地下にあった。店のドアに黒地にオレンジ色で「炎」と書いた看板が掛かっていた。文字は女体を模してある。以前津島が使っていた紙マッチと同じデザインだった。

ドアを開けるとヘレン・メリルの「帰ってくれたら嬉しいわ」(You'd be so Nice to Come Home to)が流れてきた。津島はカウンターに座っていて、二人が入ってくると振り向いた。

他に客はいない。ホステスもいない。ママである女が一人でやっている店のようだ。ひと目で分る安普請で、カウンターが六席にボックス席が二つ、壁紙には雨漏りの染み、赤いベロアの椅子は所々毛羽立っていた。

「よう」

津島は十希子に挨拶してから、女に目を向けた。

「人違いしなかったか?」

「間違えるわけないでしょ。『オードリー・ヘップバーンにそっくり』なんて女、そうそういるわきゃないしさ」

女はコートを脱いで壁に掛けた。下は袖無しのドレスだった。派手で安っぽいデザインが、かえって女を老けて見せていた。

津島はくわえ煙草のまま席を立ち、ボックス席を示した。

「こっちで話そう」

十希子はコートを着たまま、スプリングの効かなくなった椅子に腰を下ろした。改めて周囲を見回せば、ヘレン・メリルの気だるく切ない歌声は、この店のうらぶれた雰囲気にピッタリだった。唐突に、寿人が「あの歌のタイトルは誤訳だ。本当は『あなたがそばにいてくれたなら』という意味だ」と言ったことを思い出した。あれはいつだったのか、もう思い出せない。

女はカウンターに置いた津島の酒瓶とグラス、灰皿を次々にボックスのテーブルに移した。最後に新しいグラスを一つ持ってくると、ドボドボと酒を注ぎ、自分で取ってカウンターへ戻った。

津島は苦笑を浮かべて女を振り返った。

「ここの雇われママ、鶴見(つるみ)チカ。古い馴染みでね。ここなら人目がないから、連絡場所に使える」

「人目がなくて悪かったわね」

チカは津島をジロリと睨んで酒をあおった。憎まれ口を利きながらも、店を放り出して十希子を呼びに行ったくらいだから、相当親密なのだろう。

「話って何？」

津島は短くなった煙草を灰皿でもみ消した。

「今度、出版社でも週刊誌の刊行に乗り出すことになった。来年早々、新潮社が週刊誌を刊行する。その成功如何で、他の出版社も後追いを始めるだろう。俺は近いうちに週刊誌時代が到来するような気がしているんだ」

レコードの曲は「ホワッツ・ニュー」に変っていた。

「ただ、出版社には取材のノウハウを知る人間がいない。それで、記者経験のある外部の人間に応援を頼むことになった。俺も声をかけられたよ」

「それは良いことなの？」

「まあな。取り敢えず懐が潤うのはありがたい」

「おめでとう」

まったく関心がないので、いかにもおざなりな口調になってしまったが、津島は気にしていないようだった。

「近頃、大新製薬について、何か小耳に挟んでいないかな？」

「大新？　何かあったの？」

「まだ取材中なんだが……」

津島は頭の中のデータをかき回すように、髪の毛をガリガリとかいた。

「三年前に認可された大新の『ソメイユ』って薬、知ってるか？」

「ええ。睡眠薬でしょ。評判良いわね。すぐ眠れて目覚めもスッキリだって。千代菊でも使っている人、いるわよ」

ソメイユとはフランス語で睡眠の意味だ。語感の良さとフランスを意識した洒落(しゃれ)たパッケージで知名度が高まり、常用しても中毒性がないという安全性も人気を呼んで、市販の睡眠薬の売上げ第一位を誇っている。

「今年に入って、ソメイユを常用していた人間に突然死が相次いでいる。四十歳以上の男女を中心に、脳卒中とか心臓麻痺(まひ)とか……」

津島は脳卒中と心臓麻痺で片付けたが、詳しい死因は脳血栓と冠動脈血栓だった。どちらも血液中に出来た血の塊が血管を塞(ふさ)ぎ、血流を妨げることにより発生する。

「つまり、ソメイユを何年も飲み続けると、血液に塊が出来る危険がある……そういう疑いが出てきたわけだ」

津島はそこで一度言葉を切り、新しい煙草をくわえて店の紙マッチで火を付けた。

「もちろん、全部がソメイユのせいとは言い切れない。現にソメイユと関係なく、卒中や心臓麻痺で死ぬ年寄りは大勢いるんだから。しかし、血圧の高くない人間がいきなり脳卒中を起したり、健康に問題のなかった人間が心臓麻痺で急死するっていうのは、どうにも不自然だ。それも、一人や二人じゃない」

「ソメイユと突然死の関係を証明しようとしているの？」

津島は眉間にシワを寄せて顔をしかめた。

「科学的に証明するのは難しいと思う。向こうは薬のプロだからな。素人に尻尾を掴まれるようなヘマはしないだろう。しかし、合理的な疑いを記事にすることによって、厚生省なり警察なりが、安全性の再調査に乗り出す可能性は充分にある」

「それに、そんな疑いを記事にされるだけで、大新製薬は被害甚大ね」

津島は大きく煙を吐いた。

「大新の重役は、よく千代菊に来るんだろう？」

「大新だけじゃないわ。製薬会社はみんな、厚生省の役人や医大の教授を招いて接待してるわよ」

「最近、何か変ったことはないか？」

「さあ。私は大新の担当じゃないし……」

言いかけて、ふと思い出した。

「そう言えば、今日お座敷が一つ取り消しになったわ。副島デザイン事務所っていう、大新の薬のパッケージをデザインしている会社」

レコードは「イエスタデイズ」が終わり「ボーン・トゥー・ビー・ブルー」が始ま

った。

「何でも今朝、東京国税局に査察に入られたんですって」

グラスに伸ばしかけた津島の手が止まった。

「国税局？」

「脱税ね、きっと」

「その会社、千代菊の古い馴染みなのか？」

「ここ二、三年ですって」

十希子は和子の言葉を思い出した。

「小さな会社らしいけど、月に一度くらいお見えになって、大新の重役さんを接待しているわ」

「なるほど」

津島は壁にもたれかかり、グラスを口に運んだ。一口酒を飲んでから、急に気が付いたように言った。

「そうだ。ジュースか何か飲むか？」

「結構よ。もう帰るわ」

「大新に気をつけていてくれ。何月何日にどういう顔ぶれで来たか」

「ええ」

言われるまでもなく、十希子は千代菊で働き始めてから、その日見聞きしたことを全てノートに付けていた。うめの発表する座敷と客の割り振り、客と芸者の顔ぶれ、小耳に挟んだ会話、仲居同士の他愛もない噂話など、可能な限り記憶して、帰りの電車でノートに書き写す。最近は仕事にも慣れて、途中で帯に挟んだメモ用紙に走り書きする余裕も生まれた。

十希子が立ち上がると、津島も席を立った。

「駅まで送ろう」

「結構よ。人目に付くと困るわ」

「大通りに出るまでさ」

津島はコートを肩に引っかけ、チカに「すぐ戻る」と言ってドアを開けた。

「お邪魔しました」

十希子はチカに頭を下げて店を出た。背後に流れる「ス・ワンダフル」の歌声は、ドアが閉まると聞こえなくなった。

狭い階段を上がってビルの外に出た。銀座と言っても場末なので、路地にはほとんど人通りがない。十希子は三十センチほど距離を取り、津島と並んで歩いた。

八丁目の先は汐留川で、その百メートルほど上流に新橋が架かり、国鉄新橋駅は橋の向こうだ。

「ところで、東京地検とはどうなった？」

ジロリと睨むと、津島は悪びれる風もなくニヤリと笑った。

「ま、冗談はさておき、悪い話じゃないと思うぜ。せっかくプロポーズされたんだ、OKしたらどうだ？　検事の中でも東京地検は出世街道だ。亡くなったお母さんも喜ぶんじゃないかな」

十希子はカッとして強い口調になった。

「あなた、新しい仕事が見つかったら、もう三晃物産の事件には興味がなくなったの？」

「そんなことは絶対にない」

きっぱりと答えたが、再び間延びした口調に戻った。

「しかしなあ、あんた来年、二十五だろう？　ぐずぐずしてると売れ残るぞ」

「余計な心配してくれなくて結構よ」

「面食いなのかなあ？」

もう一度ジロリと睨むと、またしてもニヤニヤと笑った。

「元の婚約者、二枚目だったものな。あれと比べたら他の男は可哀想だって」

十希子はピタリと足を止めた。銀座通りの天ぷら屋・天國(てんくに)の横で、新橋は目の前にある。

「もう、ここで結構です」

くるりと踵を返して橋を渡ろうとすると、津島が「あ、ちょっと」と声を上げた。

「これ、電話番号」

ポケットから使いかけの「炎」のマッチを差し出した。

「用事があるときはここに電話してくれ。今くらいの時間には大体いる」

十希子は黙って受け取り、ポケットに入れて新橋へ歩いた。店に流れていたヘレン・メリルの歌声が耳に甦った。

「ねえ、十希子ちゃん。明日昼座敷が入っちゃって、外人さんが二人も来るのよ。急で悪いんだけど、手伝ってくれない?」

出勤する早々、うめに「女将さんがお呼びだよ」と告げられ、内所にやって来たところだ。

「はい、お伺いいたします」

十希子は一瞬もためらわずに答えた。

なみ江は姿見を見ながら着物を着付けていた。深い藍色地に南天の葉を染め出した加賀友禅に、金と茶を使った緞子(どんす)の帯。十希子にとっては単なる作業に過ぎない動作だが、なみ江の手つきや身のこなしは、踊りかお茶の所作のように優雅で洗練されていて、見ているとうっとりしてしまう。

「女将さん、糸魚川先生って、面白い方ですね」

なみ江は二重太鼓(にじゅうだいこ)の長さを調整しながら、姿見に映る十希子の顔を見返した。

「板場さんも気を遣って特別に色々お出ししているのに、あんまり召し上がらないから、何がお好きですかって伺ったら、ご飯ですって。おかずが多いとご飯の邪魔になる、塩か醤油で良いって」

「越後の水呑み百姓の倅(せがれ)だから。子供の頃は米所なのに白いご飯が食べられないで、苦労したのよ」

「そうなんですか」

十希子も目を上げて鏡の中のなみ江の顔を見た。

「この前、美味しい物を食べに行こうって誘って下さったんです。でも、おにぎりだったらがっかりだわ」

あくまでも無邪気に言うと、なみ江は微笑んだ。

「まさか、そんなことないわよ」

お太鼓の長さをピタリと決め、さりげない口調で付け足した。

「でも、先生に気に入ってもらって、良かったこと」

「はい。うめさんからも付き合いの長いお得意様だと伺ってます。先生のおそばにいれば、色々勉強になると思います」

「そうね。何しろ顔の広い方だから」

十希子は「それでは、失礼します」と一礼して、部屋を出た。

糸魚川との個人的な付き合いは、全てなみ江に知らせた方が良いと判断した。変に勘ぐられては困るし、なみ江は糸魚川に対する防波堤にもなるはずだった。

糸魚川にはあくまでも「亡くなった保子の娘が不憫(ふびん)だから親切にしている」という態度でいてもらわなくては困る。そして、周囲にもそのような関係だと思わせなくてはならない。実態がどうであろうが、安全な距離を保っている間に、糸魚川からは出来るだけ多くの情報を引き出さなくてはならない。

突然、後ろで襖が開いた。振り向くと、内所の部屋の一つから満が出てくるところだった。

いきなり十希子と出っくわして、満も驚いたのだろう。半開きの襖越しに座卓の上の手提げ金庫が見えた。その日の勘定に使う現金を入れてあるので、無人の部屋に出しっ放しにしておくことはない。

満はプイと顔を背けて、そのまま行こうとした。十希子は思わずその腕を摑んだ。

「なんだよ?」

「お金、返しなさい」

「うるせえな。関係ないだろう」

「あります。私も千代菊の仲居ですから、お釣りが足らなくなったら困ります」

満は十希子の手を振り払った。

「これは俺の金だ。いずれこの店は俺が継ぐんだからな」

「でも、今はあなたのお金じゃありません。お店のお金です」

「同じことだろ」

十希子は満を睨み付けた。

「違います。あなたは千代菊のために指一本動かしてない。一滴の汗もかいてない。店の将来を考えたことなんか、一瞬もない。そんな人にお店のお金を使う権利はありません」

満はバカにしたような顔をした。

「やっぱりあんた、先生の方が向いてるな。学校に戻れよ」

「いいから、お金を返しなさい」

満は鼻で笑って押しのけようとしたが、十希子は前に回り込んで行く手を阻んだ。

「最低限、無断借用はいけません。女将さんに断ってから持ち出して下さい」

不意に満の表情が下卑たものに変り、十希子を抱きすくめようとした。満の手が身体に巻き付く前に、十希子は膝で金的を蹴り上げた。

満は声にならない悲鳴を上げ、股間(こかん)を押さえて海老のように身体を折り曲げた。

その時、襖が開いてなみ江が廊下に飛び出してきた。

「……みつるッ!?」

満はやっと半身を起こした。

「ねえ、女の子と遊ぶなら構わないわ。でも、薬は絶対ダメよ」

なみ江は満の両腕に手を伸ばした。

「薬だけはやめるって、約束してちょうだい」

前後に揺すぶられて、満の髪の毛が揺れた。

「俺が死んだら、清々するくせに」

満は薄ら笑いを浮かべて吐き捨てた。その言葉に、なみ江は息を呑んで棒立ちになった。

「バカ！」

十希子は大声を出したが、満は一瞥しただけで、足早に廊下を歩いていった。

なみ江は力尽きたように肩を落とし、俯いた。

「……女将さん」

「ホントに、バカな子」

溜息混じりの呟きは、どこかヘレン・メリルの歌声を思わせた。

「満さん、薬って、何をやってるんです？」

「睡眠薬よ。お酒だけじゃ飽き足りなくなって……」

親不孝の甘ったれ！

十希子は心の裡に吐き捨てた。満が親不孝をするのは、おそらく子供の頃、友人に比べて母親の関心が薄かった事への腹いせかもしれない。だが、なみ江は専業主婦ではない。女手一つでこれだけの料亭を経営しているのだ。時には仕事で頭がいっぱいになったって仕方ないではないか。どうして二十歳をいくつも過ぎて、そんなことが分からないのだろう。

十希子の心の裡を見透かしたかのように、なみ江は自嘲の笑みを浮かべた。

「あの子、私を憎んでるのよ」

「そんな……」

あれは憎しみではなく甘えだ。しかし十希子がそう言う前に、なみ江が再び口を開いた。

「仕方ないわね。私だって何度も、あの子さえ生まれてこなければばって思ったから」

「そんなこと、満さんの親不孝の言訳にはなりませんよ」

いつの間にか、教師時代の口調に戻っていた。

「女将さんがしてきた苦労と、満さんがしてきた苦労は全然違います。そもそも満さんは生まれてこの方、苦労なんてほとんどしてないはずです。それが大学生にもなって、親のお金で好き放題やって、憎いもへったくれもないじゃありませんか。一度、ズボン脱がして思いっきりお尻叩いてやれば良いんですよ」

なみ江はフッと微笑んだ。今度は自嘲の陰のない笑みだった。

「十希子ちゃんて、本当にしっかりしてるのね。それに優しいわ。そういうとこ、保子さんにそっくり」

十希子は保子が雇い主としてだけでなく、友人としてのなみ江にも好意的だった理由が分るような気がした。こんな大きな料亭の経営者なのに、ふとした拍子に寂しく頼りなげな表情が覗く。それを見ると、ずっと年下の十希子でさえ保護本能をそそられる。保子もきっと「自分が側にいてあげなければ」という気持ちになったのではないだろうか。もっとも、なみ江のそれが素顔か、演技か、十希子には判別できなかったけれど。

「あのねえ、十希子ちゃん……」

何か言いかけたとき、廊下の向こうからうめが現れた。

「ああ、女将さん。ちょっといらして下さい。今、さわ乃家のまち子ちゃんがお披露目で……」

「はい、すぐに」

なみ江は「じゃ、明日、よろしくね」と言い置いて玄関へ向った。

芸者置屋の下地ッ子が半玉(はんぎょく)になって、料亭をお披露目に回っているのだ。顔と名前を広めて座敷に呼んでもらう。新人はご祝儀の意味もあって、沢山の料亭から声がかかるのだった。

十希子は勝手口から玄関に回ってみた。

お披露目の一行は挨拶を終えて引き上げるところだった。新人の半玉には姉さん芸者と荷物持ちの男衆が一人付き添っている。桃割れに結った髪と肩揚げをした振り袖の後ろ姿が見えた。

中に戻ろうとして、ふと玄関前の敷石が目に止まった。

いつも小さなピラミッドのように盛られている塩がぐしゃりと潰れて散乱している。満が外へ飛び出して行くとき、故意か偶然か、蹴散らしてしまったのだろう。

せっかくのお披露目の日に不調法なことだと思い、すっかり千代菊の習慣が身についている自分に苦笑した。

日が落ちて、芸者衆が料亭に呼ばれる時刻になると、先輩芸者の供をして新人の半玉も千代菊にやって来た。

東京の半玉は京都の舞妓と違って、振り袖の裾は引かずにお端折(はしょ)りで、帯もだらり結びではなく後見(こうけん)結びという、女性が素踊りをするときの形にしている。

まち子という新人の半玉は、小柄で愛らしい顔立ちをしていた。白樺学園で教えていた酒匂千夏に面差しが似ているので、親近感が湧いて余計に可愛らしく見えた。

「まち子ちゃん、おめでとう」

「見違えたわ。すごくきれいよ」

「頑張って、良い芸者さんになってね」

仲居たちが次々に声をかける。その度に「ありがとう存じます」「よろしくお見知りおき下さいませ」「はい、頑張ります」と、健気な答が返ってくる。

「良い着物だこと。とてもよく似合うわ」

十希子もつい声をかけた。

「畏れ入ります。うちのお母さんのお見立てなんです」

お母さんというのは勿論、所属する置屋の女主人のことだ。置屋の主人夫婦を「お父さん」「お母さん」と呼ぶのは、抱えの芸妓たちと養子縁組をした頃の名残だろうか。

八重子が出勤早々内所に呼ばれたのは、その翌日だった。

話は長引いて、仲居たちが身支度と下準備を終え、賄いを食べているときにやっと戻ってきた。

「八重子さん……」

何の話だったのと訊こうとして、十希子は言葉を呑み込んだ。

八重子は顔が強張り、目が据わっていた。腕を伸ばして着物の襟を摑むと、ぐいと引き寄せて憎々しげに言った。

「あんた、明夫のこと、告げ口したでしょう？」

「何のことです？」

「とぼけんじゃないわよ！」

いきなり首を絞められそうになって、十希子は思わず八重子の足を払い、突き飛ばした。八重子はよろめいて尻餅を突いたが、起き上がって再び摑みかかろうとした。見かねて、若い調理人が二人がかりで止めに入った。

「ちきしょう！　内所で目を掛けられてるからって、いい気になるんじゃないよ！この金棒引き！」

そこへうめが小走りにやって来た。

「逆恨みするんじゃないよ！　お前の情夫が横領で捕まったってことは、さる筋からのご注進だよ」

八重子はうめを睨み返した。

「お八重、男運の悪いのは気の毒だが、こんな騒ぎを起こす人間を千代菊に置いとくわけにはいかないね。今日限り暇を出す。残りの給金は明日払うから、取りにおいで」

言い終わると周囲にたむろしている仲居たちに向って、せき立てるようにパンパンと手を叩いた。

「ほら、見せもんじゃない。とっとと仕事に掛かっておくれ！」

三々五々、引き上げていく仲居たちの後に続いて十希子もその場を離れたが、どうにも腑に落ちなかった。どうして自分が八重子の愛人に関して告げ口をしたと思われたのだろう。確かに何度か愛人の存在をほのめかすような言動を聞いてはいたが、相手のことも知らなければ、会ったことさえないというのに。

「お八重の情夫は、立川商会の小西（こにし）って係長だった。あんたは一緒に座敷を担当してるから、それで勘ぐられたんだろうよ」

後にうめに尋ねると、事も無げに言い切った。

「でも、たったそれだけのことで……」

「疑心暗鬼ってやつさ。周りが全部敵に見えるんだよ」

そして十希子を見て、ニンマリと笑った。

「これからも気をつけるんだね。あんたは若くてきれいで人気がある。内心面白く思ってない者もいるはずだよ」

「はい。ありがとうございます」

十希子は内心、ヒヤリと背筋が冷たくなった。

昔馴染みとして親近感を抱いていた八重子が、突然十希子を敵対視した。敵意というのは、必ずしも好意を感じない相手からだけ受けるものではない。好意を持っている相手からも抱かれるのだ。理由なく、憎まれることがあるのだ。

千代菊には客と芸者だけではなく、そこに働く大勢の仲居たちの思惑も複雑に絡み合っていることに、十希子は遅ればせながら気が付いた。

これからも似たようなことがあるかも知れない。でも、私は千代菊を離れるわけにはいかない。確かな情報を摑み、母が殺されたといえる証拠を握るまでは、絶対に。

十希子は苦い思いを嚙みしめながら、自分自身に言い聞かせた。

お披露目を終えた半玉のまち子は、すぐに売れっ子になった。あちこちの座敷から声がかかり、十希子が担当する座敷に呼ばれることもあった。

若くて新鮮なまち子は客に可愛がられて、無難に座敷を務めていた。そんな様子を目にすると、十希子は保護者のような気分で安堵した。

廊下ですれ違うときは「お疲れ様」「今日もきれいね」「あとお座敷二つ、頑張ってね」などと声をかけた。その度にまち子は無邪気な笑顔で嬉しそうに応えた。

十希子が糸魚川と食事に出かけたのは、十二月に入った最初の日曜日だった。

連れて行かれたのは、千代菊からもほど近い銀座東六丁目にある「あやめ亭」という店で、木造一戸建ての割烹料理屋のような造りだった。店内も和風で、客席は全て個室になっている。

「良い店だろう。お座敷洋食と言うんだ」

四畳半に差し向かいに座り、糸魚川が言った。

「部屋は和室だが、料理はフランス料理が出る」

「まあ、そうなんですか」

「全部箸で食べられるようになっているから、西洋の作法を知らなくても安心だ。それに、給仕が一皿毎にちょこまか出入りしないから、煩わしくなくて良い」

糸魚川は言葉を切って顔をしかめた。

「俺はどうも、高級な西洋料理屋が苦手でな。ボーイに一挙手一投足を見張られているような気がして落ち着かん。あいつらは、客が失敗するのを手ぐすね引いて待ってるんじゃないか？」

「まさか」

十希子が笑うと、糸魚川は優しい目になった。

「着物も似合うが、洋服も良いな。若さがある」

今日着ているのはウエストを絞った芥子色の上着と黒のフレアースカートがセットになった、かつて一世を風靡したディオールの〝ニュールック〟風のツーピースで、去年の秋、錦糸町の洋装店で仕立てた。勿論、寿人とのデートに着るために。

「今度、一着新調してやろう。クリスマス用に新しい服が欲しいんじゃないか？」

「嬉しいけど、結構ですわ。どうせ着ていく場所もありませんし」

「仕方ないな。じゃあ、大嫌いな西洋料理屋へでも行くか？」

「まあ」

十希子は笑顔を見せながら、糸魚川との距離を測っていた。

近づきすぎては危険だ。かといって、ある程度内懐に飛び込まなければ、有益な情報は手に入らない。一歩進んで二歩下がるような芸当が、果たして自分に出来るだろうか？

あやめ亭の給仕係は和服の女性だった。三人で何皿も料理を運んで隙間なく膳に並べ、退出した。最後に残った一番年嵩の係が両手をついて頭を下げた。

「後ほどデザートをお持ちいたします。ご用がありましたら、呼び鈴を鳴らして下さいませ」

十希子はざっと料理を見回した。確かに全て洋食だが、箸で食べられるように切り分けられている。

飲み物に十希子はジュースを、糸魚川は水割りを所望した。給仕係がすぐにウイスキーの瓶と水、アイスペールを運んできた。

「手酌でやるから、下がって良い」

糸魚川が言うと、係は一礼して出ていった。

十希子は料理に箸を伸ばしつつ、他愛もないことをあれこれと話した。糸魚川は適当に相槌を打って聞いていたが、退屈してはいないようだった。小鳥のさえずりと同じで、右から左に聞き流しても耳に快いと感じたのかも知れない。

世間話をしているうちに、新人半玉のことが頭に浮かんだ。

「そうそう、この前お披露目したさわ乃家のまち子ちゃん、評判良いですね。早速ご指名でお座敷が掛かってるって聞きました」

「らしいな」

糸魚川は水割りを飲み干した。

「旦那も決まったと言うし」

十希子は空のグラスを受け取ったが、ショックで取り落としそうになった。糸魚川が不審な顔をした。

「……旦那って、どういうことです？」

「水揚げだよ」

一瞬、お披露目の日の蹴散らされた盛り塩が脳裏に浮かんだ。

「だって、まち子ちゃん、まだ十八にもならないんですよ」

「十七なら年に不足はないさ。昔は十四で水揚げされたもんだ」

「でも……」

十希子は芸者に旦那が必要なことも、水揚げという処女権の売買があることも知っていた。しかし、それは一本、つまり半玉が一人前の芸者になるときに行われるものだと思っていた。まち子はこれから二、三年は半玉で座敷に出る予定で、水揚げの話はまだ先のことだとばかり思っていたのに。

「ひどいわ」

「何がひどい？　いつまでも旦那がつかない方が、よっぽどひどいぞ。衣装に稽古に日々の掛かり、全部借金を背負うんだ」

十希子の脳裏に浮かんだのは、まち子ではなく酒匂千夏の顔だった。

「私、あの子と同い年の生徒を学校で教えていたんです」

「子供が全部高校へ上がれるほど日本が豊かになれば、娘の身売りもなくなるだろうさ。しかし、現実は違う」

糸魚川の声は冷徹で、断固たる響きがあった。

「京都の舞妓は水揚げが済むと髪を〝割れしのぶ〟から〝おふく〟に結い変えるそうだ。そうすりゃ、処女か否かひと目で分るからな。便利な制度だ」

十希子は黙って唇をかんだ。

「まち子だって覚悟してるはずだ。なるべく早く良い旦那を捕まえて、たっぷりお手当をもらって、売れっ子になって、店でも持たせてもらって引退するのが出世双六(すごろく)の上がりだとな。そんなら、順調な第一歩を踏み出せて、めでたい限りじゃないか」

糸魚川は十希子の手からグラスを取り、自分で水割りを作り始めた。

「所詮、十希子は素人だ。まち子のような娘の気持ちは分らん」

「それなら先生は、どうしてお分りになるんです?」

男なのに、と心の中で呟いた。

「俺の姉は小学校を卒業してすぐ、女郎に売られた」

十希子はハッと息を吞んだ。

「そういうことを言うと、インテリ連中は姉はさぞ辛く悲しかっただろうと考える。そりゃあ辛く悲しいには決まってるが、それだけじゃない。姉は自分が女衒の眼鏡にかなったことを誇りに思っていた」

呆気に取られたような顔をしたのだろう。糸魚川が十希子を見て皮肉に微笑んだ。

「姉の手紙に書いてあった。自分は売れたのに、同い年の隣の娘はブスだから売れなくて可哀想に。しかも自分が売られたのは場末の遊郭ではなく、超一流の吉原だ。店は格があるし、客筋も良い。本気で自慢していたよ」

糸魚川は手づかみでグラスに氷を足し、人差し指でかき混ぜた。

「まち子だって心のどこかで計算してるはずだ。中学を卒業してどこかの町工場で油まみれになって働いて、雀の涙ほどの給料をもらって、そのうち自分と同じような貧乏人と結婚して、安アパートに住んで内職しながら子供の二、三人も産んで……そんな生活より、きれいな着物を着て華やかな座敷に出て、金持ちの旦那を捕まえて自分の店を持たせてもらった方が、ずっと幸せだ、と」

さすがに人差し指を舐めたりはせず、おしぼりで手を拭いてからグラスを口元に運んだ。

「だから、本気でまち子の幸せを願っているなら、哀れむのはよせ。祝ってやれ」

十希子も、糸魚川の言うことは正しいのだと思う。自分は甘いのだ。しかし、かつての教え子に似ているまち子が、わずか十七歳で金のために好きでもない男に身を任せるかと思うと、胸をかきむしられる気持ちがするのだった。

「お姉様は、お元気ですか？」

「死んだ」

「それは……ご愁傷様でした」

十希子はまたしても臍を噛む思いで頭を下げた。

「姉は運が良かった。十九歳で太っ腹な木場の旦那がついて、身請けされて深川に小料理屋を持たせてもらった。俺は姉を頼って上京して、久世先生に拾われた。あのまま田舎でくすぶっていたら、二人とも浮かぶ瀬もなかっただろう」

糸魚川は小さく溜息を吐いた。

「旦那が死んだあと店の板前と一緒になって、戦争中も疎開せずに深川で暮らしていたが、三月十日の空襲で亡くなった……らしい。遺体が見つかっていないから、断定は出来んがな」

十希子は素直な気持ちに従って、言葉を舌に載せた。

「先生、ごめんなさい」

「何が？」

「思っていたより、悪い人じゃなかったから」

糸魚川は鋭い目を細くして、楽しげな笑い声を立てた。

第五章

年が明けて昭和三十一（一九五六）年。

父が召集されるまでは両親と、去年までは母と二人で迎えていた年の瀬であり、正月だった。それが今年、十希子は一人だった。

千代菊は年末年始は休みに入る。働いているときは気が紛れていたが、休みに入って一人で過ごす時間が増えると、途端に孤独が身に沁みた。

一階のふさの家には、元日から嫁いだ娘たちが順番に子供を連れて遊びに来て、とても賑やかだ。

それに引き替え、十希子には訪ねるべき人も、訪ねてくる人もいない。近い親戚は戦争で亡くなり、学生時代の友人や白樺学園の同僚とは退職を機に疎遠になった。おまけに今年は保子の不慮の死で年賀欠礼の通知を出してあるから、年賀状さえ一通も来ない。身内に死者が出た人は一年間神社に行くのは控える慣例なので、初詣(はつもうで)にも行けず、二日の朝の銭湯の初湯以外、出掛ける先もなかった。

十希子はいつか読んだ「ホステスの自殺は大晦日が多い」という記事を思い出した。その時は頭で理解しただけだが、今は心で納得出来た。寂しさは死の呼び水になる、と。

だから正月三日の午後三時に「ときちゃん、糸魚川さんって方からお電話よ」とふさに呼ばれたときは、ジェットコースターのような勢いで階段を駆け下りて受話器に飛びついてしまった。

「明けまして……おっと失礼。元気にしてるか？」

第一声を聞いたときは、前に千代菊で会ってから一週間しか経っていないというのに、ひどく懐かしさを感じたものだ。

「夕方、メシでも食わないか。おせちはもう飽きただろう？　大嫌いな西洋料理でもご馳走する」

「はい。ありがとうございます」

十希子は電話を切ると、ふさの方を振り向いた。

「おばさん、お店のお客さんが夕飯ご馳走して下さるそうなの」

「そう。良かったね」

「お土産買ってくるわね。何が良い？」

「良いよ、気を遣わなくたって。美味しい物、いっぱい食べといで」

ふさも沈みがちな十希子の気持ちに気が付いていたらしい。

十希子は二階の部屋に戻ると、洋服ダンスを開けて服を選んだ。流行のAラインのコートとワンピースは去年新調したばかりだ。婦人雑誌に載ったディオールの新作の写真を洋装店に持っていって、同じデザインで仕立ててもらった。その時、大丸に出来たディオール・サロンの服は、十希子の年収より高いと知って驚いたものだ。

驚きはしたが、羨ましいと思わなかったのは、寿人との将来を夢見ていたからだろう。夢は消え、代わりに今は使命を帯びている。それでもおしゃれをして外出すると、自然に心が弾むのだった。

待ち合わせたのは帝国ホテルのラウンジだった。十希子は少し早めに家を出て日活ホテルへ寄り道し、アメリカン・ファーマシーでふさへの土産にクッキーを買った。

外へ出ようとすると、正面入り口に真っ赤な車が駐まった。乗っているのは若い男女で、男の方は車を降りるとボーイにキーを渡した。ポマードで髪の毛を固め、裾を細くした流行のマンボズボン。連れの女はAラインのコートにネッカチーフ姿だった。

「……満さん」

二人が十希子に目を向けた。

「まあ」

女はまち子だった。半玉の化粧をしていないので、かつての教え子に一層似ている。セーラー服を着せたら、誰もが普通の高校生と思うだろう。

「二人揃って珍しいわね。初詣にでも行ったの？」

十希子がぎごちない笑顔を浮かべると、二人は互いの顔を見合わせてクスッと笑った。

「デートだよ。湘南までドライブしてたんだ。これから食事して、一晩中踊り明かすんだ。なあ？」

まち子は嬉しそうに「うん！」と頷いた。

十希子は困惑していた。まち子は昨年のうちに旦那がついた。江戸時代から続く大きな製紙会社の会長で、年齢は七十近いらしい。「人生最後の女だから」という理由で、さわ乃家に払った水揚げ代も破格だったと聞いている。旦那がある身で若い男と個人的にデートするのはいかがなものか？

十希子はまち子の旦那でも置屋の女将でもないから、何も言う権利はない。だが、花柳界で幸運を摑んで欲しいと思っている。浮気がバレて旦那をしくじるような失態は演じて欲しくなかった。

「満さん、楽しむのは結構だけど、ほどほどの時間で切り上げて、送ってあげてちょうだいね。まち子ちゃん、明日からまたお座敷だから」

満はフンと鼻で笑い、これ見よがしにまち子の肩を抱き寄せた。

「堅いこと言うなよ。まち子だってジジイの相手ばっかじゃ息が詰まる。たまには憂さ晴らしも必要さ」

そして、意味ありげにジロジロと十希子の肢体を眺めた。

「あんただって人のこと言えた義理じゃないだろ。これからどこぞのジジイとよろしくやるんじゃないの？」

「残念ね。ジジイとまではいかないわ。糸魚川先生だもの」

そして、まち子の方を向いて優しく言った。

「まち子ちゃん、あんまり遅くならないうちに帰った方が良いわよ。明日からお座敷で、大変だから。ね？」

だが、まち子はプイと顔を背けた。そして満の方に頭をもたせかけて甘い声を出した。

「ねえ、みっちゃ～ん。あたし、お腹空いたあ」

「ああ、俺もだ。行こう」

二人は手をつないで大きく前後に振りながら、スキップするような足取りで階段を降りていった。

十希子は一瞬、カッと頭に血が上った。

なんて愚かな娘だろう！　せっかく心配してあげたのに！

まち子は貧しさ故に泥水につかった。旦那の存在は泥水の中に垂らされた蜘蛛(くも)の糸に等しい。高みに上がるためには、その蜘蛛の糸を摑んで登っていくほかない。どうして大切にしないのだろう。蜘蛛の糸は細くて切れやすいのに。

そして、忌々(いまいま)しいことに、既にまち子は十希子よりも多く、女としての手練手管(てれんてくだ)やしたたかさを持ち合わせているようだった。まち子が十希子を見る目には、明らかに優越感があった。一方で若い男と楽しみながら、もう一方では老人のパトロンを手玉に取ってみせるという自信が、その目にみなぎっていた。

十希子は所詮素人だ、まち子のような女の気持ちは分らない……そう言った糸魚川の言葉が思い出された。十希子の心配や気遣いなど、まち子には大きなお世話だったのかも知れない。

そんなことを考えているうちに、帝国ホテルの正面入り口に着いていた。

フランク・ロイド・ライト設計のロビーは、正月らしく晴れ着に身を包んだ女性の姿も多く、常にも増して華やかな雰囲気だ。

奥のソファに腰を下ろしていた糸魚川が立ち上がった。黒いコートを腕に掛け、ダブルのスーツを着て黒いステットソンを被っている。大勢の中にいても目立つのは、背が高いせいもあるがそれだけではない。身体全体から他人を威圧するような空気を醸(かも)し出しているからだ。

「何だ、元気がないな」

ひと目見て何か感じたらしく、糸魚川は怪訝そうな顔をした。

「アメリカン・ファーマシーで大家さんのお土産を買ったんですけど、あんまり気に入ったのがなかったものですから」

「じゃあ、地下のアーケードを見てきなさい。気に入った品を買ってあげよう」

十希子は首を振った。

「もう、良いんです。先生のお顔を見たら、段々お気に入りに思えてきました」

「ほう。俺の顔にそんな効用があるとは、驚きだ」

糸魚川は笑みを浮かべ、右肘を曲げて差し出した。十希子は腕に手を置き、二人は並んで中二階の「グリル・ルーム」に通じる階段を上った。

朝刊を広げて全部の記事に目を通すのは、昔からの習慣だった。しかし千代菊で働くようになってからは、それまで斜め読みしていた経済関係の記事をじっくり読むようになった。客の話に気の利いた相槌を打つためだ。

その日の朝、十希子の目に留まったのは、以前なら完全に読み飛ばしていた類いの見出しだった。

「大新製薬　突然の人事刷新／赤垣義之社長以下五人が辞任」

大新製薬という名前に引っかかって記事を読むと、前日一月十日の会議で、社長と四人の副社長が辞任し、序列十二番目の専務が新社長に就任することが決まったという。

十希子のようなビジネスに疎い人間にも、その人事が普通でないことは明らかだった。年功序列を重んじる大会社で、トップの五人が辞任し、上を飛び越して序列十二番目の人間を社長に据えるとは、いったい何があったのだろう。

すると副島デザイン事務所のことが気になった。謂わば大新製薬の下請け会社が東京国税局に査察に入られたという件は、今回の不可解な人事と繫がっているのだろうか？

分らない。これじゃ材料が少なすぎる。もう少し詳しい報道があれば良いのに……。

十希子は諦めて新聞を畳んだ。

その夜も千代菊は全ての座敷が予約で埋まっていた。ベテランの仲居が二人流感で休んだので、十希子は担当する座敷のほかに、臨時でうめを手伝うことになった。

「明石(あかし)の間は久世先生のお席だから、粗相がないようにね」

「はい。気をつけます」

十希子は素直に頷いたが、久世龍太郎の座敷に出入りするのは初めてではない。久世は与党最大派閥「木星会」を率いる領袖である。千代菊では週に一度は議員同士の会合を開いたし、時には二つの会合を掛け持ちすることさえあった。だから仲居たちも月に数度は久世の座敷の世話をすることになる。

久世が酒を酌み交わすのは与党議員だけではない。時には社会党の議員も同席した。十希子は二つの党は仲が悪いと思っていたので、久世の座敷で社会党の有力議員の顔を見たときは、だまされたような気がしたものだった。

「いらっしゃいませ」

到着した客に三つ指をついて挨拶してから、うめが十希子を振り返った。

「お客様を明石の間にご案内して」

「畏まりました」

十希子は客のコートと鞄を受け取り、先に立って廊下を案内した。五十代半ばの、押しの強そうな顔をした男だった。

「こちらのお部屋でございます」

明石の間の襖を開け、客に座布団を勧めた。席は三人分用意してあるが、久世ともう一人の客はまだ到着していない。床の間を背にした席は久世用で、向かいにある二つの席が客人用だ。十希子は退出しようとして、客の背広の襟に付けた徽章に目を留めた。

秋霜烈日……客は検事だった。そして久世龍太郎と会食するほどの検事なら、相当に地位が高いのだろう。

十分ほど後に久世と連れの与党議員が玄関に現れた。閣僚経験者の曽根広忠だった。

久世が無造作にコートを渡してうめに尋ねた。

「来てるか？」

「十分ほどまえにいらっしゃって、お待ちでございます」

十希子は曽根のコートを受け取り、三人の後に続いて明石の間に向った。うめが襖を開けると、久世は座敷に踏み込んで、磊落な声で挨拶した。

「いやあ、お待たせしました。急にお呼び立てして申し訳ない」

「こちらこそ、お招きに与りまして、恐縮です」

客の検事は座布団の上に正座して頭を下げた。久世は上席に胡座をかき、曽根は検事と並んで座った。

十希子はすぐに板場に走り、おしぼりとビールを盆に載せて明石の間に運んだ。うめと二人で三人のグラスにビールを注ぎ終わると、久世がうめに言った。

「しばらく誰も近づけないように。話が済んだら呼ぶ」

「畏まりました」

うめと十希子はその場に平伏し、座敷を退出した。

「今の方、検事さんでしょう？　秋霜烈日の徽章だったもの」

「検事は検事でもそんじょそこらのぺーぺーと一緒にしちゃいけないよ。検事の中でも一番エラい、検事総長様だからね」

うめはしたり顔で応えた。

「去年の春に昇進なさったんだよ。その時、久世先生が一席設けて差し上げて、それ以来かねえ」

それは十希子が千代菊に入る前のことだ。

「そう言えば、検察庁の方がうちを利用なさることって、あまりありませんねえ」

「そりゃそうさ。検察じゃあ、接待してくれる企業がないからね。役所の月給で、うち辺りで遊ぶなんて、どだい無理。それに役人って、絶対身銭切らないからね」

十希子は千代菊にやって来る役人の顔ぶれを思い出した。大蔵省・通産省・建設省・運輸省・厚生省……。これまで法務省の役人を見た記憶はない。

久世と曽根は、検事総長とどんな話をするのだろうか？

十希子はにわかに気になった。そして、もう一度紺野に連絡を取ってみようかと考え始めた。

その夜、ふと「炎」に津島を訪ねようと思いついたのは、仕事を終えて店を出てからだった。久世の情報なら何でも欲しがっていたから、検事総長との会合は興味深い出来事かも知れない。

雑居ビルの地下に続く階段を降り、ドアを開けると、流れてきたのはヘレン・メリルではなく、ナット・キング・コールの艶やかな歌声で、曲は「アンフォゲッタブル」だった。

今夜はカウンターに一人、ボックス席に二人連れの客がいて、ドアが開くと一斉に十希子の方に目を向けた。

「こんばんは。いらっしゃい」

カウンターの中からチカが挨拶した。

十希子は瞬時に店の中を見回し、津島の姿がないことを確認した。

「今日は来てないわ。仕事が大詰めで、二日間徹夜だったって。夕方帰ってきてアパートで寝てるわ」

十希子が訊く前に、察しよくスラスラと応えた。

「何だよ、掃き溜めに鶴か？」

「新しいホステスじゃないよね？」

既に酔いの回った客たちが、無遠慮に十希子を眺め回し、野卑な笑いを浮かべた。

「新人なんか雇えるわけないでしょ。あんたたち、全然ツケ払ってくれないのにさ」

チカが蓮っ葉に言って、十希子に向き直った。

「何か、伝えることあるなら、聞いとくけど」

「ちょっと待って下さい」

十希子はバッグから手帳を取り出し「今夜、明石の間にて、Kと曽根広忠が、現検事総長と秘密裏に会合」と走り書きした。

「これ、渡してください」

頁を破り、二つ折りにして渡すと、チカはブラジャーの中に突っ込んだ。

「お嬢さん、もう帰っちゃうの？」

「一緒に飲もうよ」

「一杯だけ、良いじゃん」

「ダメ。お嬢さんは知らない人とは口利かないの。じゃあね！」

チカは酔漢たちを軽くあしらい、帰るようにと手で示した。

「ありがとうございます。お邪魔しました」

十希子は一礼して店を出た。

先ほどのチカの答え方で、津島がチカと同棲していることが察せられた。あんなイヤな男にも親身になって尽くしてくれる女がいるのかと思うと、世の中は良く出来てると、感心してしまった。

翌日、朝七時にふさの家の電話が鳴った。

「ときちゃん、津島さんって方からお電話よ」

十希子は目が覚めたばかりだったが、パジャマの上に綿入れ半纏を羽織って、あわてて階段を降りた。

「昨日の話、本当か？」

挨拶も抜きで、いきなり嚙みつくような剣幕の声が受話器から響いた。

「本当よ。私がお座敷の配膳を手伝ったから、間違いないわ」

「現検事総長は蒲生達吉だ。それと久世龍太郎、曽根広忠が会合したんだな？」

「ええ」

「その場は三人だけか？　他には？」

「誰も。話が終わったあとで、糸魚川が挨拶に行って、それから芸者さんが呼ばれたけど、皆さん長居なさらずにお帰りになったわ」

「話の内容は分るかな？」

「無理。人払いされたから」

「これまで、その三人が千代菊で会合を持ったことは？」

「私の知る限りはないわ。ただ、去年の春、その人が現職に就任したとき、久世先生がお祝いに一席設けたって聞いたけど」

津島は考えを巡らしているのか、黙り込んだ。

「もう一度、あの検事とよりを戻せないか？」

十希子はまたしても神経を逆なでされた。

「変な言い方しないでよ」

「悪い、悪い。『かつての清い友情を復活させられないか？』これなら良いだろう」

十希子は深呼吸して怒りを静めた。

「気が進まないけど、やってみるわ。でも、あまり期待しないでね」

「いや、絶対にうまくいく。奴は未練タラタラだ。あんたが誘えば、万障繰り合わせて会いに来るさ」

「他にご用は？」

「ない」

十希子は何も言わずに電話を切った。

「おばさん、朝っぱらからごめんなさい。今度から、九時前には電話しないように言っておきますから」

「良いわよ。年寄りは朝が早いから」

ふさはとっくに起きて、朝食の用意をしているところだった。

「それより、今の人……」

ふさは「柄が悪いから、あまり関わり合いにならない方が良い」と言うものだと覚悟した。

「ざっくばらんだけど、どことなく育ちの良さそうな感じがするね」

「まさか！」

十希子は啞然として、津島が赤新聞のごろつき記者だと口にしそうになった。

「そういうのは、隠しても自ずと出るもんだよ」

「絶対にそんな人じゃありませんよ。でも、おばさんの言ったことを聞いたら、大喜びするでしょうね」

十希子は二階へ上がりながら、ふさも人を見る目がないと思った。それとも、津島には年寄りに取り入る秘術でもあるのだろうか。


国電の神田駅から御茶ノ水駅の間には、戦災を免れた地域が残っている。特に神田郵便局の南には、蕎麦の神田藪とまつや、甘味処竹むら、アンコウの伊勢源、鶏すきのぼたんなど、昭和初期の街並と名店の味が健在だった。

「ごめんなさい。突然お呼び立てして」

十希子が伏し目がちに詫びの言葉を口にすると、紺野は嬉しそうな顔で首を振った。

「いえ、とんでもない。嬉しかったです」

十希子は安心したようにホッと溜息を漏らし、微笑を浮かべた。

「でも、待ち合わせ場所が甘いもの屋さんで、ちょっとお困りになりませんでした？」

「いやあ、それは……。でも、女性と一緒でないと入れない場所ですからね。何事も経験です」

二人は竹むらのテーブルに差し向かいで座っていた。十希子は粟ぜんざい、紺野は玉子雑煮を注文した。

「この前、これから忙しくなると仰っていましたわね。もしかして、今は捜査の真っ最中ですの？」

紺野ははっきりと頷いた。

「内偵が終わったところです。これから参考人の取り調べにかかります。大掛かりな摘発は、来月に入ってからになるでしょう」

そして、表情を緩めて十希子を見た。

「だから、今日お誘いをいただいたのは、良いタイミングでした。来週からは、ゆっくりお目にかかる時間がないかも知れない」

「滑り込みセーフでしたのね」

注文の品が運ばれてくると、十希子ははしゃいだ声を出した。

「懐かしいわ、ここの粟ぜんざい。大好物だったんです」

　戦前、十希子は何度も竹むらで粟ぜんざいを食べた。父の俊彦が神保町に洋書を買いに行くとき一緒に付いていって、帰りに甘い物を食べさせてもらったのだ。戦後は、十希子が大学に入学したとき、保子と二人で竹むらでお祝いした。それ以来だった。

「女の人は甘いものが好きですよね」

「男の人がお酒がお好きなのと一緒ですわ」

「なるほど」

　十希子は箸を置いて上目遣いに紺野を見た。

「ご迷惑でなかったら、お夕食をご一緒していただきたいんですけど、よろしいですか？」

「も、勿論です！」

　紺野は雑煮にむせて、あわててお茶を飲んだ。十希子は余裕を持ってそんな紺野の様子を眺めた。

「今日は私にご馳走させてくださいね」

「いや、それは……」

「お気を悪くなさらないでください。この前のこともあって、お詫びしたいんですもの」

紺野が固辞する前に、いくらかおどけた口調で先を続けた。

「でも、この界隈、お蕎麦とアンコウと鶏すきの店しかありませんの。プルニエでご馳走していただいたのに、ずいぶんとお安いお詫びですけど」

「とんでもない！　僕は蕎麦が大好物なんですよ。十希子さんにご馳走していただけるなんて、天にも昇る心地です」

「まあ、お上手ですこと」

紺野はいくらか頬を紅潮させていた。

「食事のあとは、僕がお誘いしてもよろしいですか？」

「はい。喜んで」

「この先の明治大学の側に、一昨年開業したホテルがあります。山の上ホテルというこぢんまりしたホテルなんですが、とても評判が良いんですよ。そこのバーが落ち着いていていて雰囲気が良いそうなんで、是非ご一緒してください」

十希子は微笑みながら、紺野に話を切り出すのはどのタイミングが良いか、考えていた。

結局は、まつやを出て山の上ホテルに向う道すがら話すことにした。夜道なら周囲に聞かれる恐れがない。

「紺野さん、糸魚川修三というブローカーをご存じでいらっしゃいますね？」

紺野はピタリと足を止めた。十希子も足を止め、紺野と向き合った。

「実は、千代菊で私が会計を担当しているお客様です。久世龍太郎の鞄持ちだったと聞いています」

「その通りです」

紺野は探るように十希子の顔を見つめた。

「その糸魚川が、何か？」

「紺野さんと千代菊でお目にかかったとき、糸魚川先生……すみません、この呼び方に慣れているものですから。お二人はすれ違いました。その時、紺野さんがとても厳しい目つきで糸魚川をご覧になったのを覚えています。自分が会計を担当して、座敷に頻繁に出入りするようになると、どうしてもあの時のことが気になりました。糸魚川は、東京地検に睨まれるようなことをしているのでしょうか？」

十希子は一度言葉を切って、ためらいがちに付け加えた。

「こんなことを伺うなんて、非常識極まりないと分っています。でも糸魚川は常連で、店にとっても大事なお客様のようです。私もそう思って接してきましたが、もし法律に触れるようなことをしているのであれば、あまり近づきたくありません。女将さんに話して、担当を変えてもらおうかと思ったものですから」

紺野は小さく溜息を吐いた。おそらく、十希子が言ったことは紺野の予想と違っていて、それで安堵しているのだろう。

「糸魚川は過去何回か、地検の特捜部に呼ばれて取り調べを受けましたが、その度にのらりくらりと逃げおおせて、尻尾を摑ませませんでした。実にしたたかな奴です」

紺野は再び歩き出し、十希子もそれに続いた。

「久世龍太郎は、昭電疑獄でも造船疑獄でも名前が挙がった政治家ですが、結局は逮捕を免れています。そして、糸魚川は謂わば久世の懐刀で、企業と官僚、政治家の仲を取り持って久世の便宜を図っています。だから糸魚川が検挙されれば、芋づる式に久世まで司直の手が及ぶ可能性は大ですが……」

十希子はわざと不安そうに首を縮めた。

「でも、千代菊に累が及ぶようなことはないと思いますよ。古今に摘発された疑獄事件はいくつかありますが、それで料亭が潰れたという話は聞きません。でも……」

紺野は十希子の顔を覗き込んだ。

「僕は心配です。十希子さんのような人が係だったら、糸魚川が良からぬ考えを起こすんじゃないかと。だから、担当を外れるのは、僕は大賛成です」

十希子は神妙な顔で頷きながらも、頭の中は別の考えに占められていた。

検事総長と久世・曽根の三人が会合を持った件は、いつ紺野に話すべきなのか？　今か、それとももう少し待って、東京地検の取り組んでいる事件がマスコミ報道されてからにすべきなのか？

やはり時期を待とうと決断した。そうすれば、また紺野を呼び出す口実が出来る。

「僕はあなたの生活に口を出す権利はありません。それは十分承知しています。でも、どうしても心配なんです。やはり夜の仕事は……千代菊は一流の料亭ですが、帰りも遅くなるし……。なるべく昼間の仕事についていただきたいと思います。大学での勉強や、教師としての経験が活かせるような職業に」

紺野は静かな口調で、しかし熱心に転職を勧めた。

「もし、お許しいただければ、僕が知り合いに頼んで、あなたに相応しい勤めを探してもらいます」

十希子は自分の忠告を一顧だにしなかったまち子のことを思った。あの時のまち子は今の十希子と同じく、余計なお世話と思ったことだろう。十希子には母の死の真相を突き止めるという使命があり、まち子には男の間をうまく泳ぎ回って成り上がるという野望があるのだから。

目の前に山の上ホテルが見えてきた。大通りから少し奥に入った高台に建つ瀟洒(しょうしゃ)な建築は昭和十一（一九三六）年の竣工で、戦争中は帝国海軍に、終戦後はＧＨＱに接収され、陸軍婦人部隊の宿舎として使用されていた。接収が解除され、ホテルとして運営が始まったのは二年前だ。

「まあ、とても品の良い、ステキなホテルですわね。どこでお知りになりましたの？」

十希子は玄関前で建物を見上げ、賞賛の声を上げた。

「去年、大学時代の先輩に連れてきてもらったんです」

紺野はニッコリ笑って少し声を落とした。

「サービスが良くて、高級なのに意外と高くないんです。だから、僕みたいなヒラの検事でも安心して入れます」

十希子も微笑み返した。

二人はロビーを抜け、奥にあるバーへ足を踏み入れた。

二日後、新聞各紙に大新製薬総務課長の自殺が報じられた。東京地検特捜部に参考人として召喚され、取り調べを受けている最中に、検察庁ビルの窓から飛び降りたのだった。

あの時と同じだ……!?

十希子は三晃物産の贈収賄事件を思い出した。三晃の資金課長前岡は召喚前に失踪して〝心中〟し、建設省道路局の経理課長が取り調べ中に投身自殺した。

おそらくこれは、大きな事件の始まりに過ぎない。

大新製薬は新年早々、社長以下幹部五人が突然の辞任をしている。そのことを考え合わせても、まだまだ事件は広がりそうだった。

紺野が取り組んでいる事件も、大新製薬関連に違いない。内偵が終わって、参考人の取り調べが始まっていると言っていた。

今度は、何が起るのだろう?

十希子は胸騒ぎを感じながら千代菊に出勤した。

しかし、そこはいつもと変らぬ慌ただしさと華やかさがあるばかりだった。予約は満席で、取り消しはない。仲居たちもそれぞれ担当の客の接待に忙しく、大新の課長の飛び降り自殺など、誰一人気に掛けていないらしい。

糸魚川も能勢を連れて、いつもと変りない様子で現れた。

お気に入りの薄雲の間に案内すると、チラリと腕時計を見た。今日は一人客があり、席は三人分用意されている。

「七時だったな？」

　確認されて、能勢は「はい」と頷いた。

「早く来すぎたな。まだ三十分近くある」

「お先にビールと、何かつまむものをお出ししましょうか？」

「いや、いい。……茶にしてくれ」

「畏まりました」

　十希子は一礼して退出した。

　能勢は糸魚川の脇に、壁を背にして端座している。かなり体格のいい男なのに、糸魚川の側に控えるときは、そこにいるのを感じさせないほど気配を消してしまう。糸魚川が人一倍存在感を発揮するのと対照的だった。そして、そんな能勢の姿を目にする度に、十希子は言いしれぬ脅威を覚えた。

　玄関に新しい客が入ってきた。ソフト帽にコート姿、鞄を手にした痩せた中年男で、どことなく影が薄い。

「糸魚川先生と約束で……」

　十希子は迎えに出て、前に見たことのある顔だと思った。

「ようこそいらっしゃいませ。ご案内いたします」

コートと鞄を受け取り、先に立って廊下を進んだ。

「先生は、まだ？」

「いえ、お見えになって、お待ちでございます」

その時、ビールを盆に載せた和子が角を曲がって現れた。

「あら、副島さん。お久しぶり」

十希子はにわかに緊張した。そうか、この男が副島デザイン事務所の代表か。大新製薬の下請け会社で、去年、東京国税局に査察に入られた……。

和子は不審な顔で副島と十希子を見比べた。副島の担当は和子だったのに、今日は何の連絡もないからだ。

「今日はちょっと、人に呼ばれてるんだ」

「それは、まあ、存じませんで。どうぞごゆっくり」

和子は一礼して通り過ぎた。

薄雲の間に入ると、副島は座布団も当てずに畳に平伏した。

「この度は、まことに申し訳ありません……」

糸魚川が手を振って遮った。

「堅苦しい挨拶は抜きだ。ま、座れ」

そして十希子に顔を向けた。

「しばらく誰も来させるな。用があったら呼ぶ」

「畏まりました」

十希子は丁寧に頭を下げて部屋を出た。襖を閉めながら糸魚川の様子を窺うと、明らかに怒気を孕(はら)んでいた。

次に呼ばれたのは三十分以上経ってからだった。

「料理を運んでくれ」

襖を開くと糸魚川が言った。不機嫌な声だ。

副島は帰り支度をして、辞去しようとしていた。糸魚川に何を言われたのか、その横顔はげっそりと憔悴(しょうすい)し、ほんのわずかの間に何歳も年をとったように見えた。

あわてて見送ろうと腰を浮かせると、能勢が黙って首を振った。糸魚川は苦虫を嚙みつぶしたような顔で腕を組み、目を閉じている。

急かされるまま次々料理と酒を運んだが、小一時間ほどで再び声がかかった。

十希子が座敷に入ると、例によって糸魚川は料理にほとんど手を付けていない。

「良いから、下げてくれ。野郎の面を眺めながら喰ったって、美味くも何ともない」

十希子は微笑み、気を利かせたつもりで言った。

「これから紅子さんをお呼びしましょうか？」

しかし、糸魚川は首を振った。そう言えば、年が明けてから糸魚川は紅子を呼んでいない。

能勢が一礼して退出すると、糸魚川は金色のシガレットケースから煙草を一本取り、金色のライターで火を付けて、美味そうに煙を吸い込んだ。

十希子は膳の上の食器を長手盆に下ろして重ねていた。襟足に糸魚川の視線を感じた。

「十希子、俺の情婦にならないか？」

十希子はハッとして顔を上げた。いつかこういうことを言われるだろうとは覚悟していたが、このタイミングは意外だった。

「別にそう長いことじゃない。二、三年辛抱すれば、一財産くれてやる。俺は飽きっぽいからな。女と長くは続かんのだ。どうだ、悪い話じゃないだろう？」

糸魚川の口調は淡々としていて、明日の天気の話でもしているようだった。

「お前が俺に惚れてないことは百も承知だ。しかし、虫酸が走るほど嫌いってわけでもない。金額によっちゃ橋が架かるくらいの距離だと思うが、違うかね？」

十希子は不思議だった。どぎついことを言われているのに、不快な感じがしないのは何故だろう？

「ビジネスとして考えれば分りやすい。これからお前が店を持つなり、事業を始めるなりするには金が要る。まともに働いていたら、百万貯めるのに十年以上かかる計算だ。しかも十年後のお前は、今のお前と比べたら、女としての価値は十分の一以下に下がっている。今なら、二、三年のうちにまとまった金を手に入れて、新しい人生を踏み出すチャンスが目の前にある。どうだ？」

十希子の心の中で二つの気持ちがせめぎ合った。虎穴に入らずんば虎子を得ずだ、このチャンスは逃せない……と逸る気持ちがある一方、恐れる気持ちがある。糸魚川はおそらく闇の世界を知り尽くしている。十希子が太刀打ちできる相手ではない。これ以上近づいたら、糸魚川の闇に呑み込まれてしまうのではないか……。

糸魚川は急かす風もなく、煙草を燻らせながら、十希子の様子をゆったりと眺めていた。

「別に、今すぐ答を出さなくても良い」

十希子はホッとして俯けていた顔を上げた。

「だが、あまり長くは待てない」

糸魚川はくわえていた煙草を外し、長くなった灰を灰皿に落とした。

「今度来るときまでに、答を決めておいてくれ」

「いついらっしゃるの？」

糸魚川はほんの少し考えてから答えた。

「来週の月曜日」

五日後だった。確かに、そう長くはない。だが、短すぎることもない。人生の重大事というのは、一瞬にして決まることも多いのだから。

「お待ちしております」

十希子は頭を下げ、盆を抱えて板場に戻った。

ほどなく糸魚川は玄関に出て、式台に腰を下ろして靴を履こうとしていた。十希子は靴べらを渡し、なみ江とうめも見送りのために後ろに並んだ。

その時、板場の方から悲鳴が上がった。

振り向くと、あの副島が廊下をこちらに走ってくる。手には出刃包丁を握っていた。

靴を履きかけていた糸魚川は動きが遅れた。

下足番は立ちすくみ、なみ江とうめは凍り付いている。

十希子は咄嗟(とっさ)に帯に挟んだ栓抜きを抜き取り、突進してくる男の顔に投げた。栓抜きは見事顔面に命中した。学生時代にソフトボールをやっていた十希子の投擲(とうてき)は、コントロールもスピードも十分で、副島は一瞬鼻を押さえて動きを止めた。

その隙に糸魚川は式台から立ち上がり、向き直った。

しかし、糸魚川が応戦するまでもなかった。玄関口から能勢が矢のように飛び込んできて、あっという間に副島をねじ伏せてしまったからだ。副島は声を立てる暇もなく、どこか打たれて失神したようだ。

その時になって、人が駆け付けてきた。

能勢が指示を仰ぐように目を向けると、糸魚川は黙って首を振った。能勢はすぐに副島から離れ、糸魚川の前に進んだ。

「先生……」

なみ江が途方に暮れたように視線を泳がせた。

「女将、酔っ払って転んで伸びた客がいる。玄関に置いといたら他の客の迷惑だ。物置にでも運んどけ」

糸魚川はまったく動揺のない声で言った。

「あの、その後は如何(いかが)いたしましょう？」

「お引き取り願うんだな。ただし、以後出入禁止にしろ」

「はい」

騒ぎにならずに収まる事に、なみ江は安堵していた。

糸魚川は玄関を出ようとして不意に立ち止まり、振り向いて十希子に笑顔を見せた。

「さっきはありがとう。恩に着る」

十希子は自問していた。

自分はどうしてあんなことをしたのだろう？　母の死の真相に繋がる糸口を失いたくなかったからか？　それとも人命救助という道徳心の発露だろうか？

相手が糸魚川でなかったら、そんなことを考えることはなかったような気がした。


その日の勤務が終わると、十希子は千代菊を出てから電話ボックスに入り、「炎」の番号を回した。

「は〜い、『炎』です。お電話どうも！」

チカの声は営業用なのか、普段より半オクターブほど高かった。

「篠田ですが、津島さんいらっしゃったらお願いします」

「ああ、ちょっと待って」

客でないと知った途端、声は半オクターブ下がった。

「どうした？」

「津島さん？」

　分っているが、わざわざ訊いた。電話で自分の姓名を名乗らないのは礼儀に反する。大事な話をするのに、人違いだったらどうする気だろう。それとも、自分の声を覚えていて当然だと思っているのだろうか？

「そうだよ。十希子ちゃんだよね？」

　津島に〝ちゃん〟付けで呼ばれると、尻でも撫でられたような不快を感じた。

「今日、副島デザイン事務所の社長が、糸魚川修三に呼び出されたわ。何だかひどく怒られてたみたい」

「ちょっと待ってくれ。副島というと……？」

「大新製薬の下請け会社よ。去年、東京国税局に査察に入られた」

　受話器の向こうから、にわかに緊張した雰囲気が伝わってきた。

「同席したのは糸魚川の秘書だけ。糸魚川は苦虫を噛みつぶしたような顔で、副島さんは恐縮してたわ」

　副島が逆上して糸魚川に襲いかかったことは、話す気になれなかった。真面目で気の弱そうな顔と、叱責されて憔悴しきった顔を思い出すと、赤新聞のスキャンダル記事で追い討ちをかける気にはなれなかった。それに、おそらく妻子もいるだろう。

「糸魚川と副島が同席したのは、初めてか？」

「私が勤めてからはね。少なくとも二人だけで会ったことはないと思うわ」

「なんで千代菊を使ったんだろう？　副島なんか、大物でも何でもない。糸魚川の事務所に呼び出せば、それで良いはずなのに」

十希子も一瞬疑問に思ったが、料亭の特殊事情に思い至った。

「もしかして、糸魚川の事務所は東京地検特捜部が張り込んでいるんじゃないかしら」

事務所では誰が訪ねてきたか一目瞭然（いちもくりょうぜん）だ。しかし料亭なら、出入りする人間は分っても、誰と誰が会合したか、外からは窺い知ることが出来ない。

「なるほど」

「それじゃ、これで」

津島がまだ何か言っていたが、構わず電話を切った。

それから二日後の二月三日金曜日の朝刊に、大新製薬の経理部長が東京地検特捜部に業務上横領の容疑で逮捕されたという記事が載った。

十希子は食い入るように記事を読んだ。いよいよ始まったのだと思った。

これから大新製薬は東京地検特捜部の大規模な捜査を受けることになる。おそらく逮捕者が何人も出るだろう。マスコミの報道合戦が始まり、事件の全容が次々に暴かれる。

そうなってからでは遅い。その前に……。

十希子は仏壇の前に座り、保子の残した貯金通帳を開いた。保子の遺影は、十希子が大学に入学したとき、記念に写真館で撮影したものだった。四十になったばかりの保子は、娘の輝かしい未来を信じきって、誇りと幸せに包まれているように見えた。

通帳に並んだ数字と保子の笑顔を交互に眺めて、十希子は決意を新たにした。

私は糸魚川の内懐に飛び込んで、あの心中事件の真相に繋がる手がかりを探り出してみせる。でも、その前に、どうしても一つだけ確かめておかなくてはならないことがある。

昼間の「炎」の店内は夜とは様相が一変していた。

壁には何枚も大判の模造紙が貼られ、それぞれ「怪文書『貴舟(きふね)相関図』の作者を追う」「帝銀事件の謎に迫る」「官民鳴動してトカゲの尻尾」「大新製薬の札束商法」とタイトルらしき文字が躍り、その下には細かな文字や線が書き込んである。顔写真も何枚か貼ってあった。

十希子は周囲を見回し、映画に出てくる警察の捜査本部に似ているようだと思った。

津島は奥のテーブルで煙草を吹かしながら原稿用紙に鉛筆を走らせていた。隣のテーブルでは、まだ大学を出たばかりといった感じの青年が、リストを見ながら次々に電話を掛けている。

「すぐ終わるから、ちょっと待っててくれ」

十希子が店に入ると、津島は原稿用紙から顔を上げてそう言ったきり、また原稿用紙に向ってすでに十分近く経つ。午前中に「千代菊に出勤する前、小一時間ほど『炎』に寄ってくれないか?」と電話があって、急用かと思ってやって来たのだが。

「もしもし、突然すみません。私、坂上信三(さかがみしんぞう)さんの荷物預かってる者なんですが……」

「……あ、そうですか。ありがとうございました」

青年は同じ遣り取りを繰り返しながら、新たな番号をダイヤルしてゆく。目的の人物にたどり着くまでに、何十回掛け直すのだろうか?

十希子はカウンターの前に立ち、執筆にいそしむ津島の姿を眺めた。普段とは打って変って、情熱と気合いがみなぎっている。まさに水を得た魚のようだ……。

不意に、津島がまた顔を上げた。

「待たせた。すまん」

十希子は黙って首を振った。

「それで、今日は何のご用？」

「用ってわけじゃないんだが……」

津島はぐるりと店内を見回した。

「俺がこれからやる仕事を見といてもらおうと思って。十希子さんだって、自分の情報がどういう風に使われるか、興味あるだろう？」

十希子が頷くと、津島は素直に嬉しそうな顔をした。

「俺が受け持つのは週刊誌の特集記事だ。取材とデータ集めに若いのを四、五人使ってる。一本じゃ心細いから、常に五、六本のネタを追って、いつでも記事が書けるように準備しておくんだ」

およそのスケジュールは月曜がネタを決める会議、火・水・木の三日で取材、金曜日に記事を仕上げ、土曜が校了、日曜は基本的に休みだという。

「編集部にも部屋が出来るから、いずれ記事はそっちで書くことになるが、今のところは勝手知ったる他人の店ってわけだ」

説明する津島の態度は自信に満ち、誇らかでさえあった。淀んだ沼のようだった目が、澄んで輝いて見える。

「おはよう」

ドアが開き、チカが入ってきた。

「あら、お嬢さん、いらっしゃい」

チカは十希子と津島を見比べて、皮肉に微笑んだ。化粧気のない顔で、髪をスカーフで覆っている。不思議なことに、化粧した顔より和やかで感じが良かった。

「はい、差し入れ」

手に提げていたバスケットをテーブルに置いた。

「サンキュー」

「サンドイッチ。あんまり美味しくないけど、ハムと卵はたっぷり入れたからね」

受話器を置いた青年が「いただきます」と手を伸ばし、サンドイッチにかぶりついた。

「コーヒー淹れるわ。お嬢さんも飲むでしょ？」

「いえ、私は……」

突然、勢いよくドアが開き、やはり大学出たてといった感じの青年が飛び込んできた。

「すみません、撒かれました！」

そして初めて十希子に気が付いて、目を見張った。

「あの……」

「ネタ元さんだ。特に名を秘す。向こうにばれたら困るからな」

ネタ元とは情報提供者のことだ。

青年は小さく頷いたが、それでもじっと十希子を見ていた。

「撒かれたってことは、脈ありだ。何もやましいことがなきゃ、堂々としてるはずだからな。ま、腹ごしらえしろよ」

その時、再び電話をかけ始めた青年が頓狂な声を上げた。

「ほ、ホントですかッ!?　ありがとうございます！」

受話器を置くと同時に叫んだ。

「津島さん、村上の姉が春日部に住んでるそうです！」

言い終わらないうちに椅子から腰を浮かせていた。

「僕、これから行ってきます！」

「頼んだぞ。インタビューと、出来れば奴の写真も手に入れろ」

「はい！」

荷物を抱えて出ていこうとする青年にチカがさっと近づき、上着のポケットに千円札を押し込んだ。

「軍資金。頑張ってね」

「ありがとうございます。行ってきます」

青年はペコリと頭を下げ、外に飛び出していった。

十希子はそれまでどうしても拭うことが出来なかった、津島に対する一抹の不信感が、いつの間にか消えているのに気が付いた。

大丈夫、この人はやってくれる。必ず大きな記事を書いて、お母さんの無念を晴らしてくれる……。

週が明けて月曜日、千代菊では出勤してきた仲居たちがいつもながらの手順で準備を始めていた。うめが支度部屋に顔を出し、予約の確認をするのも普段と変らない。

「……薄雲の間、糸魚川先生。今日はお一人です」

その声は、十希子の全身に染み通った。

糸魚川の来店は遅く、九時を過ぎていた。いつもは七時前に来ることが多いので、異例だった。

「いらっしゃいませ」

糸魚川はこの前の事件のことはおくびにも出さなかった。

十希子はコートと帽子を受け取って薄雲の間に向いながら、何か厄介なことが起ったのだと察しを付けた。普段に比べて表情が硬く、全身が強張っているような印象を受けた。

部屋に入ると、ドカッと座布団に腰を下ろした。上着を脱いでネクタイを緩め、大きく息を吐くと、首と両肩を回した。

十希子はいつものようにビールとおしぼりを運び、酌をした。糸魚川は一息にグラスを干した。

「お疲れですね」

「ああ、神経がな」

「肩でもお揉みしましょうか？」

「頼む」

後ろに回って肩に触ると、指が入らないくらい固くなっている。その瞬間、ふと気の毒になった。政財界を泳ぎ回る魑魅魍魎（ちみもうりょう）のようなブローカーも、やはり生身の人間なのだ。丁寧に揉みほぐすうちに、少し柔らかくなってきた。

「ああ、良い気持ちだ。按摩が上手だとは知らなかった」

「亡くなった父が肩凝りで、子供の頃から揉んでいましたから」

「ああ、学校の先生だったとかいう……」

糸魚川が父の職業を知っていたとは意外だった。

「もう良い。ずいぶん楽になった」

十希子は前に座り直し、残りのビールを注いだ。

「お代わりと、お料理をお持ちします」

糸魚川は首を振った。

「それより、返事を聞きたい」

十希子を見つめる目が、急に優しくなった。

「いやなら断っても構わない。返事がどうあれ、この前お前に助けられたことは忘れない。その礼は、きっちりするつもりだ」

十希子は糸魚川の顔にしっかりと目を据えた。

「お返事をする前に、先生にお尋ねしたいことがあります」

「何だ？」

十希子は帯に挟んだ保子の貯金通帳を取りだし、頁を開いて糸魚川の目の前に置いた。

「これは？」

「亡くなった母の貯金通帳です。私の名義で積み立ててくれていました」

糸魚川は通帳を手にとって、数字に目を落とした。

「このお金を母に下さったのは、先生ですね？」

「何故そう思う？」

一瞬、その目が冷たく光った。

「他に思い当たる方がおりません。積み立てを始めた年を考えても、母が千代菊で出会った方だとしか思えません。母の担当していたお客様の中で、一番頻繁にお目にかかっていたのは先生です」

糸魚川は少しも表情を変えなかった。あわてた様子もバツの悪そうな顔もしない。そして、否定する素振りも見せなかった。

「先生、正直に仰って下さい。母は、先生と男女の仲だったんでしょうか？」

「十希子はどう思う？」

糸魚川は穏やかに尋ねた。

「……分りません」

十希子は途方に暮れて呟いた。

「私は、母が年下の妻子ある男性と心中したと言われて、どうしても信じられませんでした。でも、母に誰か好きな人がいなかったかと訊かれれば、今はよく分りません。母はまだ若かったし、私が大人になって、苦労がやっと報われて、気持ちに余裕が出たのかも知れません。それに、相手が先生なら、母も罪悪感を感じなくて済んだでしょう。奥様もお子様もいらっしゃらない方だから」

保子のことを話すうちに、鼻の奥がツンとして、自然に目が潤んだ。

「でも、もしそうだったとしたら、私は先生のお話はお断りします。母と同じ男性と関係するわけには参りません」

糸魚川は愛おしむような目で十希子を見て、ニッコリと笑った。

「そうか。よく分った」

貯金通帳を閉じて、十希子の方に差し戻した。

「確かに、保子に金を払っていたのは俺だ」

我知らず十希子の表情に浮かんだのは、驚きと怒りではなく、失望と落胆だった。

「ただし、妾手掛(めかけてかけ)と言うわけじゃない。保子は手先だった」

「手先？」

「早い話がスパイだな」

戸惑いを隠せない十希子を前に、糸魚川は楽しげだった。

「保子は人好きのする女で、大物の客を何人も担当していた。そして頭が良くて気働きがあって、その上口も硬かった。そこを見込んで、俺は座敷で耳にしたあれこれを、逐一報告するように頼んだ。何しろ千代菊は人気の料亭だ。久世先生に敵対する派閥の会合が開かれることもあれば、大手企業同士の密談もある。俺としたら知っておいて損のない話が、そこら中に転がっている」

それは津島が十希子に頼んだこととそっくり同じだった。

「勿論、最初は断られた。そんなことをしては客商売の仁義に反するだけでなく、女将に対する裏切りだと言ってな。保子は真面目で堅い性格だったから」

十希子は大きく頷いた。

「だから俺は言ってやった。この店のパトロンは久世先生で、俺は久世先生の子飼いの部下だ。俺が久世先生のためにならないことをするわけがない。そして、久世先生を利することは、女将を利することでもある、と」

結局、保子は協力を承知した。最初は遠慮がちに、そしていつしか積極的に。

「要は、金だ」

糸魚川はズバリと言って、真面目な顔になった。

「保子のしたことは褒められたことじゃないかも知れんが、非難されるべきことでもない。女手一つで立派に娘を育て上げたものの、まだ先は長い。娘の嫁入りのために立派な支度をしてやりたい。持参金も持たせてやりたい。全て、金だ」

十希子は再び目頭が熱くなった。それでもやっと涙を抑えて、糸魚川に尋ねた。

「よく分りました。でも、それなら何故、母は心中なんかしたんでしょう?」

「あれは、男に無理心中を仕掛けられたんだろう」

糸魚川は迷うことなく答えた。

「女将とうめ婆さんに聞いた話だが、自殺した男は女房と不仲で、保子に甘えていたらしい。実際は何があったか知らないが、保子は人の好いところがあったから、言い寄られるうちに情にほだされて、一回だけ旅行に付き合うことにしたんだろう。そうしたら、血迷った男に道連れにされた……そんなとこじゃないか」

十希子は黙って頷き、着物の袖口から襦袢を引っ張り出して、そっと目頭を拭った。

「今、お料理をお持ちいたします」

「土曜日に、熱海に旅行しよう」

十希子は下げかけた頭をパッと上げ、糸魚川を見返した。

「本当は京都としゃれ込みたいが、生憎、そうゆっくりもしていられない。熱海は近いし、暖かい。景色もきれいだ」

そして、からかうような目をしてニヤリと笑った。

「東京でホテルへしけ込んで、バッタリ知り合いに会ったら困るだろう？」

十希子は急に恥ずかしくなった。それなのに、糸魚川の言葉に少しも嫌悪を感じないことに、我ながら驚いていた。


熱海が東京の奥座敷と呼ばれて久しい。東京から二時間弱で行ける距離にあって、温泉に恵まれ風景が美しく、気候温暖で冬暖かく夏涼しい。明治の頃から政治家や実業家の保養地として発展し、東京へ電話線が敷設された日本初の「市外局番発祥の地」でもある。

十希子が熱海と聞いて思い浮かべるのは「新婚旅行」だった。

まさかその地へ、結婚に至らない男と旅行するとは、去年の今頃は夢にも思わなかった。

糸魚川はふさの家に郵送で、十希子宛の乗車券を送ってきた。特急〝はと〟の特等席、最後尾の展望席の切符だった。「自分は先に出発するので、一人で乗るように。熱海駅に能勢が迎えに行く」という一筆が添えられていた。

「今週の土曜に、母が亡くなった旅館に泊まってこようと思います。出来れば、同じ部屋に。現場を直接経験すれば、警察が見落としていたことが分るかも知れません」

十希子はふさにそう言い繕った。まさか親身になって心配してくれている人に「客と旅行に行く」とは言えなかった。

東海道線の特急列車は〝つばめ〟と〝はと〟しかなく、熱海に停車するのは〝はと〟だけだった。しかも各列車一日二本だけ、特急は一日四本しか運行しなかったのである。戦争が終わってまだ十年しか経っていないこの時代、〝つばめ〟と〝はと〟は庶民の憧れだった。

十希子は東京駅の乗車ホームで周囲を見回した。家族連れやカップル、男性客がほとんどで、女の一人旅は十希子くらいしか見当たらない。それが展望車に乗り込んだので、周囲からは好奇の目が向けられた。

もし糸魚川が人目を避けるために別行動を選んだのだとしたら、展望車の座席指定を取ったのは却ってやぶ蛇だったと、十希子はいくらか皮肉に思った。それでも、わざわざ特等席を取ってくれた厚意には、感じるものがあった。

〝はと〟には食堂車が連結されているが、熱海まで二時間弱では腹も空かない。生まれて初めて〝はと〟に乗り、展望車から見える景色を眺めているうちに熱海に到着した。

熱海駅で下車し、改札を抜けると、駅前広場に駐まっている車に目を奪われた。車体が緑色のスポーツカーで、前面に銀色の、獅子舞の歯のような飾りが付いている……十希子はラジエーターグリルという名称を知らなかった。

車の横には能勢が立っていて、十希子の姿を見ると帽子を取って頭を下げた。今日は背広姿ではなく、ジャンパーにハンチングの軽装だった。

「どうぞ」

助手席のドアを開けて荷物を受け取ろうとしたが、小さなボストンバッグ一つだけなので、断って助手席に乗り込んだ。

「宿は遠いんですか？」

「いいえ、すぐ近くです。ほんの二、三分ですよ」

能勢は答えて、運転席のドアを閉めた。

「もしかして、先生も熱海には、この車でいらしたんですか？」

「いいえ」

能勢は苦笑を漏らした。

「先生はスポーツカーはお嫌いなんです。これはもっぱらお使い用です」

「何という車ですか？」

「ビュイック・リビエラ」

声にいくらか得意そうな響きがあった。きっと、運転するだけで得意な気持ちになれるような車なのだろう。十希子は満が乗り回していた、真っ赤なアルファロメオを思い出した。

宿へは本当に三分で着いた。丘を登った見晴らしの良い場所にあり、門から玄関までの距離が長い。数寄屋造りの二階建てで、手入れの行き届いた日本庭園が広がり、敷地の背後には山並みが望めて借景になっていた。

「では、私はこれで」

十希子が助手席から外に出ると、能勢はわざわざ車を降り、十希子の前に進んで一礼した。

「まあ、これから東京にお帰りになるんですか？」

「仕事が残っていますので」

「お出迎え、ありがとうございました。どうぞお気を付けて」

能勢は車に乗り込んでスタートさせた。結構楽しそうだった。能勢にしたら、誰にも気兼ねせず、人気のスポーツカーで東京までドライブ出来るのは、案外僥倖なのかも知れない。

玄関を入ると、すぐに中年の仲居に出迎えられた。

「いらっしゃいませ。ようこそお越し下さいました」

「篠田と申します」

「篠田様。お部屋にご案内いたします」

仲居は式台を降りて草履を履き、十希子を庭に導いた。

「お部屋は離れになっております」

数寄屋造りの本館から十メートルほど隔てて、御簾垣で囲まれた一角があった。庭木戸を開けると中は敷地五十坪ほど、瀟洒な平屋一戸建ての和風建築で、玄関脇には鹿威しが設えてある。

「失礼いたします」

仲居は声をかけて玄関の戸を開け、十希子を先に通すと、脱いだ靴をさっと揃えてから上がり框に足を載せた。

「ごめん下さいませ。お連れ様がお着きでございます」

客室の襖を開けると、十五畳ほどの座敷の正面に糸魚川が座っていた。宿の丹前を着て座椅子に背をもたせ、足を炬燵(こたつ)に入れている。今まで見たことがないほどリラックスした姿だった。

「道中、どうだった？」

「お陰様で、大変快適でした。〝はと〟に乗ったのは生まれて初めてです」

「それは良かった」

仲居は新しく茶を入れ替えると、畏まって退出した。きっと糸魚川が祝儀を渡してあるのだろう。万事心得ている風だった。

「寒いだろう？　入りなさい」

糸魚川が炬燵を指さした。十希子は素直に従った。

「とても豪華な旅館ですね」

「戦前はどこかの財閥の別荘だったそうだ。あれだけの建物で、客室は五室しかない。離れには温泉も付いているから、誰かと顔を合わせる心配がない」

それから奥の方に顔を向けた。

「ひとっ風呂浴びてきなさい。良いお湯だ。美人の湯と言うらしい。十希子にピッタリだ」

「はい」

答えた途端、胸がドキドキして頭に血が上り、頬が熱く火照った。

昼までは赤の他人だった男が、夕食前にはもう自分以上に自分の身体を熟知しているということに、十希子はまだ戸惑っていた。

初めて裸身を晒したとき、糸魚川は言った。

「きれいな身体だ」

続いて溜息と共に呟いた。

「……可哀想に」

どういうつもりでそんなことを言うのか分らなかった。

乏しい経験しかなくても、糸魚川が十希子の身体をとても慎重に、丁寧に扱っているのは伝わってきた。そして大切にされているという実感が、愛のない男に身を任せているという罪悪感を、いつの間にか消し去った。すると種が芽を吹くように、それまで眠っていた感覚が次々に目を覚まし始めた。細い流れが水量を増し、激流となって氾濫（はんらん）するように、十希子も自らの感覚に翻弄され、押し流され、我を忘れていった。

夕食の前に宿の女将が挨拶にやって来た。それと入れ替わるように、仲居たちが次々と夕食の料理を運んできた。豪華な日本料理だが、千代菊で毎日見慣れた目には新鮮味が乏しかった。配膳が終わると、仲居たちはみな気を利かせてすぐに引き上げた。火鉢の上の鉄瓶には湯が沸いていて、酒の燗も座敷で付けられるようになっている。

差し向かいで座っているのが気恥ずかしかった。糸魚川にじっと見つめられると、つい先ほどの様々な場面が甦ってくる。記憶は神経を刺激して、身体の隅々に残る感覚を呼び覚まそうとする。十希子は思わず目を伏せた。

「店は、なるべく早く辞めなさい」

唐突に言われ、十希子は伏せていた目を上げた。

「何故です？」

「俺みたいなのが現れたら困るからさ」

「まさか……」

糸魚川は首を振った。

「お前はこれからどんどんきれいになる。どんなに隠しても色気がこぼれ落ちる。男が放っておかない」

あくまで穏やかだが、冗談を言っている口ぶりではなかった。

「でも、私が千代菊にいれば、先生のお役に立てます」

　糸魚川は怪訝な顔をした。

「母と同じように、お座敷で見聞きしたことを報告できます」

「バカな……」

　吐き捨てるように言って手を伸ばし、十希子の手を握った。

「保子とは赤の他人だったが、お前は違う。俺は自分の情婦(おんな)を仕事には使わない。情が絡むと判断を誤る」

　そして優しく微笑んだ。

「それに、お前のことばかり気になって、千代菊に行っても仕事にならん」

「まさか」

「本当だ」

　糸魚川の声には、どこか胸を打つ響きがあった。

「先生、私はやっぱり、しばらくはこのまま千代菊で働こうと思います。急に辞めたら、お店も困るんです。私以外に英語の出来る人がいないし……」

　十希子は糸魚川の手を握り返した。

「でも、どうぞ心配なさらないで。私は先生のお気持ちに背くようなことは絶対にしませんから」

糸魚川は黙って頷くと、徳利を取って十希子の猪口を満たし、自分にも注いだ。

「じゃあ、一つ、固めの杯といくか」

冗談めかして言い、目の高さに猪口を挙げた。十希子もそれに倣い、二人は乾杯して酒を飲み干した。

日曜の朝、光に照らされた浴場で湯に浸かっていると、糸魚川が入ってきた。

十希子はハッと息を呑んだ。明るいところで裸身を見るのは初めてだった。糸魚川の脇腹と背中には、明らかに刀傷と思われる傷跡があった。

「どうなさったんですか?」

「ドジを踏んだ。昔、危ない橋を渡ったとき」

糸魚川は無造作に桶で湯を浴びて、湯船に入ってきた。背丈は寿人と同じくらいだが、もっと骨太で、筋肉の付き方も違うようだ。言ってみれば寿人の筋肉は優美で、糸魚川のそれは荒々しい。

「この前のようなことが、何度もおありでしたのね?」

糸魚川は何も答えず、十希子を抱き寄せた。何故かその時、温かい湯の中にいるのに、糸魚川の身体を吹き抜ける風の冷たさが感じられた。

宿を発つ時間が来ると、糸魚川は十希子に帰りの切符と一緒に千円札の束を渡した。

十希子は瞬間的に身体を売ったような気がして、押し戻した。

「先生、これは結構です」

「良いじゃないか。花の盛りは短いんだ。今のうちにせいぜいおしゃれして、俺の目を楽しませてくれ」

糸魚川はもう一晩泊まって、翌朝東京に戻る予定だった。

「また逢おう。明日にでも連絡する」

宿の玄関にはハイヤーが待機していた。

女将と仲居に見送られて車に乗り込み、駅に向った。

坂道を降りる車に揺られながら、ついに一線を越えてしまったという忸怩(じくじ)たる思いと、糸魚川の秘密を探っていけば母の死の真相に近づくことができるかも知れないという期待で、十希子の心も揺れ動いていた。

第六章

熱海旅行から帰って以来、十希子の生活は大きく変った。

まず、ふさの家を出て、糸魚川が借りてくれた田村町のアパートに引っ越した。間取りは六畳と四畳半でこれまでと変らないが、電話と風呂の付いた鉄筋の新築で、内幸町にある糸魚川の事務所兼自宅まで、徒歩で行ける近さだった。

引っ越しに際して、大家のふさには「お店が始まる前に、出入りの芸者さんたちに英会話を教えるようになった」と嘘を言った。

「それに、ご近所の奥さんや娘さんたちにも、英会話を習いたいって希望者がけっこういるんです。だから、いっそ昼間は英語塾を開こうと思って……うまくいったら、そっちを本業にすることも考えてるんです」

「まあ、それは良いことだねえ。ときちゃんは元々英語の先生なんだから」

ふさは十希子の言葉をそのまま信じ、喜んでくれた。それでも何年も一緒に暮らした母子が、二人とも自分の家からいなくなってしまうのを寂しがった。

「たまには遊びにいらっしゃいよ。ここは当分空けておくから、塾の方が上手くいかなかったら、いつでも戻ってらっしゃいよね」

ふさの好意は涙が出るほど嬉しかった。こんなに良くしてくれる人をだますのは心が痛んだが、本当のことを言うわけにはいかない。

津島と紺野には転居の理由を「大家さんの娘さん夫婦が転勤で東京に戻ってくるから」と偽ったが、その時はまったく良心の痛みを感じなかった。

糸魚川は十希子を囲うパトロンになったが、だからといって我が物顔で振る舞うようなことはしなかった。十希子のアパートに来るときは必ず前もって電話があったし、事前の連絡なしに突然呼びつけることもしなかった。そして、一度も自宅に連れていかなかった。十希子にしてみれば、当てが外れた格好だったが。

「どうして先生のお宅に連れていって下さらないの？」

二人の関係が始まってひと月ほど経ったとき、思い切って訊いてみた。

「どなたか、気兼ねなさる方でもいらっしゃるの？」

「いるわけないだろう」

糸魚川は苦笑を浮かべた。

「ただ、俺の事務所には俺に輪をかけて柄の悪い連中が始終出入りする。類は友を呼ぶとはよく言ったもんだな。だから、おまえには来て欲しくない」

冗談めかした口調だったが、その底に真剣さが沈んでいることを、十希子は感じ取った。

昼間に都内のホテルで落ち合うこともあった。二人で昼食を食べ、千代菊へ出勤する時間まで、部屋で何度も抱き合った。

十希子と逢った日は、糸魚川は千代菊に来なかった。

「恥ずかしくて、まともに顔が見られないじゃないか」

柄にもないセリフだが、まるきり嘘でないことも、十希子には分っていた。

十希子にしても、漫然と逢瀬を重ねていたわけではない。糸魚川と逢うときは、いつも必ず粘土を詰めた石鹼箱を携帯した。そして、糸魚川が浴室にいる間にこっそり鍵の型を取った。キーホルダーには六本鍵が付いていた。一度に全部ではなく、一本ずつ慎重に粘土に押しつけて型取りした。

今はまだ、どれが何の鍵かは分らない。しかし、いつか糸魚川の事務所兼自宅に行って試してみるつもりだった。大事なものは鍵の掛かる場所に置くはずだから、きっと何かが見つかるだろう。

その日が来るまで、十希子は糸魚川の身辺から決して目を離すまいと肝に銘じた。

ところが、十希子はにわか成金になったことを知った。用事があって銀行に行ったら、通帳に百万円が振り込まれていた。まったく予期していないことだった。衝撃のあまり、通帳を持つ手が震えた。

翌日、ホテルで糸魚川に会ったとき、通帳を見せて尋ねた。

「先生、これはどういうことでしょう？」

「最初に言っただろう。二、三年辛抱すれば、一財産くれてやると」

「でも、まだ、一年も経っていません」

糸魚川は楽しそうに声を立てて笑った。

「十希子も知ってるだろう？　俺の仕事は胡散臭くて、浮き沈みが激しい。今ある金が来年もあるという保証はない。だから払えるときに払う。これは今年の分だ。来年、俺が一文無しになったら、お前はさっさと見切りを付けて、早いとこ次を探せ」

「先生……」

十希子は危うく涙ぐみそうになった。少なくとも、糸魚川は十希子に対して出来る限りの誠意を示そうとしていた。

「なんだ？」

糸魚川は笑いながら十希子を抱き寄せた。

「惚れてる振りなんかするなよ。俺だって惚れてるわけじゃない。若くてきれいで大学出の上品な女を、一時自由にしたいだけなんだ」

あっという間に快楽の糸で息も出来ないほどきつく縛られながら、それでも頭の隅で考えていた。

その通り、愛してはいない。私はこの人の隙を見て、鍵の型を取っている。そして、いつか隙を見て、秘密の扉をこじ開けようと思っている……。

二月二十日月曜日、創刊間もない週刊新潮第三号に「大新製薬『ソメイユ』は欠陥新薬か!?／利用者に多発する突然死！」という特集記事が載った。

内容はソメイユ常用者に脳血栓と冠動脈血栓が多数発生した事実に加え、他の新薬に比べて異例とも言うべき短期間の審議でスピード認可されたこと、それは「厚生省の担当者と有力議員に贈賄が行われたからではないか」という疑惑にまで踏み込んだ内容だった。

その日の午前中、糸魚川から電話があった。

「野暮用で出られなくなった。昼に弁当を届けてくれないか。能勢が留守で、動きが取れない」

前日に千鳥ヶ淵のフェヤーモントホテルで昼食を食べる約束をしたのだが、糸魚川の事務所を訪問できるのは、十希子には願ってもないチャンスだった。

「はい。お伺いいたします」

十希子は声が弾まないように気をつけて答え、電話を切った。それから大急ぎで米を炊いた。糸魚川の歓心を買うためには、弁当におにぎりを結ぶに限る。

内幸町二丁目の、新桜田町との境に面した鉄筋三階建てのビルの三階に、糸魚川の住まいと事務所があった。一階には商店が三店舗入っていて、二階から上が事務所という作りだった。

三階の廊下の一番奥の部屋だと教えられた。階段を上がって廊下を歩くと、一つ手前の部屋には「産業経済研究所」という看板が出ていたが、奥の部屋は表札もなかった。

ノックすると「どうぞ」と声がした。ドアを開けると、糸魚川は窓を背にした正面のデスクに座って煙草をふかしていた。

室内は一見して住宅ではなく事務所の作りだった。デスクの手前に低いテーブルとソファからなる応接セット、壁際には書類キャビネットが二台並んでいた。反対側の壁にあるドアは寝室に通じているのだろう。それにしても、生活感のまるでない住居だった。

糸魚川は気に掛かることでもあるのか、十希子を見ても心なしか表情が暗かった。

「早かったな」

「大急ぎで作りました。大好物のおにぎり」

十希子は風呂敷に包んだ重箱を持ち上げて、わざとニッコリ微笑んだ。糸魚川も少し笑顔になった。

「お茶を淹れましょうか？」

「ああ、頼む。衝立（ついたて）の向こうが台所だ」

衝立を回ると、貧弱な流しとガス台、食器戸棚、不似合いなほど大きいアメリカ製の電気冷蔵庫が現れた。好奇心で開けてみると、中にはビールと牛乳とチーズしか入っていなかった。

狭い台所なので何が何処にあるか、ざっと見れば分った。鍋釜が見当たらないのは、ここで食事の支度をすることがないからだろう。それでも感心なことに保温ポットにはお湯が入っていた。

「お一人暮らしは不自由でしょう。通いの家政婦でもお頼みになったら？」

お茶を淹れるついでに言ってみたが、糸魚川は一蹴した。

「家政婦は要らん。俺は他人が家の中にいると鬱陶しいんだ。掃除は能勢がやってるし、ここでめし食ったって美味くないしな」

十希子はふと、この人はどういう生活をしてきたんだろうと訝った。四十半ばで妻子はもちろん、肉親も近しい間柄の異性もないとなったら、普通は寂しいのではないだろうか？

十希子は糸魚川がデスクで広げている雑誌に目を落とした。

ソメイユを告発する見出しが誌面で躍っていた。読んですぐ、津島の記事だと直感した。ソメイユの突然死疑惑は去年から取材を続けていたし、週刊新潮に記事を書くという話もしていた。

「私、この記事を書いた記者を知っています」

糸魚川はさっと顔を上げ、十希子を凝視した。

「母の事件の記事を書いた記者です。あることないこと……デタラメばっかり！　私も学校まで追いかけてきて、つきまとわれました」

声に、憤懣やるかたないという気持ちを込めた。

「私が千代菊に勤め始めたら、どこで聞き込んだのか、帰り道で待ち伏せしていて、大新製薬の人間はよく来るのかとか、しつこく聞かれました。無視して帰りましたけど」

「何という記者だ？」

「日刊トウキョウの津島六郎という記者です」

「津島だと？」

糸魚川は低い声で念を押した。

「はい。あいつの名前は一生忘れません。そのときは週刊新潮の名刺を出しました。遊軍で記事を書くんだとか言って……」

十希子は言葉を切って、糸魚川の顔を窺った。

「ご存じですか？」

「多少な」

何やら考え込んで、腕組みをして窓際のソファに腰を下ろした。十希子は向かいの椅子に座って答を待った。やがて、糸魚川は腕組みをとき、足を組んでソファにもたれた。

「津島というのは東西新聞の名物記者だった。五年前までは」

東西新聞は全国区の大新聞で、歴史も古い一流紙だった。

「信じられません。あの男は本当に恥知らずな、典型的な赤新聞のゴロツキ記者でした」

「ところが東西新聞にいた頃は、若いに似合わぬやり手で有名だった。昭電疑獄始め、スクープを連発していた。とにかく情報が正確で……奴のネタ元は特別だったんだ」

糸魚川は記憶をたぐり寄せるように目を細めた。

「津島は検察庁から直接情報を手に入れていた。捜査に当たる検事が漏らしてくれるネタなら、間違いはない。おまけに鮮度も抜群だ。だから奴がいる頃は、東西新聞はスクープの連続で、他紙を大きく引き離していた」

その話に十希子は耳を疑った。

「どうして検事が津島に情報を漏らしたんですか？」

「津島の父親は裁判官で、兄は検事だった。二人とも既に故人だが、父親に世話になった司法関係者や、兄の同期や後輩の検事はまだ大勢残っている。そこを足がかりにして、検察内部に食い込んだんだろう」

十希子は不意に津島を評したふさの言葉を思い出した。ざっくばらんだけど、何となく育ちが良さそう……確かに、判事の息子なら育ちは悪くない。

「それがどうして、東西新聞を辞めたんでしょう?」

「簡単に言えば、検察にハメられた……検察内部の権力争いに利用されてな」

糸魚川は皮肉に笑った。

「覚えてないか?　五年前に起った建設省の口利き疑惑」

十希子は記憶をたどった。そう言えば、そんなような事件があった気がする。しかし、当時女子大生だった十希子には所詮他人事(ひとごと)で、さしたる関心も持てずにいるうちに事件は収束し、忘れてしまった。

「大手建設会社が公共工事を受注するために役人に鼻薬(はなぐすり)を嗅(か)がした。ついでにその鼻薬は建設族議員にも届いた。まあ、今でもよくある話だ」

東京地検特捜部によって事件が摘発され、建設会社と建設省から関係者が次々に検挙され、取り調べの結果、国会議員にも検察の手が及ぼうとしていた。新聞は日夜、特捜部に召喚される議員は誰か、情報を探していた。

「東西はいち早く、召喚される予定の議員二名の実名をすっぱ抜いて、デカデカと掲載した。勿論、津島の記事だ。ところが、これがガセだった」

津島はネタ元である特捜部の検事から二名の名前を教えられ、記事にした。しかし、その検事に与えられた情報が、既に偽物だった。

「どういうことですの？」

「検察庁にも派閥抗争があるのさ。昔の思想検察の流れを汲む公安検察と、事件捜査が主眼の特捜検察。この二つの派閥の対立に、それぞれトップの出世争いが絡んでいた」

公安検察派は当時の検察庁ナンバー2だった東京高等検察検事長の中根雄之介、特捜検察派は検察庁法務事務官の滝本健蔵。二人は次期検事総長の座を巡って熾烈な抗争を繰り広げていた。

「特捜部の検事が新聞記者に情報を漏洩したことが公になれば、滝本の重大な失点で、次期検事総長の座は中根のものだ。中根はそれを狙って子飼いの部下を特捜部に送り込み、津島のネタ元である同僚にガセネタを吹き込んだんだ。そいつは本物と思い込んでそっくり津島に漏らした。二人とも、まんまとだまされたってわけだ」

「それで、どうなりましたの？」

「名前を出された二人の議員は名誉毀損で東西新聞と津島を訴えた。すると東京高検は津島を逮捕した。勿論、ネタ元を吐かせて滝本を潰すためだ」

津島は厳しい尋問を受けたが、終始頑として証言を拒否した。そして中根のやり方に憤激した新聞各社は一致団結、即時釈放を要求する日本新聞協会声明を発表した。

二日間の勾留期限が過ぎ、東京高検は東京地方裁判所に期限延長を請求するが、地裁はこれを却下し、津島は釈放された。

「地裁が高検の勾留延長請求を棄却するというのは、例外中の例外だ。中根の強引なやり方には、地裁内部からも批判が出ていたんだな。結局、この勝負は中根の負けで、検事総長には滝本が就任した」

「まあ……」

十希子はしばし唖然としていた。正義と真実の拠り所である司法の世界で、そんな醜い権力争いが行われているとしたら、人は何を頼れば良いのだろう？

「……でも、それなら津島が東西新聞を辞める必要もないのでは？」

「東西新聞は社会面トップに五段抜きで誤報を謝罪する記事を掲載した。津島は誤報の責任を取らされて、編集局勤務に左遷された。つまり記者生命を絶たれたわけだ」

糸魚川はデスクの上の煙草入れから新しい煙草を取り出し、備え付けのライターで火を付けた。

「退職したとは聞いていたが、日刊トウキョウで記者をしていたとは知らなかった。天下の東西の花形記者だった男が……」

十希子も感慨深いものがあった。そして赤新聞にしがみついても記者の仕事を続けようとした津島に、ほんの少し感心した。

糸魚川は煙草を消して、腰に腕を回して引き寄せた。十希子は肉の締まった腿の上に尻を乗せ、肩に頭をもたせかけた。

「でも、先生は何故その話、こんなにお詳しいの？」

糸魚川は笑って答えなかったが、もしかしたら、その建設会社に建設省の役人や議員を仲介したのは糸魚川なのではないかと想像した。そうだとしたら、久世にも相当の金額が渡ったのだろう。

「もしかして、特捜部にガセネタを流すように吹き込んだのは、先生のアイデア？」

「だったら？」

その一言で、十希子は自分の考えが的を射ていると確信した。

週刊新潮の告発記事が出ると、翌日からマスコミは騒然となった。新聞各紙も週刊誌も後追い記事を掲載し、連日の報道合戦が始まった。大新製薬本社と厚生省には記者たちが取材に押しかけ、それと並行して収賄議員の犯人捜しが始まった。

その中で、もっとも疑わしいとされたのが曽根広忠だった。ソメイユが認可された年に厚生大臣を務めていたのだから、当然と言えば当然だが。

「天地神明に誓って、私にはやましいことは何もない。ソメイユは研究所での治験を経て、厚生省の正規の審査に合格した薬であるから、私は担当大臣として新薬の認可を与えたまでだ。そこに何か後ろ暗い取引があったように勘ぐられるのは、はなはだ迷惑である」

曽根は新聞や雑誌のインタビューでは断固たる姿勢を崩さなかったが、千代菊で久世の前に出たときは、塩を振られた青菜のようにシュンとしていた。

二月最後の月曜日のことだった。久世と曽根が千代菊で会合を持ち、糸魚川も同席した。

その席の世話をしていたのは女将のなみ江とうめの二人で、十希子はたまたま銚子の追加を運んだだけだったが、チラリと垣間見た座敷の中は、久世は苦虫を嚙みつぶしたような顔で押し黙り、脇に控える糸魚川も神妙な顔で正座したままで、事態は相当に深刻な様子だった。

「初音の間、まるでお通夜みたい。あれじゃ女将さんも大変ですね。お気の毒に」

十希子はわざと気安く言って、うめの気を引いた。

「生意気言うんじゃないよ。久世先生は、今まで沢山の厄介ごとを乗り越えてこられたんだから」

「でも、ソメイユ疑惑って、昭電疑獄や造船疑獄並みの大事件になるって、新聞に書いてありますよ」

「昭電だって造船だって、久世先生は無事だったんだからね」

「ああ、そう言えばそうですね」

「それより、あんた……」

うめは十希子の袂を摑んで声を潜めた。

「もしかしたら、うちにも新聞や雑誌の記者が押しかけるかも知れない。くれぐれも、余計なことは言わないようにね」

「はい。勿論です」

十希子は腹の中で思っていた。新聞や雑誌では効果が薄い。持ち込むなら東京地検特捜部だ、と。

「……もし曽根先生が特捜部に逮捕されたら、先生はどうなりますの？」

「そんなことにはならんよ」

糸魚川は髪を撫でる手を止めずに答えた。十希子の髪は汗でしっとりと濡れていた。

「でも、新聞や雑誌が喧しいこと。これほど毎日派手に書き立てられたら、特捜部も手をこまねいていられないんじゃありません？　国民に対する見栄もあるでしょうから」

十希子は糸魚川の肩に唇を押しつけた。舐めるとほんの少し塩味がする。乾きかけた汗の味だ。

昼下がりの日差しがレースのカーテンを通して、柔らかく部屋を照らしている。

ここは糸魚川の寝室だった。洋室で、一人暮らしだがダブルベッドが置いてあった。

この部屋に来るのは三度目で、部屋の隅の書類戸棚が気になっている。頑丈な作りでいつも施錠されていた。あそこには何が入っているのだろう？

「私、先生の身が心配なんです」

「それは、どうもありがとう」

いくらかおどけた口調で言って、苦笑を漏らした。

「大丈夫だ。俺は地検に尻尾を摑まれるようなヘマはやらんよ」

糸魚川は枕から頭を上げて、十希子を見下ろした。

「だが、当分千代菊には行かれない」

「分りました」

「お前とも、これまでのようには逢えなくなる。この騒動が一段落するまでは」

「はい」

「それと、もうここには近づくな。記者が張り込んでいないとも限らない」

十希子は糸魚川の目をじっと見上げた。

「先生、何かお手伝いできることはありませんか？　言伝でも、届け物でも、私、何でもしますわ」

「バカを言うんじゃない」

口調は軽いが、糸魚川の眼差しはどこか哀しげだった。十希子は胸がちくりと痛み、そのことに自分でも驚いていた。


この年は閏年で、二月が二十九日まであった。

三月に入ってもまだ寒さは続いていたが、日は少し長くなった。雛祭が終わった翌週の金曜日の午後、十希子の部屋のドアがノックされた。

「どちら様ですか？」

このアパートを知っているのはほんの数人しかいない。

「僕だ」

その声に、一瞬聞き違いではないかと疑った。しかし、間違いではなかった。ドアを開けると、廊下に相葉寿人が立っていた。

寿人は深々と頭を下げた。以前より少し痩せていて、表情が冴えない。一回りしぼんだ印象だ。

「菊川の方を訪ねたら、大家さんにこちらだと教えられて」

寿人が自分を訪ねてくる理由が皆目分らず、十希子は戸惑うばかりだった。

「今更、君に会う資格はないんだが、どうしても話したいことがあって、恥を忍んでやって来た」

寿人は顔を上げて十希子を見た。その顔に小さな驚きが走り、二、三度瞼が瞬いた。

十希子は腕時計に目を落とし、事務的に言った。

「もうすぐ出掛けますの。あまり時間がありませんけど、取り敢えずお話を伺います。どうぞ、お入り下さい」

十希子はくるりと背を向けて室内に引き返し、遠慮がちについてくる寿人の気配を背中で感じた。

座布団を勧めても寿人は使わず、膝も崩さない。

「実は……ソメイユ疑惑のことは知っていると思う」

「ええ。新聞で読みました」

「単刀直入に言おう。僕の兄は厚生省の医薬食品局審査管理課長の職にある。報道では、大新製薬が厚生省の役人に贈賄して、欠陥薬品を認可させたという。兄は、直接審査に関わる立場だ。特捜部は、兄を贈賄容疑で逮捕するつもりだろうか？」

思いもかけない質問に、十希子は面食らった。

「どうして私にお訊きになるの？　そんなこと、分るわけないじゃありませんの」

「紺野から、君と付き合っていると言われた」

十希子はまたしても面食らった。正直、呆れ返ったのだが、寿人には驚愕と映ったかも知れない。

「やっぱり、本当だったんだね」

寿人は溜息を吐き、目を伏せた。

「紺野は誠実な、信頼できる男だ。きっと、君を幸せにしてくれると思う」

十希子は否定しようとして、フッと気持ちを変えた。

そう思うなら思っていれば良い。寿人に誤解されたところで、もう自分の人生とは何の関わりもない。説明するだけ時間の無駄というものだ。

「どうして直接紺野さんにお訊きにならないんです？」

「勿論、直接尋ねたさ、何度も。しかし、捜査上の秘密を話すわけにはいかないと断られた」

「当たり前ですわ」

十希子はきっぱりと言った。

「相手があなたでなく、私だって同じことですわ。紺野さんが捜査上の秘密を話すはずがありません」

寿人はわずかに膝を進めた。

「相手が君なら、話すかも知れない。例えば……世間話とか、何かの話のついでに、さりげなく聞いてみれば」

十希子は思わず苦笑を漏らした。寿人が「寝物語に」という言葉を呑み込んだのが分った。

「残念だけど、お役に立てませんわ」

十希子はもう一度腕時計を見た。

「すみません。そろそろ仕事に行きませんと」

「ああ……」

寿人はのろのろと立ち上がった。

「お見送りしませんわ。ここで失礼いたします」

十希子は部屋の中に立ったまま告げた。

「邪魔したね」

寿人は狭い三和土に降りて、靴を履いてから振り返った。

「紺野とは、上手くいってるみたいだね。君は、とてもきれいになった。……前よりずっと」

廊下を遠ざかって行く寿人の足音を聞きながら、十希子は洋服ダンスを開け、オーバーを取り出した。


営業前の「炎」の店内は煙草の煙が立ちこめていた。煙の向こうで原稿用紙に向っていた津島が、パッと顔を上げた。

「おはよう。珍しいな」

「新しい情報があるの」

十希子は素早く店内を見回した。津島の隣では青年が写真をより分けていて、チカはカウンターの中で氷を割っていた。

「あの、表でお話しできないかしら?」

「OK。喜んで」

津島は気軽に立ち上がり、コートを羽織って「ちょっと出てくる」とチカに声をかけ、十希子を促して表に出た。

「喫茶店にでも入ろうか」

「いえ、ここで結構です。すぐ終わりますから」

階段の途中で十希子が立ち止まると、津島はニヤッと笑った。

「チョンノ間は、味気ないなあ」

十希子はこれ見よがしに溜息を吐き、踵を返すと再び階段を上り始めた。津島の露悪的な物言いにも慣れてきて、最近はもう怒る気もしない。

津島は炎の近くの薄汚れた喫茶店に案内した。

「客がいないから、内緒話には最適なんだ」

確かに、店内は年取ったマスターと、カウンターで新聞を読んでいる老人の客が一人だけだった。

「おまけにあの二人、耳が遠いんだ」

コーヒーを二つ注文してから、声を落として付け加えた。

「だから何を話しても大丈夫。それで?」

「あまり大したことではないんだけど……」

十希子はつい言い淀んだ。津島の前で、寿人のことを何と呼べば良いのだろう？

「今日、元の婚約者、相葉寿人が訪ねてきたの」

津島が露骨に眉をひそめた。

「よりを戻したくなって、詫びを入れに来た？」

「いいえ。お兄さんの件よ」

「兄？」

「あの人のお兄さんは厚生省の役人なの。大新製薬の贈賄に連座して東京地検特捜部に検挙されるんじゃないか、それが心配で、私に地検の紺野さんに探りを入れてくれって、頼みに来たのよ」

「ああ、なるほど」

そして不審げに首を傾げた。

「しかし、どうして十希子さんにそんなことを頼むんだろう？」

「紺野さんが彼に、私と交際しているって言ったらしいわ」

津島は大袈裟に眉を吊り上げた。

「そうだったのか」

「誤解しないで。それは紺野さんの早合点よ。私はあの方を尊敬しているけど、それ以上の気持ちはないわ」

津島は探るような目を向けた。

「本当に？」

「もちろんよ。ご厚意はありがたいけど、結婚なんて全く考えられないわ」

「相葉寿人なら？」

今度は十希子が眉を吊り上げた。

「冗談じゃないわ」

「しかし、一度は婚約した仲だろう？　向こうが反省して、もう一度プロポーズしてきたら、満更でもないんじゃないかな？」

十希子はきっとして津島を睨んだ。

「あの人は私の母を、自分の家に相応しくないと断定し、その娘である私も、自分の伴侶に相応しくないとして、婚約を破棄しました。私はあの人に失望しました。今では軽蔑しています」

「良かった」

ふっと漏らしてから、津島は苦笑いを浮かべた。

「いや、これからいよいよ大物に迫ろうってのに『結婚するからネタ元止めます』って言われちゃ、困るからさ」

「そんなこと、絶対にしません。私、もう後戻りは出来ないのよ」

津島は笑いを引っ込め、神妙な顔でテーブルに手をつき、頭を下げた。

四月に入ると、今や巷間に「ソメイユ疑惑」として知れ渡った事件は大きく動き出した。

まず、三日には大新製薬の元社長を始めとする引退した幹部五人が東京地検特捜部に業務上横領の容疑で逮捕された。

マスコミは色めき立ち、報道合戦が再燃した。

さらに翌週には、新薬承認に直接携わった当時の厚生省薬事局長と医薬食品局審査管理課長、つまり寿人の兄が逮捕された。

ここに来てマスコミ各社は次の逮捕者は政界からという期待の下、疑惑を報じられていた議員たちの動向に注目した。

四月十六日は保子の命日だった。しかし、千代菊でそんなことを思うのは十希子だけだろう。目まぐるしく華やいだ時間は留まることなく流れてゆき、客も従業員も、もう保子という仲居がいたことなど記憶の彼方に飛んでいったかのようだ。

十希子もまた、心の裡はおくびにも出さず、いつもと同じ笑みを顔に貼り付けた。

去年は土曜日だった十六日が今年は月曜日に当たった。千代菊の座敷はいつものように予約で一杯だった。

渦中の曽根広忠他二名の予約が薄雲の間に入った。本来なら十希子の担当だが、うめが言い渡した。

「十希子さん、薄雲の間はあたしと女将さんが担当するから、あんたは他の座敷を助けておくれ」

「はい。畏まりました」

なみ江とうめが担当するのは、久世の座敷だけだ。集まるのは曽根と久世、そしてあと一人は誰だろう？　この時期だから、間違いなくソメイユ疑惑に関する密談をするに違いない。

とは言え、担当でもないのにしゃしゃり出るわけにはいかない。十希子は辛抱強く待って、チャンスを狙うことにした。

千代菊の営業時間が来ると、門前の道には次々と黒塗りのハイヤーが駐まり、新聞や週刊誌でもお馴染みの顔が降りてくる。それに続くのは芸者衆を乗せた人力車だ。

十希子が客を二階の座敷に案内し、玄関に戻ったとき、新しい客が入ってきた。忘れもしない、秋霜烈日の徽章を付けたあの客だった。現検事総長、蒲生達吉。

「いらっしゃいませ」

十希子が式台に膝をついて出迎えると、うめが進み出た。

「お待ちしておりました。お部屋にご案内いたします」

うめが客のコートと鞄を受け取り、案内に立った。

あれが曽根と久世の席に招かれた客だと、十希子は直感した。

それが正しかったことは、一時間もしないうちに確かめられた。薄雲の間の前を通りかかったとき、折良くうめが空いた食器を下げて出てくるところで、開いた襖から座敷内が見えたのだ。

収賄疑惑の囁かれる国会議員と、その派閥の領袖が、疑惑を追及する組織の長である検事総長と秘密裏に会合を持った。これが公になったら大したスキャンダルだ。

十希子はこれをどう公表するか、慎重に時期を計った。

その日、久しぶりで糸魚川と逢った。場所は都内のホテルで、二時間ほど過ごした後、十希子は一人で部屋を出た。ロビー階で扉が開いたとき、目の前でエレベーターを待っていたのは、ピッタリとくっついて肩を組んだ満とまち子だった。

一瞬、三人ともハッとしたが、すぐに満はニヤリと笑った。敏感に、十希子が男と睦み合ってきたのを察したらしい。

「なんだ、あんたもデートか。お安くないな」

二人は少しも悪びれることなく、エレベーターに乗り込んだ。

十希子は箱から出て、扉に遮られて見えなくなるまで、じっと二人の姿を見ていた。もはや、なみ江に注進する以外ないかも知れない……そう思うと、苦い水を飲んだような気がした。

あんなことを続けて、まち子の旦那にバレないわけがない。いや、既に噂になっているかも知れない。

満は良い。千代菊の息子だから、バレたところで大した罰は受けない。お小言を喰らうくらいのところだ。年寄りの旦那のいる半玉に間男したのは、酒の席の自慢話になるかも知れない。

だが、まち子は違う。悪くすれば旦那に縁を切られる。旦那の方は上手くつなぎ止めたとしても、本人に悪い評判が立ってしまう。一度悪い評判が立ったら、挽回することは難しい。結局はどこか別の土地へ住み替えすることになるが、新橋から住み替えるのは、格下へ都落ちと同じことだ。

順調にいけば一流芸者として良い目を見られたはずの人生が、ドラ息子の気まぐれで台無しになろうとしている。

「女将さん、よろしいですか？」

その日、早めに出勤した十希子は、着替える前に内所に出向いた。

「あら、十希子ちゃん。なあに？」

なみ江は水盤に花を生けていた。千代菊では玄関や客室に飾る花は生け込みのプロに頼んでいるが、内所に飾る花はなみ江が自分で生けた。広げた新聞紙の上に横たわっているのは、紫色の清楚(せいそ)な花で、中央の花弁の先だけが白い。

「きれいな花ですね。何という花ですか？」

「苧環(おだまき)」

「ああ、『しずやしず　しずのおだまき繰り返し……』の？」

「そう。あの苧環。私、大好きなの」

なみ江は花鋏(はなばさみ)の音も高く、添えの葉を切った。よく見れば、今日の帯の模様は苧環の花を染めたものだった。

「お仕事の最中にお邪魔して、申し訳ありません」

「良いのよ。話はちゃんと聞けるから」

「あの、実は……満さんのことです」

なみ江は剣山に挿した花の角度を直していた。

「まち子ちゃんと付き合っています。二人がホテルに入るところと、出てくるところを見ました。私以外にも、見た人がいるかも知れません」

「……まったく」

溜息と共に吐き出された声は、弱々しく震えを帯びていた。

「女将さん、とにかく満さんの首に縄を付けてでも、今のうちに別れさせて下さい。これ以上深入りしたら、まち子ちゃんの将来は台無しです。あの子、まだ十八なんです。助けてあげて下さい」

なみ江は花鋏を置いて、十希子に向き直った。

「分ったわ。うちだって、息子が出入りの半玉に手を付けたなんて、世間体の悪い話だもの。満に言い聞かせます。私の言うことが聞けないなら、糸魚川さんか久世先生にお願いするわ」

そして「うめさん！」と、奥に呼びかけた。廊下に足音がして、うめが現れた。

「満を呼んできて」

うめは一礼して立ち上がった。十希子も退出しようと腰を浮かしかけたが、なみ江が止めた。

「良いの。あなたも一緒にいてちょうだい」

うめに連れられて、満が部屋に入ってきた。もうすぐ午後の四時だというのに、寝起きのような顔で、髪も乱れていた。

「なんだよ?」

眠いのか、ふて腐れているのか、はっきりしない声だった。

「良いから、ここに座んなさい」

なみ江が自分の正面を指さした。満は面倒くさそうに腰を下ろし、胡座をかいた。

うめは音もなく部屋を出て、襖を閉めた。

「また、薬やってるの?」

「うるせえな。だから何だよ?」

なみ江はきっと背筋を伸ばし、満に詰め寄った。

「あんた、まち子ちゃんと付き合ってるそうね」

満はジロリと十希子を睨んだ。

「告げ口かよ」

「そうよ」

十希子も満を睨み返した。

「あなたは全然聞く耳を持たなかったわ。女将さんに頼る以外、まち子ちゃんを守る方法がないんですもの」

満はバカにしたようにせせら笑った。

「偉そうなこと言うなよ。あんただってホテルで男と逢い引きしてたじゃないか」

なみ江は驚いて十希子の顔を見たが、十希子は少しも動じなかった。

「私は自分で責任の持てないことはしていません。自分を律する覚悟もあります。でも、あなたは責任を持つ力も覚悟もないくせに、一人の女の子の人生をめちゃくちゃにしようとしているのよ」

「何がめちゃくちゃだよ。そんなら、ジジイのおもちゃにされてるまち子の人生が、幸せだとでも言うのかよ?」

「ハナ垂れ小僧のおもちゃにされるよりは、ずっとマシです」

満はいくらか気圧(けお)されたように口をつぐんだ。

「あなた、避妊はしてるんですか?」

なみ江がハッと息を呑む気配があった。満もさすがにバツが悪そうな顔になり、プイと横を向いた。

「もしまち子ちゃんが妊娠したら、満さん、責任取って結婚してくれますか?」

満は明らかにたじろいで、動揺した。それをしっかり見て取ってから、十希子は再び口を開いた。

「ただの遊びなのね。でも、二人で何度も楽しい時間を過ごしたんだから、愛はなくても情はあるはずよ。その情に掛けてお願いします。今すぐ、身を引いて下さい。これ以上まち子ちゃんを不幸にしないであげて」

なみ江は満の膝に手を置いた。

「十希子ちゃんの言う通りよ。本当はあんただって分っているんでしょ」

満はただ俯いて押し黙っている。まるで駄々っ子だった。

「あんたの口から言いにくいなら、お母さんがさわ乃家の女将さんに話をするわ。まち子ちゃんに傷が付かないように、キチンとお詫びするから、大丈夫よ。その代わり、あんたはしばらく東京を離れなさい。関西が良いわ。うちの知り合いのお茶屋さんに、よく頼んどくから……」

「……どうせ、芸者じゃないか」

満の口から低い呟きが漏れた。

次の瞬間、十希子は力任せにその頬を平手打ちしていた。乾いた音が座敷に響き、満もなみ江も驚きのあまり身じろぎもしない。

「人でなし！」

満は声もなく、ただ小さく口を開けて十希子の顔を眺めるばかりだ。

「あんたの家は芸者のお陰で商売成り立ってるのよ！　その恩義も忘れて、よくそんな口が利けるわね！　この恥知らず！」

満は十希子から目を逸らし、顔を背けた。

「何とか言いなさい！　卑怯者！」

満は唇を嚙みしめたが、一言も発しない。うなだれて肩を落としている。

「……十希子ちゃん、ごめんなさい。満はどうしようもない大バカよ。でも、一番悪いのは私だわ。自分の息子を、こんな情けない人間にしてしまったんだもの」

最後の方は語尾が震えていた。なみ江は両手で顔を覆い、嗚咽をかみ殺した。

満はうなだれたまま、のろのろと立ち上がった。無言で部屋を出たが、廊下に一歩踏み出したとき、振り返って十希子となみ江を見下ろした。

「……ごめん。悪かったよ」

声をかける間もなく襖は閉まった。

「すみませんでした」

十希子は座り直して頭を下げた。なみ江は袂から取り出したハンカチで目元を押さえ、首を振った。

「いいえ。かえって良かった。本気で叱ってもらえて」

なみ江は弱々しく微笑んだ。

「私はねえ、十希子ちゃんが満と結婚して、千代菊を継いでくれたらって、ちょっと考えてたの。でも、無理よね」

十希子を見る目に哀しみの色が滲んだ。

「私、女学生の頃、十希子ちゃんのお父さんが好きだったわ」

まさかと思った。父の俊彦は一介の英語教師で、政財界の大物と身近に接しているなみ江から見れば、取るに足らぬ存在のはずなのに……。

「保子さんの家に遊びに行ったとき、何回かお目にかかったの。勉強を教えていただいたり、トランプや歌留多で遊んだり……」

なみ江は遠くを見るような目になった。

「俊彦さんは、優しくて、誠実で、清潔で、本当の紳士だった。うちの母の周りにいる男たちとはまるで違っていたわ。あの男たちは、みんな私をいやらしい目でジロジロ、舐めるように見たものよ。服の上から裸を想像してるのが子供でも分った。あの男たちは私を生身の女の子じゃなくて、水揚げの近づいた商品だと思っていたんだわ。でも、俊彦さんはそうじゃなかった。本当に、ただの女学生として見てくれた。……愛する女の子の友達としてね」

浮かべた微笑はとても哀しげだった。

「ええ、そう。ひと目で分ったわ。あの頃から、俊彦さんは保子さんを愛してた。私には目もくれなかった。もしかしたら、だから私は俊彦さんを好きになったのかも知れない」

なみ江は十希子に目を向けて、じっと見つめた。

「でも、信じてちょうだいね。私は保子さんに嫉妬(しっと)したわけじゃないのよ。二人は本当にお似合いだった。心から二人の幸せを祈っていたわ。私、自分が俊彦さんの奥さんになれないことは、よく分っていたもの……」

睫毛(まつげ)の長い瞼に涙の粒が盛り上がった。

「満は可哀想な子なの。好きで産んだんじゃない……無理矢理犯されて孕(はら)んでしまったのよ。だから、産みたくなかった。生まれてからも少しも可愛いと思えなかった。

いえ、見るのもイヤだった。汚らわしいとさえ思ったわ。あの子のせいじゃないのに」

なみ江の瞼から涙の粒がポロポロとこぼれ落ちた。

「うちの母は新橋の売れっ子芸者でね。財界の大物に落籍されて千代菊を出してもらったのよ。その後、旦那は何人か入れ替わったらしいわ。最後の旦那を持ったとき、母は四十近かった……」

母親は料亭の経営を維持するために、パトロンからの潤沢な資金援助を当てにしていた。

「ところが、年を取って容色が衰えてくると、旦那をつなぎ止めるのが難しくなった。それで、代わりに私を差し出したのよ。まだ十六で、女学生だった私を」

なみ江は母の旦那だった男に犯され、そのまま妾にされた。女学校は四年で中退せざるを得なくなった。

「母が私を女学校に通わせてくれたのは、別に私が可愛かったからじゃない。少しでも箔を付けて、水揚げ代をかさ増ししたかったんだって、その時分ったわ」

男はなみ江が二十三歳の時に亡くなった。

「置き土産に満を残して……。産んだのは男が死ぬ前の年。もし、翌年死ぬって分っていたら、私、絶対に堕ろしてたわ」

なみ江は指先で涙を払った。

「だけど結局、私も母と同じ。それから何度も旦那を替えて、久世がきっと最後になるわね」

十希子は息を呑む思いだった。今のなみ江の優美な姿から、そんな哀しい過去は想像も出来ない。

「やっと自分の気持ちに折り合いを付けられるようになった頃にはもう、あの子の心は離れてしまった。あの子が私を憎んでるのは、私があの子を憎んだから。みんな、私が悪いのよ」

なみ江は疲れたように頭を振った。

「満のことはずっと、腫れ物に触るように扱ってきたわ。お金や品物を買い与えて、気持ちを逸らして……。満はね、子供の頃のおもちゃが、お酒と車と女遊びに変っただけで、心は昔のまんまよ」

なみ江は十希子ににじり寄り、すがるような目で言った。

「ねえ、お願い。これからも満のこと、見捨てないでやってちょうだいね。十希子ちゃんが側にいてくれれば、あの子も少しは大人になれるような気がするの。どうか、お願いよ」

十希子はなみ江が気の毒になった。これほどの美貌と一流料亭の女将という地位を手にしながら、少しも幸福になれないとは、何という理不尽だろう。それなら、あと何を手に入れたら幸福になれるのだろう。

「女将さん、満さんだって女将さんの気持ちはきっと分っていますよ。私でお力になれることがあれば、何でも仰って下さい」

「良かった」

なみ江はフウッと息を吐き、ほんの少し笑顔になった。

「出来の悪い弟だと思ってちょうだい」

「はい」

不思議なことに、なみ江から俊彦への思慕を聞かされたせいだろうか、今までより満に親近感が湧いて、遠い親戚のドラ息子くらいの気がするのだった。

第七章

五月に入って、ソメイユ疑惑の捜査はいきなり急展開を見せた。一日に与党の参議院議員・高梨源吾(たかなしげんご)が東京地検特捜部に斡旋(あっせん)収賄容疑で逮捕されたのである。高梨は所謂(いわゆる)厚生族で、曽根広忠と共にマスコミで収賄疑惑を指摘されていた。

翌日、十希子は朝刊の記事に目を凝らした。高梨が逮捕されたというのに、曽根にはまるで特捜部の手が及んでいない。召喚されて事情聴取されたという記事もなかった。曽根は元厚生大臣である。高梨に賄賂が渡っているなら、曽根にはさらに高額の賄賂が渡っているはずだった。

それなのに、おかしい。これはやはり、四月十六日の千代菊での検事総長との会合が、何か影響しているに違いない。

十希子は新聞を畳むと受話器を取り、東京地検特捜部の番号をダイヤルした。

職員に姓名を告げて紺野に取り次ぎを頼むと、一分もしないうちに応答に出た。

「紺野さん、ソメイユ疑惑のことで、とても重大なお話があります。これからお目にかかれないでしょうか？」

紺野は少しも間を置かずに答えた。

「分りました。どちらに伺えば良いですか？」

「私が近くに参ります」

日比谷の喫茶店で落ち合うことにして、電話を切った。

十希子は白い襟とカフスの付いたストライプのブラウスに紺色のフレアスカートという軽装だった。五月の日差しは暖かで、上着もカーディガンも必要としない。夏はもうそこまで来ていた。

田村町一丁目から日比谷まではわずか二停留場しか離れておらず、しかも5、9、35、37と四系統の都電が通っている。もちろん、歩いても充分に行ける距離だ。

待ち合わせた喫茶店に入ると、紺野は先に来ていた。コーヒーカップがあり、灰皿には吸い殻が何本もあるので、かなり待ったのかも知れない。検察庁のある霞が関と日比谷は隣接している。

「お待たせいたしました」

「いえ。僕が早く来すぎたんです。何か起って出られなくなると困るんで」

紺野はウエイトレスにコーヒーのお代わりと、十希子の紅茶を頼んだ。

「お呼び立てしてすみません。実は……」

十希子は声を潜め、紺野に顔を近づけた。四月十六日の件を語るうちに、紺野の顔には驚愕が広がり、それは次第に怒りに変った。

「……そうだったのか」

紺野には思い当たる出来事があったようだ。ウエイトレスが注文の品を置いて立ち去ると、周囲を見回してから口を開いた。

「実は、高梨の逮捕の前、検事総長公邸で首脳会議が開かれたんです。うちの部長を始め、地検の次席も曽根の逮捕を主張しました。ところが、検事総長が強硬に反対したそうです」

反対の理由は「来月に迫った参議院選挙に影響を与える」だった。

「そんなの、こじつけとしか思えませんよ」

結局、最高検刑事部長が「曽根広忠は逮捕せず、高梨源吾と同時に起訴する」という案を提示し、それが通った。

「あなたの話で、やっと合点がいきました。検事総長は、検察のトップでありながら、汚職議員と通じていたんだ！」

　紺野の顔は薄赤く染まり、握りしめた拳が震えた。十希子はそれを見て、自分の判断が正しかったことに安堵した。

「あの席は曽根の招待でした。事務所と自宅を捜索すれば、きっと千代菊の請求書が出て来るはずです」

　紺野は何度も頷いた。

「十希子さん、ご協力ありがとうございます。あなたにいただいた情報は、決して無駄にしません。必ず、正義のために役立てます」

　紺野が言うと、正義という言葉は少しも胡散臭く聞こえなかった。

「それじゃ、僕は本部に帰ります」

　席を立つ前に、紺野は十希子の手を取って身を乗り出した。

「十希子さん、僕の気持ちは変りません。どうしても諦めることは出来ない。どうか、心に留めておいて下さい。僕は待ちます。あなたの気持ちが変るまで、いつまででも」

　十希子は何とも答えなかった。頭に血が上っているときは何を言っても無駄だ。もう少し気持ちが落ち着くまで待つしかないと思い、二人の待つものが逆であるのをほろ苦く感じた。

喫茶店を出て紺野と別れると、十希子は近くの電話ボックスから「炎」に電話をかけたが、応答がない。週刊新潮の編集部にかけ直し、連絡先を尋ねて電話した。

「……はい」

女の声が答えた。十希子が名乗ると「ちょっと待って」と言ったのは、明らかに鶴見チカの声だった。

「十希子さん？　よくここが分ったな」

しばらく連絡していないが、馴れ馴れしい口調は相変らずだ。

「編集部で聞いたの。それより、大事な情報があるわ。よく聞いて」

十希子の報告を聞く間、津島はほとんど口を挟まなかったが、受話器を通して伝わる気配から、緊張と興奮が感じられた。

「今お話しした内容を、先ほど特捜部の紺野さんにお話ししました。検察の首脳会議では、蒲生検事総長が曽根逮捕に強硬に反対した結果、逮捕は見送りで、高梨と同時に起訴することに決まったそうです。蒲生が曽根と料亭で会食したことを知ったら、特捜部は全員怒り心頭でしょうね」

「ああ」

「特捜部は今日にも曽根と高梨を起訴して、事務所と自宅の捜索を行うらしいわ。曽根からは、絶対に四月十六日付の千代菊の請求書が出てくるはずよ。あなたはそれをスクープして、大々的に書き立てて下さい。実際に請求書があったかどうか、私が紺野さんに確認するから大丈夫。誤報の心配はないわ」

「ずいぶん親切だな」

「四月十六日は、母の命日よ」

受話器の向こうで、一瞬息を呑む気配があった。

「なるべく派手な記事を書いて。後追い記事が一杯出て、曽根から久世へ繋がって、久世の過去の悪行が暴かれて、母の事件が再捜査になるように」

「……分った」

「また、何か分ったら知らせるわ」

「ありがとう。ただ、あんまり無理はしないようにな」

「ずいぶん甘いこと言うわね。無理しなかったら、特ダネなんかモノに出来ないんじゃなくて?」

十希子はそれ以上聞かずに電話を切った。これからの成り行きを思うと、期待と興奮で胸が弾んだ。

電話ボックスを出て向った先は日活ホテルだった。今日は糸魚川と会う約束になっている。

ロビーを通ってエレベーターに乗った。一年前、寿人とこのホテルで過ごした夜が、まるで十年も二十年も前のような気がした。

客室のドアをノックして「十希子です」と告げると、待ちかねたように開いた。

「遅かったじゃないか」

「ごめんなさい。電車の中で具合の悪くなったお年寄りが出て、家まで送って差し上げたものですから」

いつの間にか、平気で嘘が吐けるようになっていた。そして、そんな自分にたじろぐこともなくなった。

糸魚川は既にシャワーを浴びたらしく、バスローブ姿で身体からは石鹼の臭いがした。

「年寄りはジジイか、ババアか？」

ブラウスのボタンを外しながら糸魚川が訊いた。

「お婆さん」

「良かった。妬かないですむ」

二人はそのままベッドに倒れ込んだ。

東京地検特捜部が曽根広忠と高梨源吾を起訴したのは五月四日金曜日で、その日のうちに両家の家宅捜索も行われた。十希子の予想に違わず、曽根の事務所からは千代菊の請求書が見つかった。

特捜部に召喚されて厳しい尋問を受け、曽根は精神的にすっかり参ってしまい、同席したのが党幹事長の久世龍太郎と検事総長蒲生達吉であることをあっさり自供した。

それから二週間後の二十一日月曜日に発売された週刊新潮に「検事総長が収賄事件の容疑者と会食していた」事実をすっぱ抜く記事が掲載された。内容は詳細を極め、四月十六日の会合は勿論、二月二十七日に久世と曽根、そして久世の下で業界と政界の仲介役として暗躍する〝悪徳ブローカー〟I氏の三人が千代菊で会合して善後策を打ち合わせていた模様から、二月の初旬にI氏が大新製薬の下請け会社の社長を呼び出して叱責していた事実まで、余すことなく記されていた。

それからは連日の大騒動となった。大手新聞や各週刊誌を始め、赤新聞やエログロ・ゴシップ雑誌まで、こぞってこのスキャンダルを書き立て、蒲生の責任を追及した。

怪文書も飛び交った。過去に某大物政治家の経営する会社が脱税で摘発されそうになったとき握りつぶしたとか、某実業家の贈賄を見逃したとか、某高級官僚の息子の傷害事件を不起訴にしたとか、検察に対するありとあらゆるスキャンダルが書き立てられた。しかもそれらは全て真実とは言えないまでも、一部は事実を含んでいた。内部事情に詳しい者の協力がなければ、知り得ない事実であることから、検察庁内にリークした人間がいると囁かれた。

当初は無視していた蒲生も、あまりの騒ぎの大きさに危機感を抱き、記者会見を開いて反論した。

「四月の会食とソメイユ疑惑とは何の関係もない。久世先生は私と同じ新潟県の出身で、長年に亘って地元に多大な貢献をされてきた方だ。検事総長に就任した際には祝いの席を設けていただいた。曽根広忠は私の一高帝大時代の同期で、友人でもある。彼が同郷の先輩である久世先生をお招きして一席設けるので、後輩の一人として出席して欲しいと言われ、久世先生にお礼を申し上げる機会と考え、承知したまでだ。しかし、それと事件とは切り離して考えている。断じて情実はない」

皮肉なことに、その会見は火に油を注ぐ結果になった。何故なら、世間の人間は誰一人そんな言訳を信じていないからだ。

マスコミ各社は新しい材料を得て、ますます蒲生の過去の実績をほじくり返し、次々に新種の疑惑を見つけ出し、火を付けて煙を煽った。

「誰かに付けられなかったか？」

ホテルの部屋に入るなり糸魚川が尋ねた。

「いいえ。何故？」

「最近、俺の周りをマスコミが張ってる。ここへ来るところは見られていないと思うが……」

不味そうに煙草の煙を吐き出した。

「十希子も気をつけろ。ホテルの玄関付近と、この部屋に出入りするとき、近くに不審な人間がいないかどうか」

「大丈夫ですわ。私は有名人じゃありませんもの」

「気をつけろ。俺と関わりがあるだけで、マスコミに狙われるかも知れん」

十希子は足を進めて糸魚川の向かいに立った。

季節は六月に入り、日差しはいよいよ夏めいてきた。木々の緑は濃さを増したが、まだ梅雨入り前で五月の爽やかさが続いている。開け放った窓に掛かるレースのカーテンは、緩やかな風に揺れていた。

十希子は糸魚川の目の前で服を脱ぎ始めた。今日は白い半袖のワンピースを着ていた。初夏は白が一番映える季節だ。

分不相応な金を手に入れてからも、十希子は高い洋服や装身具を買ったりはしなかった。ただ、下着だけは糸魚川の要望で外国製を身につけるようになった。日本では手に入らない豪華な素材で作られた、淫靡なデザインのあれこれを。

今日も、全部脱ぐ前にベッドに押し倒された。十希子が身をくねらせ、絶えきれずに声を漏らしてから裸に剝くのが楽しみなのだ。

共にぐっしょりと汗をかき、その汗が乾きかけた頃、十希子は糸魚川の耳元で囁いた。

「私、マスコミなんか気にしません。何を書かれても平気です」

糸魚川はほろ苦く笑って首を振った。

「俺は〝悪徳ブローカーI氏〟だぞ。その愛人なんて書かれたら困るだろう」

「いいえ」

十希子は少しもためらわずに答えた。

「構いません。本当のことですから」

「俺は構う」

糸魚川は十希子の方に向き直った。

「本当のことだから、誰にも知られたくない。お前は……」

まるで自分の胸に落とし込むように、ゆっくりと言葉を続けた。

「俺と別れたら、良い相手を見付けて、結婚して幸せになれ」

「そんな哀しいことを仰らないで下さい」

「保子が生きていれば、当然そうなるはずだった。時期は二、三年遅れるが、お前に相応しい道に戻れ。保子もそれを望んでいる」

保子の名を聞くと涙がこぼれそうで、十希子は糸魚川の肩に顔を伏せた。

糸魚川が十希子に抱く気持ちが欲望だけでないことは、言葉に出さなくても充分に分っていた。歓喜がもっとも深まる瞬間でも、十希子の身体に自分の痕跡を残さないように、避妊も含めていつも細心の注意を払っていた。十希子が元の生活に戻れるように配慮しているのだ。「若くてきれいで大学出の女を一時自由にしたいだけ」と言ったのは本心かも知れない。だが、語られた言葉だけが本心ではない。

ホテルを出て、千代菊へ急いだ。少し遅刻気味だった。

銀座方面から南に歩いて千代菊の建つ通りを曲がった瞬間、異変に気が付いた。玄関前に救急車が止まっている。

玄関から、担架を運ぶ救急隊員が出てきた。続いて、うめに支えられたなみ江が、よろめくような足取りで現れた。

「女将さん！」

十希子は救急車に走り寄った。

「ああ、十希子ちゃん……!?」

なみ江が両手を宙に泳がせ、十希子の肩に倒れ込んだ。

担架の方を振り向くと、載せられているのは満だった。日頃から青白い顔だったが、今はもう生きている人の顔色ではなかった。

「坊ちゃんが急に胸を押さえて苦しみ出して、バッタリ倒れてしまったのよ」

うめも明らかに狼狽（うろた）えていた。

「あんた、女将さんに付き添って病院に行ってちょうだい。私は店の方を見ないといけないから」

「はい、分りました」

玄関を振り向いたとき、白い砂のようなものが視界の隅に入った。踏まれて潰れた盛り塩の残骸だった。

十希子はなみ江と一緒に救急車に乗り込んだ。走る車の中で、なみ江は十希子にしがみついて震え続けた。

「ああ、どうしよう……どうしよう」

そればかり、うわごとのように繰り返した。十希子はなみ江の肩を抱いて、赤ん坊をあやすように背中をなで続けた。それ以外に出来ることなど何もなかった。誰が見ても、満はもう息をしていないのだから。

搬送先の病院でも、治療は施さなかった。医師は聴診器を満の胸に当てて心音を聞き、瞼を開けてライトを当て、瞳孔に動きがないことを確認すると、臨終を告げた。

信じられないのではなく、信じたくないからだろう。なみ江は満に取りすがり、子供のように首を振った。

「そんな……そんな……薬はやめてたのよ、四月からずっと。もうやらないって約束したのに。それなのに、どうして……」

医師が十希子の顔を見た。

「何か薬を常用していましたか？」

「はい。睡眠薬を」

医師がキラッと目を光らせた。

「薬の名は分りますか？」

「ソメイユです」

医師は黙って頷いたが、「やっぱり」とその目が言っていた。

十希子は思い切って切り出した。

「女将さん、解剖して死因を究明してもらいませんか」

なみ江が驚いて振り返った。

「何を言うの！」

「女将さん」

十希子はなみ江の肩に手を置いた。

「このままじゃ、満さんが浮かばれませんよ。何が原因か、突き止めてもらいましょう」

「でも……」

なみ江は満の顔に目を落とした。

「この子の身体に傷を付けるのは……」

「ソメイユのことは、女将さんもお聞き及びでしょう？」

聞くまでもなかった。息子が常用していた薬に黒い噂が生じたのだから。

「満さんもソメイユの犠牲になった可能性があるんです。調べていただきましょう。きっと、満さんもそう望んでいるはずです」

十希子の心に、改めて悲しみと悔しさが湧き上がった。確かに、満は甘ったれでわがままで愚かなドラ息子だった。しかし、遅きに失したとはいえ、改心してやり直そうと決心した。その矢先に命を奪われてしまったのだ。

さぞ無念だっただろうと思う。まだ二十五歳にもなっていなかったのに。

「……分ったわ」

諦めたような口調でなみ江は言った。

「ホントに、最後まで、バカな子」

なみ江は満の額に掛かった前髪をそっとかき上げ、涙を流した。


満の遺体は病理解剖に付され、死因は冠動脈血栓と診断された。

検事総長と収賄疑惑代議士のスキャンダル報道で、千代菊は日頃縁のない庶民にまで名を知られるようになった。そこの一人息子がソメイユを常用した結果、心臓の動脈に血栓を生じさせて急死した事件は、早速マスコミに取り上げられた。中には「因果応報」と書いた記事まであった。

なみ江は満を失ってから、魂を抜かれてしまったかのようだった。店を開けてはいるものの、座敷の挨拶回りも怠りがちで、まるで商売に身が入らない様子だった。

愛せないと思っていた息子の死にこれほど打撃を受けるとは、当のなみ江自身も予想していなかっただろう。

一方、まち子は一段ときれいになった。花街の水で磨かれて洗練され、若々しい色香が匂い立つようだった。旦那との仲も上手くいっているという話だった。さわ乃家の女将との話し合いで満と別れた直後も、沈んだ様子は見せなかった。今、満の急死のニュースが流れても、悲しむ素振りは全く見せない。

十希子はまち子が千代菊に現れる度に、悲しみを表に出さないように努めているのか、それともさほど悲しくないのか、どちらだろうと訝った。そして、後者だろうと判断した。

薄情だからではない。まち子には過去の恋愛感情を引っ張り出してめそめそしている余裕がないからだ。後ろを振り返っていたら、前に進めない。前に進まないと、まち子は借金も返せないし、家族も養えない。感傷は、まち子には贅沢品なのだ。

「こんばんは」

千代菊の玄関に明るい声が響いて、芸者衆の第一陣が現れた。

「ゆかりさん、牡丹さん、小ゆきさん、紫陽花の間です。染香さん、みどりさん、ひな子さんは萩の間。ゆり千代さん、紅子さん、まち子さん、山吹の間です」

うめが芸者たちに持ち場を伝えた。色とりどりの衣装に身を包んだ華やかな女たちは、それぞれはしょっていた裾を下ろし、引きずりながら廊下を歩いていく。

見れば、まち子の振り袖は紗無双（しゃむそう）だった。上の紗を通して、下の生地の金魚の模様が透けて見える。二枚の薄衣を合わせて透かし模様を作る紗無双は、六月と九月の二週間しか着られない贅沢品である。きっと旦那に買ってもらったのだろう。

「あら、まち子ちゃん、ステキねえ。おニューなの？」

「はい。千代菊さんのお座敷だから、気張りました」

仲居との軽口の遣り取りも板に付いている。

この子はきっと、一流の芸者になるだろう。

十希子は半ば感嘆する思いでまち子の後ろ姿を見送った。あとの半分は忸怩たる思いだ。

もしかしたら、自分の保護者ぶった行動は、要らざることだったのかも知れない。

まち子は十希子の手を借りなくても、上手に満と旦那のバランスを取って、切り抜けられたのかも知れない。

でも、それでもまち子は弱い立場なのだ。

十希子はもう一度自分に言い聞かせた。何かあったとき、一番弱い立場の者が、一番大きな荷物を背負わされてしまう。だから、強い立場にいる者は、自分より弱い者を傷つけないように注意しなくてはいけないのだ。……愛があろうとなかろうと。

満の初七日に、十希子は早めに出勤した。内所へ寄って満の遺骨に線香を上げるためだ。

「失礼いたします」

廊下で声をかけて葦戸を開けると、なみ江は座敷に端然と座っていた。少し痩せたが、美しさを損なうほどではない。一見以前と変らないようでいて、それでもよく見ると何かが失われているのが分る。その目からは輝きが、唇からは潤いが失せ、表情は貼り付けたように動きがない。こちらに向けた目は、十希子を見ているようで、実は何も映っていないのではないかと思われた。

「満さんに、お線香を上げさせて下さい」

「ありがとう。喜ぶわ」

沈んだ声が答えた。

遺影と骨箱を載せた白木の台が、仏壇の隣に置かれていた。

十希子がその前に進んで線香を手向け、手を合わせて瞑目していると、不意に後ろでなみ江が嗚咽した。

「女将さん……」

向き直ると、なみ江は畳に突っ伏して、背中を震わせて泣いている。嗚咽は次第に激しくなり、慟哭(どうこく)に変った。満が亡くなった日から今日まで、通夜でも葬式でも、なみ江が人前で声を上げて泣いたことはなかった。これほどの激情に身を委ねている姿を見るのも、初めてだった。

十希子はなすすべもなく、ただなみ江の背中をなで続けた。

やっと胸のつかえを吐き出したのか、なみ江は声を収めて顔を上げた。涙に濡れた目が、十希子をじっと見つめた。

「十希子ちゃん、ごめんなさい」

なみ江の声はしっかりしていて、もう震えていなかった。

「私はバチが当たったのよ。満が死んだのは私のせい。私が保子さんを見殺しにしたから、神様は私から満を奪ったんだわ」

十希子は息を呑み、なみ江の顔を見返した。身体に電流が走ったような気がした。

「久世と糸魚川は前岡さんを殺す相談をしていたわ。はっきり口に出したわけじゃないけど、聞いていれば自ずと分るのよ。だって、前にも似たようなことがあったんだもの」

なみ江の目に、憑かれたような光が灯った。

「ええ、はっきり分ったわ。『前岡は尋問に耐えられない』とか『勾留延長の前に落ちる可能性もある』とか『身柄を押さえられたら最後だ』『取り敢えず、近場の温泉にでも匿って』『まあ、やっぱり自殺ということで』とか、そんな遣り取りが続いたのよ。糸魚川の秘書もその場にいて、まるで石の地蔵にでもなったみたいに、微動だにせずに座ってた。私も、何も聞こえないふりして座ってた」

瞳は一点を見つめて動かないのに、唇は巧みに動いて言葉を紡ぎ出す。まるで目と口と、持ち主が違っているかのようだ。

「そして最後の方で、久世が糸魚川に言ったの。『あの女、今となっては知りすぎていて危険だ』って。『ちょうど良い機会だから、一緒に……』って。糸魚川は黙ってた。でも、黙ってるのは承知したってことよ。いえ、どっちにしたって、あの人は断れない。久世の命令は絶対なんだから」

なみ江はいきなり手を伸ばし、十希子の手首を摑んだ。華奢(きゃしゃ)な手には似つかわしくない、強い力だった。

「でも、これだけは信じて。私『あの女』が保子さんのことだなんて、夢にも思わなかった。本当よ。知ってたら、絶対に止めたわ。私の、たった一人の友達なんだから」

なみ江は摑んだ十希子の手首を揺すぶった。

「十六日の夜に久世が来て、何が起きるか知らされたの。それで、警察が来たら、保子さんと前岡さんが好い仲だったと証言しろって。私、びっくりして……。だって、保子さんは糸魚川と関係があるとばかり思ってたから。私、何とかして保子さんに知らせなくちゃと思ったんだけど、何処にいるのかも知らなくて。久世に思い直すように頼んだけど、無駄だった。反対に、自分がいなければ千代菊はすぐ潰れるぞって脅されて、結局、諦めてしまった。私、この店しか知らないから、他に生きる術(すべ)がない。それに、私の代で潰したくなかった。満に店を残してやりたかった」

なみ江は十希子の手首を離し、そっと自分の両頰を押さえた。

「バカよね、ホントに。人の命が掛かってるっていうのに、店のこと考えるなんて。おまけに、満は……。あの子は料亭の経営なんて、およそ柄じゃなかった。継がされたって迷惑だったわ、きっと」

一気に話し終えると、なみ江は目を閉じて深い溜息を吐いた。

十希子は今の話を反芻しながら、波立つ心を必死に静めた。取り乱してはならない。激情に溺(おぼ)れてはならない。

「女将さん……」

十希子は努めて穏やかな口調を心掛けた。

「久世先生の命令で、直接手を下したのは、糸魚川ですか?」

なみ江は放心したような表情のまま頷いた。

「そうよ。いつもそう。久世は、後ろ暗いことは糸魚川にやらせるのよ」

胸の奥に痛みが走った。乾いた汗のほのかな塩気が、苦みに変っていく。それでも十希子の心は変らなかった。

「今お話しして下さったことを、警察や検察でもお話しして下さいますか?」

なみ江はもう一度頷いた。

「良いわよ。私はもう、疲れた。久世にも、千代菊にも。……一人になりたい」

「ありがとうございます」

十希子はなみ江ににじり寄り、その手を取って両手で包んだ。

「女将さん、どうかもう苦しまないで下さい。女将さんは悪くありません」

なみ江は伏せていた顔を上げ、十希子を見返した。濡れた瞳の外れていた焦点がゆっくりと合い、すがるような眼差しになった。

「私を許してくれる？」

「当たり前じゃありませんか」

保子もきっとなみ江を恨んではいないと、十希子は考えた。むしろ保子は、表面の華やかさに隠された悲しみや苦しみを、敏感に感じ取っていたのではないだろうか。だから十希子になみ江のことを語るときは、いつも女学生時代の思い出話になったのだ。なみ江が一番幸せだった時代の。

「母も女将さんのことを、一番大事な友達だって言ってました」

なみ江の目に、再び涙の粒が盛り上がった。

「安心して下さい。母の仇は私が取ります」

なみ江の頰からこぼれた涙が、十希子の手にぽとりと落ちた。

千代菊を出た十希子はタクシーを拾って内幸町に急いだ。糸魚川の事務所だ。今日は糸魚川の名で三名の予約が入っている。料亭に行く前に用事もあるだろうから、午後からは自宅を留守にしているはずだった。

ビルの前の通りに立ち、三階の窓を見上げて明かりが点いていないことを確かめ、階段を上った。足音を忍ばせて廊下を進み、事務所には目もくれずに素通りして、一番奥の部屋の前に立った。ドアに耳を押しつけて中を窺ったが、人のいる気配はない。

糸魚川の自宅を訪れたのは数えるほどなので、合鍵を試すのは初めてだった。しかし、ドアの鍵はさほど手間取らずに見つかった。中に入ると、暗い部屋を横切って寝室のドアを開けた。

一番大事なものは、一番身近な場所に置いておくはずだ。

十希子は窓のカーテンを全部閉めてから電灯を点けた。

鍵付きの書類戸棚の前に立ち、一本ずつ合鍵を試した。三本目がピタリと合った。

観音扉を開くと、浅い抽斗（ひきだし）の列が並んでいた。企画書、契約書、誓約書、請求書、領収書等々、項目別に分けられて、それぞれアイウエオ順に並んでいた。

十希子は片っ端から抽斗を開け、「ク」の欄をかき回した。久世の名前の付いた書面なら何でもかまわない。一枚残らず持ち出すつもりだった。

と、微妙な空気を感じた。あわてて振り返り、戦慄（せんりつ）した。

入り口に能勢が立ち、こちらを鋭い目で睨んでいる。

「ここで何をしてる？」

咄嗟に、苦しい嘘が口を突いて出た。

「……先生に、書類を取ってくるように言いつかって」

能勢は頭から信用していなかった。大股で近づいてきて、十希子の手首を摑んだ。

「きさま、何処のイヌだ？」

十希子の手からパラパラと紙片が落ちた。必死に身をもがいて腕を振りほどこうとしたが、もう手遅れだった。

「最初から、先生を裏切るつもりで……」

能勢の両手が首に掛かった。そのまままっすぐ腕を伸ばすと、リーチの違いで十希子はもうなすすべがない。両足が宙に浮き、気が遠くなった。

「やめろッ！」

鋭い声が飛んだ。

すると条件反射のように能勢の手から力が抜けた。十希子は床に落ち、そのままへなへなと倒れ込んだ。

「先生、この女は……！」

「良いから、行ってろ」

能勢はなおも言い募ろうとしたが、糸魚川に無言で威嚇され、そのまま部屋を出ていった。

十希子はゆっくりと半身を起こし、顔を上げた。

糸魚川は同じ場所に立ったまま、じっと十希子を見下ろしていた。その顔は、能勢に殺されかけたのが十希子ではなく糸魚川だったのではないかと思われるくらい、青ざめて生気がなかった。

お互いに黙ったまま、どのくらい見つめ合っていたのだろう。先に口を開いたのは十希子だった。

「先生……」

どうしても訊きたいことがあった。今この機会を逃したら、この先一生訊けないことだった。

「母は、先生を愛していたんですね？」

奔流のように想いがほとばしった。

「だから、先生の仕事にのめり込んだんですね？　深入りしすぎてしまったんですね？　そうなんでしょう？」

糸魚川は首を振った。だが、それは否定と言うより、まとわりつく何かを振り払っているように見えた。

「私のことも、母と同じように殺しますか？」

糸魚川は一瞬きつく目を閉じた。もう一度瞼を開いて十希子を見たとき、その目は何かを訴えていた。

十希子は昔、これと同じ目を見たことがあるのを思い出した。戦争中、毛皮用に飼い犬を供出する命令が出され、隣の家が可愛がっていた雑種犬を手放さなくてはならなくなったとき……泣きじゃくる子供たちと奥さんに見送られて保健所の係員に引かれて行ったあの犬は、確かこんな目をしていた。

糸魚川は腰を屈め、床に散らばった紙片を拾い集めた。

「十希子……」

傍らに膝をつき、久世に関連するその紙の束を差し出した。

「餞別(せんべつ)だ」

十希子は息を呑み、糸魚川の顔を見直した。

「元気で」

そう言うなり立ち上がり、まっすぐドアの方へ歩いた。そして、立ち止まることも振り返ることもなく、部屋を出ていった。

「……待って」

十希子は蚊の鳴くような声で呟いた。

「行かないで」

糸魚川に渡された紙の束を両腕で胸に抱きしめた。

「行かないで下さい。お願い……」

行かないで。何処にも行かないで。私を抱いて。もう一度抱いて。私はあなたが……！

十希子は心の中で叫び、その場に泣き崩れた。

翌日の午前中に、十希子は東京地検特捜部を訪れた。

あらかじめ電話しておいたので、すぐに紺野が出迎えに現れた。

「ご足労かけます。では、部屋にご案内します」

紺野は緊張で、いつにもまして怒っているような顔に見えた。

案内された部屋は取調室のような小部屋だった。机がひとつと椅子が三脚、それ以外には何もない。

十希子が固い椅子に腰を下ろすと、背後のドアが開いて、四十半ばの男が入ってきた。その顔には見覚えがあった。千代菊で働き始めてすぐ「秋霜烈日」の徽章を知る切っ掛けになった客だ。あの夜、遅れてやって来た紺野と再会したのだった。

「うちの部長です」

紺野の簡単な紹介に続いて、男が名乗った。

「湯川と言います。同席しますが、よろしいですね？」

「はい」

机を挟んで十希子と湯川が向かい合って座り、紺野は湯川の横に立った。

「久世龍太郎がいくつかの贈収賄事件に関与したという証拠をお持ちだそうですね？」

「はい」

十希子は書類封筒を湯川の前に置いた。糸魚川の自宅から持ち出した書類だ。

湯川はざっと中を改めてから紺野に渡した。紺野はすぐにドアを開け、外の職員に封筒を渡して戻ってきた。

「そして、久世龍太郎を殺人教唆、糸魚川修三を殺人罪で訴えたい、というお話ですね？」

「はい」

十希子はなみ江の告白と、保子が糸魚川の情報係として重要な密談を漏れ聞く立場にあったこと、そのほかにも千代菊で働きながら知り得た全てを話した。

湯川は眉一つ動かさず、途中で一切口を挟まなかった。机の上に両手を乗せ、指を組んでいる。たまにその指がピクリと動くのが、唯一の反応だった。

「二、三お尋ねしたいことがあります」

十希子が話を終えると、湯川は組んでいた指をほどき、おもむろに口を開いた。

「久世龍太郎の殺人教唆というのは、千代菊の女将の証言以外に、何か裏付けはありますか？」

「いいえ。でも、女将の菊端なみ江さんは、久世の長年の愛人です。その証言には信憑性があります。そして、それだけでなく……」

千代菊を舞台に行われた数々の口利き、買収、裏取引などについても、帳簿を調べれば証拠が見つかる可能性がある。

湯川はゆっくりと頷いてから、射るような目で十希子を見た。

「では、亡くなったあなたのお母さんが糸魚川の情報屋だったという証言に、何か裏付けがありますか？」

十希子は湯川の視線を跳ね返し、昂然と胸を張った。

「母が私名義で作った貯金通帳には、糸魚川から定期的に振り込みがありました。お小遣いとかご祝儀という金額ではありません。明らかに仕事の報酬です。そして、私は糸魚川の現在の愛人です。私の証言には信憑性があります」

紺野が息を呑むのが分った。湯川も一瞬、虚を衝かれたような表情を見せた。十希子は二人に挑むような目を向けた。

「母の情死事件を、もう一度調べ直して下さい」

湯川は黙って考え込んでいる。

紺野は直立不動だが、実際は棒立ちになっているのかも知れない。その顔は一度紅潮したが、今は血の気が引いている。愛する女に腹を割いて内臓を見せつけられたような気分なのだろう。

「二人が泊まっていた旅館に、糸魚川と能勢の写真を見せて、見覚えがないかどうか聞いて下さい。必ず、あの事件のあった日に泊まっているはずです。名前は偽名を使っても、顔は変りません。あんな事件のあった日のことだから、旅館の人も色々なことを覚えていると思います」

湯川は目を閉じて腕を組み、さらに考え込んでいたが、やっと目を開けた。

「分りました」

十希子は身体中の力が抜けていくのを感じた。

「……ありがとうございました」

額が机に付きそうになるほど、深々と頭を下げた。胸の中で何かが膨らんで、喉元に込み上げてきた。しかし、頭を上げたときには、その塊は胸の底に沈んでいた。

「十希子さん……」

検察庁を出るところで、紺野に呼び止められた。振り向くと、いつもの怒ったような顔が、何故かいじめられた子供のように見えて、自責の念がほのかに湧き上がった。

「紺野さん、色々ありがとうございました。どうぞ、捜査の方はよろしくお願いいたします」

礼儀正しくお辞儀してから、微笑みかけた。

「さようなら。どうぞお元気で」

くるりと踵を返し、振り向かずに前へ進んだ。

「炎」に電話すると、チカに「津島なら週刊新潮の編集部よ」と教えられた。かけ直すと、すぐに津島が応対に出た。

「しばらく」

「特ダネよ」

「いきなり、何だよ?」

「東京地検特捜部は、久世龍太郎と糸魚川修三の取り調べを始めるわ。容疑は殺人教唆と殺人よ」

「まさか……!?」

「久世の愛人の千代菊の女将と、糸魚川の愛人が証言したの。特捜部としては殺人容疑で逮捕してから、斡旋収賄に切り替えて取り調べたいのかも知れないけど。でも、いずれにしても二人とも無事では済まないわね」

「今、どこだ?」

「霞が関」

「すぐ行く。これから会おう」

「それより、伊豆の旅館を取材した方が良いわよ。特捜部は母の事件のあった日に、糸魚川と秘書が偽名で泊まっていなかったかどうか、調べるはずだから。それじゃ」

「あ、ちょっと……!」

十希子は電話を切った。

見渡せば初夏の日はとっぷりと暮れて、周囲は夕闇に包まれている。今から千代菊へ戻る気力はなかった。

どこへ行こうか……？

アパートへ帰るには早すぎる。映画を観たい気分でもなかった。

不意に、白樺学園の校舎が目に浮かんだ。

そうだ、学校へ行ってみよう。

霞が関でタクシーを拾い、駿河台下で降りた。

十希子は校門の前に佇(たたず)んだ。夜に入って、警備員以外は誰もいない。無人の校庭の奥に、レイモンド設計の白亜の建物が聳(そび)えている。

白瀬慈子の厚意はありがたいが、もう二度とこの中で教壇に立つことはないのだと思うと、故郷を失ったような寂しさに包まれた。

十希子は校門を離れ、何度も振り返りながら国電の駅へ歩いた。


翌日、昼過ぎに津島がアパートを訪ねてきた。

「突然ですまない」

殊勝に頭を下げてから、ぐいと右手を突き出した。

「お土産。船橋屋のくず餅」

「まあ、畏れ入ります」

珍しいこともあるものだと思いながら、津島を部屋に通した。

「麦茶しかないけど」

「どうぞ、お構いなく」

十希子は津島の前に麦茶のコップと小鉢を置いた。

「灰皿代わり」

「どうも」

しかし、津島はタバコを取り出そうとしなかった。

「こんなところで油売ってて良いの？　伊豆の旅館を調べるんじゃなかったの？」

「それはうちの若いのがやってるから、大丈夫だ」

徹底的に調査して証言を集め、東京地検が久世と糸魚川を重要参考人として召喚したタイミングで、特集記事をぶつけるという。

「検察庁に入る久世の写真も載せたいしな」

十希子は改めて津島を眺めた。開襟シャツに折り目の付いたズボン。散髪して一週間くらいの髪。初対面の時のすさんだ印象より、かなりマシになっている。

「大家さんがあなたのこと、ぶっきらぼうだけど案外育ちは良さそうだって言ってたわ」

「それはどうも」

「元東西新聞社会部の記者で、判事さんの息子なんですって？」

「よく知ってるな」

「ある人に聞いたの。あなた、わりと有名人なのね」

津島は苦笑いして煙草を取り出した。炎の紙マッチで火を付け、使い切ったそれを小鉢に放り込んだ。

「でも、私は結構見直したわ。東西新聞で左遷されたあと、きっぱり辞職して、日刊トウキョウの記者になるなんて、生半の根性じゃ出来ないもの」

「十希子さんに褒められると、尻がこそばゆいよ」

津島はゆっくりと煙を吐き出し、その行方を目で追った。

「俺を嵌めたのは、表向きは秋霜烈日とかきれい事を言いながら、裏に回れば出世競争に血道を上げて、どんな汚い手段を使ってもライバルを蹴落とそうとする輩だ。それが次期検事総長の座を争って、報道の自由を踏みにじった。俺はそういう欺瞞が、我慢できない」

「ソメイユ疑惑で、積年の恨みはある程度晴れたんじゃない？　その人と同類の蒲生達吉はマスコミの集中砲火で、今じゃまともに表を歩けない。いずれ辞任に追い込まれるだろうって、みんな言ってるわ」

津島は煙草を燻(くゆ)らせて生返事をした。

「ところで、今日は何のご用？」

「実は……」

津島は煙草をもみ消して、座り直した。

「結婚しないか？」

十希子はプッと吹き出したが、津島は笑わなかった。いつになく真剣な、思い詰めたような顔だ。

「冗談はやめて」

「本気だ」

津島は次の言葉を探しあぐねたように、一度大きく頭を振ってから、十希子に目を戻した。

「何と言って良いのか……。俺は君の人生を狂わせた。だからその責任を取りたい」

不信と不審が、十希子の眉をひそめさせた。

「日刊トウキョウの記者なら、こんなことは言わない。だが、やっと俺にも運が向いてきた。これからは週刊誌の時代だ。出版社は新潮社に続いて、どんどん週刊誌を創刊するだろう。仕事はいくらでもある。十希子さんにも、少しは良い目を見せてやれる」

この男には珍しく、気恥ずかしそうに言い足した。

「本当は、ひと目見たときから好きだった。嘘じゃない」

それが津島の偽らざる気持ちであることは、充分に伝わってきた。だが、十希子が感じたのは当惑だった。

「今、ここで返事をしてくれなくても良い。ただ、真面目に考えて欲しい」

十希子は小鉢に捨てられた、「炎」の紙マッチに目を遣った。

「あなたが報いるべきは私じゃなくて、チカさんの方じゃないかしら」

津島は痛いところを突かれたように、小さく顔をしかめた。

「チカさんはあなたが東西新聞を辞めて、一番惨めで苦しい時期に、支えてくれた人じゃないの?」

「……チカには感謝してる。彼女のことは、ちゃんとするつもりだ」

「ちゃんとっていうのは、手切れ金を渡してお払い箱にして、別の女と結婚するっていう意味?」

津島の顔が苦い水でも飲まされたように歪んだ。

「言訳するつもりじゃないが、彼女とは、最初から結婚を前提にしない付き合いだった。それは向こうも納得してるはずだ」

「そう思っていれば、あなたの良心は傷つかないからでしょう」

津島は向こうずねを蹴飛ばされたような顔になった。

「大新聞の花形記者から赤新聞の三流記者に落ちぶれたとき、あなたを取り巻いていた人たちは、ほとんどあなたを見限って離れていったはずよ。でも、チカさんはあなたを見捨てなかった。支え続けた。最初の出会いがどうであれ、チカさんがあなたに捧げた真心はお金じゃ買えないわ。そうは思わない？」

十希子に見つめられ、津島は力負けしたように目を逸らし、うなだれた。

「もし、そういう人を捨てて別の女と結婚するというのなら、あなたもあなたを陥れた検事と同じよ。人の心を踏みにじって、平気でいられるのなら」

十希子は背筋を伸ばし、大きく息を吸い込んだ。

「今日はせっかくいらしてくれたから、私もお土産を差し上げるわ。あなたの大好きな特ダネよ」

津島が顔を上げた。

「糸魚川を売った愛人というのは、私のことよ」

津島の顔が衝撃で強張った。そして、次には痛ましいものを見せられたような表情に覆われた。

「二月から、三日にあげず会ってるわ。糸魚川はすごく床上手で、私はもう夢中なの。しばらく会わないでいると、身体が疼いてたまらなくなるわ」

「やめろ」

津島は顔を背け、吐き捨てるように言った。

「私のことを記事に書いて」

津島は横を向いたまま押し黙っている。

「あなたが書かなくたって、他はみんな書くわよ。日刊トウキョウを始め、各社こぞって。どのみちあることないこと書かれるなら、あなたに書いて欲しいわ。うんと派手なやつを」

十希子は挑むような目で津島に迫った。

「私、何でも告白してあげる。だからあなたは、一生の看板になるような名記事を書いて。私、楽しみに待ってる」

十希子は勢いよく立ち上がった。

津島は諦めたように、のろのろと立ち上がった。

「俺は……」

言いかけて口をつぐみ、腕を伸ばして十希子を抱き寄せた。十希子は力を抜いてされるままになった。唇が重なってきても避けなかった。ただしっかりと目を閉じて、寿人とも糸魚川とも違う感触を受け止めていた。

息が止まりそうなほど長い時間のあと、唇が離れた。目を開けると、睫毛が届きそうなほど近くに津島の目があった。その目の前を、糸魚川の背中と腹の傷痕がさっと横切った。

十希子は津島の目を見たままニッコリと微笑んだ。

「へたくそ」

津島も微笑(わら)った。泣いているような微笑だった。

「今度は、取材で会おう」

片手を軽く振って別れの挨拶をすると、そのまま振り返らずに階段を降りていった。

ソメイユ疑惑は、検察の捜査が最終段階に入ったところで、誰もが想像もしていなかった展開を見せた。

東京地検特捜部が久世龍太郎を、篠田保子と前岡孝治の心中偽装事件の重要参考人として召喚することが決まった日の夜、その久世となみ江が死亡したのである。

無理心中だった。なみ江が久世に睡眠薬ソメイユを溶かしたウイスキーを飲ませて昏睡させ、包丁で心臓を刺して殺した。その後、自らも頸動脈を切って果てたのだった。

遺書には久世の殺人教唆を裏付ける証言のほか、これまでなみ江が見聞きした、久世の関わる贈収賄や裏取引、密約の数々が書き連ねてあった。それらは千代菊の帳簿と対照すれば、かなりの確率で裏付けが取れるものだった。

翌日、それ以前から参考人として検察庁で取り調べを受けていた糸魚川は、呆気ないほど簡単に保子と前岡の偽装心中を自供した。

「前岡が特捜部の取り調べに耐えられるとは思えませんでした。前岡が証言すれば、三晃物産から久世先生に通じる裏金のパイプが明らかになってしまう。絶対に特捜部に渡すわけにはいかない。しかし、奴には自殺する度胸もなかった。だから、消えてもらうしかなかったんです」

糸魚川は淡々と、何の感情も込めずに事件の一部始終を語った。

「前岡には自殺を偽装して姿を消し、偽の戸籍で別人になりすまして生きるという計画を吹き込みました。奴はあっさり信じました。そして、道中一人旅だと怪しまれるので、保子とカップルを装って旅館に投宿するように指示しました。保子は年より若く見えたし、美人だったから、前岡と並んで歩いても不自然ではありませんでした。それに、前岡は保子には気を許して甘えるようなところがありました。保子も、愚痴を聞かされて同情していたようです」

保子は何年も糸魚川のために情報を収集し、その見返りに収入を得る関係が続いていたので、社長と秘書のような信頼関係が出来ていた。だから糸魚川の命令なら、多少の無理は承知した。

「保子には前岡と夫婦のフリで旅館に泊まってくれと頼みました。夕食後、前岡は自殺を偽装して失踪する計画なので、翌朝は一人で東京へ帰るようにと指示しました。保子も何の疑いもなく信じたようです」

糸魚川は能勢と共に、架空の会社の社長と社員の名前を騙り、保子たちと同じ宿に宿泊した。そして、夕食後、女中が床を延べて引き上げたタイミングで部屋を訪れた。

「私はスキットルに睡眠薬を仕込んだウイスキーを入れて、部屋に持参していました。二人の前で『前岡君の再出発を祝して、乾杯しよう』と持ちかけました。二人とも、自分たちが殺されるなどとは、夢にも思っていませんでした。薬の効き目で二人が昏睡すると、それぞれの手首を腰紐で結び、用意してきたカミソリで手首を切りました。あとはカミソリに前岡の指紋を付け、スキットルに付いた私の指紋を拭き取って、心中を偽装しました」

そこまで話すと、糸魚川は言葉を切って目を瞬いた。

「保子には本当に気の毒なことをしました。よく働いてくれましたし、信用できる女でした。だが、久世先生の命令には逆らえません。私が……手先に使うようなことをしなければ、命を落とすこともなかったでしょう。心から、申し訳なく思っています」

そして最後に付け加えた。

「能勢は殺人には無関係です。一人客は目立つので同宿させましたが、それだけのことで、私の計画には一切関与しておりません」

取り調べの検事たちは、糸魚川の神妙さがむしろ不気味に感じられた。目撃証言があるとはいえ、殺人に直接に手を下した証拠は何処にもない。糸魚川ほど裏の世界に通じている男なら、黙秘を通すだけで勾留期限を迎えられただろう。

元々起訴に持ち込むのは無理があった。それでも召喚したのは所謂別件逮捕が狙いで、ソメイユ疑惑の黒幕を突き止めるためだった。それが斡旋収賄罪よりはるかに重い殺人罪を自供するなど、正気の沙汰とも思われなかった。死刑になる可能性もあるのに。

調書を書き上げてから、担当の検事が尋ねた。

「何故、心中事件の真相を自供したのか？　否認で通すことも可能だったと思うが」

糸魚川は衒（てら）いのない口調で答えた。

「天命に従ったまでです」

十希子は紺野に、取り調べの様子を知らせて欲しいと頼んでいた。約束通り、糸魚川が自供したあと紺野から連絡があった。

「……ただ、自供した動機がまったく不明なんです。明日、こちらにおいで願えませんか？　湯川も、あなたにお話を聞きたいそうです。何か、心当たりがおありかも知れない」

翌日、十希子は再び検察庁に赴いた。

この前と同じ小部屋に通され、湯川からあれこれ質問されたが、十希子にも自供の動機は見当が付かなかった。

「あの、糸魚川に面会させていただけないでしょうか？」

十希子は湯川に頼んでみた。

「私になら、打ち明けてくれるかも知れません」

湯川はしばらく難しい顔で考えていたが、やがてきっぱりと決断した。

「分りました。何とか取りはからいます」

数日後――。

十希子は紺野に付き添われ、小菅の拘置所に収容されている糸魚川に面会に行った。

面会室はいつか映画で見た通り、上部をガラスで仕切られた小部屋だった。カウンターの前に座って待っていると、ガラスの向こうの部屋のドアが開き、職員に付き添われた糸魚川が入ってきた。

糸魚川は十希子を見ると一瞬驚きを浮かべたが、その後は普段の通り、落ち着き払って椅子に腰掛けた。

「ご無沙汰しております」

糸魚川は「ああ」と答えてチラリと笑ってみせた。

十希子は食い入るようにその顔を見た。痩せていないか、疲れた様子はないか、無精ヒゲが伸びていないか……最後に会った日からの変化を、一つ一つ確認しては、目に焼き付けた。

「もう、ここには来ないでくれ」

十希子の様子を見守っていた糸魚川が口を開いた。

「むさ苦しくなる一方だ。見物してもつまらんだろう」

「先生……」

十希子はガラスに両手を押しつけた。

「教えて下さい。何故、自ら罪をお認めになったんです？」

糸魚川は手を挙げて、ガラスを隔てた十希子の手と重ねた。

「俺は、人の作った法の裁きは受けない。だが、天の裁きは受ける。……保子のことは、天罰が当たったんだ。それなら、潔く受け入れるしかない」

「何故？」

糸魚川はじっと十希子を見つめた。いつも十希子を見つめるときの、優しくて少し哀しげな眼差しだった。

「お前は俺には人ではなかった。それ以上だった。俺の薄汚れた人生に、生まれて初めて舞い降りてきた天女だった。この気持ちは、他の人間には分らない」

その声は真摯で、敬虔な響きがこもっていた。

「そのお前の母親を、俺は手にかけた。お前のこの世で一番大切な人を、殺してしまった。その罪は万死に値する」

糸魚川はガラスから手を離した。

「警察や法律はごまかせても、天はごまかせない。お前はあの夜の前から、気が付いていたんだろう？」

十希子は目を伏せて小さく頷いた。

糸魚川が母を手にかけたと、いつ気が付いたのかは分らない。いつの間にか感じていたのだ。糸魚川が後悔の念に苛まれていることに。そして、十希子に強い贖罪の気持ちを抱いていることに。

「それでも私は……」

憎み切ることが出来なかった。母を葬ったその手に抱かれ、あふれ出す歓喜に身を任せながら、糸魚川の心に流れる慚愧の想いを感じ取っていた。

「すまなかった」

糸魚川は頭を垂れ、しばらくそのまま下げ続けた。

「裁判が終わって刑が執行されたら、どうか幸せになってくれ。新しい道を見付けて、進んでくれ」

糸魚川は椅子から立ち上がった。

「さようなら、元気で」

あの夜と同じ口調でそう言った。そして背中を向けると、入ってきたときと同じく、ゆっくりした足取りで出ていった。


十希子は小菅の拘置所を出ると、紺野と別れ、元は木挽町と呼ばれた銀座東七丁目に足を向けた。

夕闇の中、築地川沿いの通りには黒塗りのハイヤーと人力車が集まり始めていた。だが、千代菊の前に、もうその車列はない。

なみ江の死によって千代菊は閉店に追い込まれた。パトロンの久世も息子の満も亡くなり、後継者は誰もいない。国庫に入る可能性が大きいが、相続財産管理人が権利を主張して裁判を起こしたと、週刊誌に記事が載っていた。いずれにしても、だれが権利を受け継いだところで、かつての姿を取り戻すことは出来ないだろう。

十希子は千代橋の袂(たもと)に立って、かつて千代菊だった建物を見上げた。黒板塀に囲まれた外観は元のままなのに、わずかの間にあの偉容が消えてしまった。一回りしぼんでしまったように見える。

ふと、いつも玄関の脇に円錐形に固めて置かれていた塩の塊を思い出した。邪気を払うというあの塩を、もう誰も盛ってくれる人はいない。

千代菊はきっと、なみ江に殉じたのだ……。

その想いが胸にすとんと落ちて、十希子は何度も頷いた。


十希子が再び糸魚川の収監されている拘置所を面会に訪れたのは、夏の終わりだった。九月からは裁判が始まる予定だった。

今回は糸魚川の弁護士に同行してもらった。

弁護士は国選だった。糸魚川なら充分私費で有力な弁護士を雇えるはずだが、本人に量刑や事実関係を争う気持ちが全くなく、それどころか弁護人は不要だと主張した。当然それは認められず、国選弁護人を付けられたのだった。

「何だかもう、覚悟してるみたいですねえ」

拘置所へ向う道すがら、弁護士はそのような事情を話してくれた。

面会室に現れた糸魚川は、この前より少し痩せたようだ。しかし、血色も良く、憔悴している風には見えなかった。

「意外とお元気そうで、安心いたしました」

しかし、糸魚川はガラスの向こうから叱責した。

「あれほど、ここへは来るなと言ったじゃないか」

「ごめんなさい」

しかし、十希子はそれが本心でないことを察していた。十希子に会いたくないわけがない。糸魚川と会うことで、十希子の心に傷が残ることを案じているだけだ。

「でも、どうしてもお目にかかって、お話ししたいことが出来ました」

十希子は単刀直入に切り出した。

「先生、私と結婚して下さい」

糸魚川だけでなく、付き添いの弁護士まで驚いて椅子から腰を浮かしかけた。

「何を言ってるんだ」

十希子は落ち着き払って先を続けた。

「裁判が終わって刑が確定すると、拘置所から刑務所に移るそうですね。刑務所では、弁護士か親族以外の人間の面会は認められないとお聞きしました。私は先生とお目にかかりたい。差し入れもしたいし、お手紙も書きたいです。そのために、結婚して下さい」

「だめだ」

十希子は少しもめげずに、ニッコリ笑った。

「奥さんでなくても構いません。養女でも良いんです。先生の家族にして下されば」

糸魚川は大きく溜息を吐いて、首を振った。

「俺と関わったことが世間に知れたら、お前の人生の汚点になる。これからはなるべく遠くに離れて、関係のない道を歩くんだ。俺とは会ったこともないという顔をして生きろ」

「そんなこと、無理ですわ」

十希子は鞄の中から週刊誌を出し、頁を開いてガラスに押しつけた。見開きの誌面にデカデカと「身体を張って母の仇を討った美貌の元教師／悪徳ブローカーを虜にした肉体の罠」という見出しが躍っていた。

糸魚川は大きく目を見開き、顔を歪めて呻いた。

「どうして、こんなことに……」

「私が津島六郎に頼んで書いてもらいました」

糸魚川がもう一度息を呑んだ。

「後追い記事も出ています。私が先生の愛人で、色仕掛けで近づいて母の仇を討ったって、日本全国に知れ渡っています。今更隠したって仕方ありませんよ」

「十希子、何故そんなことをした!?」

「先生を愛してるから」

糸魚川は何故か、強い力で殴られたような顔をした。

「私は母を殺した先生を許せません。でも、先生は自ら罪を認めて刑に服そうとして下さいました。それは、私のためです。私は、先生のお気持ちを利用して、踏みにじりました。先生を裏切って検察に売ったんです。でも……」

十希子は歯を食いしばって涙を呑み込んだ。

「私はやっぱり先生を愛しています。今の私には、この世で一番大切な人です。その人を傷つけて裏切った罪を、私は一生涯背負っていきます」

糸魚川は力尽きたようにガックリと肩を落とした。

「……バカな女だ」

「ええ、本当に。先生のような極悪人を好きになるなんて」

糸魚川はゆっくりと、うなだれていた頭をもたげた。十希子はその顔に微笑みかけた。

「これから、どうするつもりだ？」

「まずは両親と、それから千代菊の女将さんと満さんのご供養をして差し上げようと思います。あのお二人も、身寄りがないようなので」

「それから？」

「もう一度、教師を目指します」

糸魚川が小さく頷いた。

「白樺学園に戻ることは無理かも知れません。いえ、学校教育の現場に立つことも、出来ないかも知れません。でも、園長先生の仰った『様々な経験をして人間的に大きくなった者が良い教師になれる』というお言葉は、いつも胸にあります。だから、どんな形でも、若い人に、特に若い女性が生きる手伝いをしたいと思うんです」

十希子は糸魚川の目を覗き込んだ。

「どう思われます？」

「賛成だ。十希子に相応しいと思うよ」

「良かった」

十希子は晴れやかに笑い、ガラスに顔を近づけた。そのまま目を閉じて、ガラスに唇を押し当てた。目をつぶったままでも、糸魚川の唇がガラス越しに重なっていることを感じていた。

だが、十希子が糸魚川に会ったのはその日が最後だった。

一週間後、糸魚川は拘置所内で自殺した。手首の動脈を嚙み切っての、壮絶な死に様だった。

弁護士から連絡を受けたとき、十希子はまず「ご遺体はどうなるのですか？」と尋ねた。

「私に引き取らせていただけますか？」

弁護士は、多分大丈夫だと思う、と答えた。

「実は、糸魚川さんは亡くなる直前に、遺言状を作成されていました。これはもちろん、法的に認められた正式なものです。そこで、遺言執行人には篠田十希子さんを指名されていますので、一度事務所にご足労願えませんか？」

弁護士の預かっていた糸魚川の遺言状は極めて簡潔だった。

能勢を始め、元の従業員数名の退職金を除く動産・不動産など一切の財産を、篠田十希子に贈与する、とあった。それ以外は何一つ書いていない。

だが、十希子は行間から滲む糸魚川の言葉を聞き取っていた。

罪状を考えれば、糸魚川は死刑を免れない。もし結婚したら、十希子は死刑囚の妻になってしまう。そんなことは絶対にさせられない。だから……。

十希子は泣かなかった。泣くのは糸魚川の心に背くことだった。

私は自分を祝福するべきなのだ。心から愛した人から、命がけで愛されたのだから。

この世に私ほど幸せな女はいない。その幸せに感謝して、生きていくのだ。

「先生、ありがとうございました」

十希子は遺言状を前にして、目を閉じて手を合わせた。

解　説

細谷正充

山口恵以子の名を見て、あなたは何を思い出すだろう。文庫書き下ろしのシリーズという読者が多いはずだ。なにしろ、「食堂のおばちゃん」「婚活食堂」「ゆうれい居酒屋」と、三つも人気シリーズがあるのだから。

しかし一方で作者は、多彩な作品を発表。その中に、昭和史を背景にして、女性の生き方を描いた長篇がある。第二十回松本清張賞を受賞した『月下上海』や、『あしたの朝子』（現『工場のおばちゃん　あしたの朝子』）、『早春賦』（現『愛よりもなほ』）、そして二〇一九年三月に徳間書店から、書き下ろしで刊行された本書『夜の塩』だ。

物語の主な舞台は、昭和三十年から翌三十一年にかけての東京である。キリスト教系女子学校「白樺学園」で英語教師をしている篠田十希子は、同僚の相葉寿人との結婚が決まり、初めてを捧げた。父親が南方で戦死し、母親とのふたり暮らしは、けして楽なものではなかった。とはいえ、この時代の女性としては、恵まれている方だろう。それは母親の保子のお蔭だ。さまざまな仕事をしていた保子だが、高級料亭『千代菊』のひとり娘で、かつての同級生の菊端なみ江と再会したことが縁になり、今は『千代菊』の仲居をしている。

しかし幸せな日常は、唐突に終わる。伊豆の修善寺にある旅館で、保子が男と心中したのだ。相手は、三晃物産の資金課長で、現社長の女婿（じょせい）の前岡孝治。三晃物産が架空取引で、東京地検に摘発されていたこともあり、マスコミ報道は過熱。ゴロツキ記者の津島六郎たちが付きまとう。そして十希子の結婚は破談になり、教師も辞めることになる。母親が心中するはずがないと確信する彼女は、汚名を晴らすことを決意。真実を求めて、『千代菊』の仲居になるのだった。

保子が男と心中したかのような状況で発見される。ここを読んですぐに想起したのが、松本清張の『点と線』である。そちらは、汚職捜査の進む××省の課長補佐と、赤坂の割烹料亭の女中が、九州の香椎潟で心中したかのように死んでいるのだ。『眼の壁』と一緒に、いわゆる社会派推理小説ブームを巻き起こした作品を意識しながら、母親の死の真相を追う十希子の行動を活写したところに、本作の面白さがある。

しかも作者は、アメリカの南部文学にインスパイアされて、ヒロインのキャラクターを創造したようだ。具体的にいうと、マーガレット・ミッチェルの『風と共に去りぬ』のスカーレット・オハラである。寿人とフィッツジェラルドの話をしながら、南部作家のフォークナーの方が好きだと思う十希子は、白樺学園の授業で南部を舞台にした『風と共に去りぬ』を使う。これだけで、彼女の性格が見えてくる。

南部文学の特色は一言でいえるほど簡単ではないが、独自の風土と歴史に根差した〝力強さ〟を、私は感じる。スカーレット・オハラが、何度、絶望に打ちのめされても立ち上がり、明日へと向かう姿には、いかにも南部文学のヒロインらしい力強さがあった。

それとよく似た性格を、十希子も持っている。今までの人生から無条件に母親を信じ（ちなみに著者は、超マザコンである）、敵地となりかねない『千代菊』の仲居となる。真相を探るためには、大胆な行動にも出るし、他人を利用することもある。希望に溢れた未来を夢見ていたインテリ女性は、目的のためには自分が汚れることも厭わない、したたかな女性になるのである。

ただし彼女の場合は変化というより、本質が表れたというべきだろう。もともと心の芯に強さがあり、それが平凡な日常が崩れたことで、露わになったのである。この点に関連して、二〇二二年四月に内外出版社から刊行された『猿と猿回し』に注目したい。作者と、文庫書き下ろし時代小説「本所おけら長屋」シリーズの畠山健二が、

同じお題のエッセイを並べた、愉快な企画本である。この中の「先輩方に意見したい」で作者は、

「私は生まれてから六十年、ずっと母のそばで一緒に暮らし、壮年期から最晩年に至るまでの母の姿をつぶさに見てきた。その結果、しみじみ思った。人間、最後は性格だけが残ると。

老いるに従い、容姿の美しさも身体能力も知的能力も、どんどん失われてゆく。しかし、持って生まれた性格（性根）だけは残る」

といっているのだ。露わになった、持って生まれた性格で、目的に邁進する。社会派推理小説らしい事件に、スカーレット・オハラ的な性格のヒロインを立ち向かわせることにより、独自のエンターテインメント世界を創り上げたのだ。

さらに、十希子を取り巻く男性たちも見逃せない。結婚が破談になった相葉寿人。ゴロツキ記者だと思ったら、なかなか骨のある津島六郎。菊端なみ江の息子の満。東京地検の紺野直樹。『千代菊』の常連のブローカー・糸魚川修三。性格も立場も違う男たちと、十希子の人生が絡まる。実はモテモテのヒロインが誰を選ぶのか。あまり

詳しくは書けないが、彼女の選択と、その先にある衝撃の展開から目を離せない。そして絶望に打ちのめされても立ち上がる、十希子の姿に魅了されてしまうのである。恋愛小説として見ても、本書は一級品なのだ。

その他、意外な流れで明らかにされる心中事件の真相や、花柳界と『千代菊』の人間模様、ちょこちょこ出てくる美味しそうな料理、的確に書き込まれた昭和三十年代初頭の空気など、読みどころは多い。こういう優れた話を書いてくれる作者だから、文庫書き下ろしシリーズ以外の、単発作品にも手を伸ばさずにはいられないのだ。

二〇二二年七月

この作品は2019年3月徳間書店より刊行されました。
なお、本作品はフィクションであり実在の個人・団体などとは一切関係がありません。

徳間文庫

夜の塩

2022年8月15日 初刷
2024年1月31日 3刷

著者 山口恵以子
発行者 小宮英行
発行所 株式会社徳間書店
東京都品川区上大崎三−一−一 目黒セントラルスクエア 〒141−8202
電話 編集〇三(五四〇三)四三四九 販売〇四九(二九三)五五二一
振替 〇〇一四〇−〇−四四三九二
印刷 大日本印刷株式会社
製本

ISBN978-4-19-894768-2 (乱丁、落丁本はお取りかえいたします)

徳間文庫の好評既刊

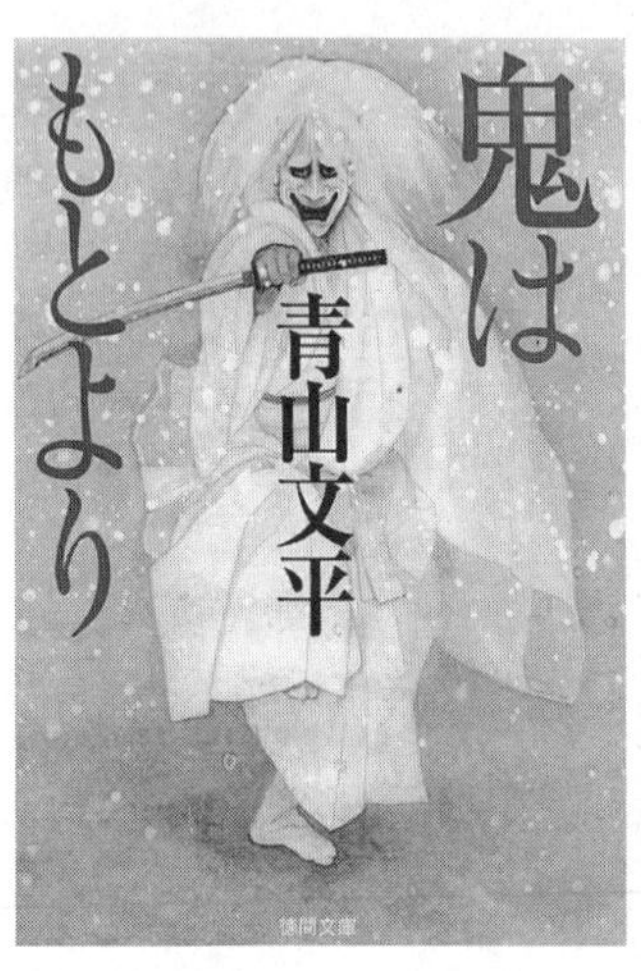

青山文平
鬼はもとより

どの藩の経済も傾いてきた宝暦(ほうりゃく)八年、奥脇抄一郎(おくわきしょういちろう)は江戸で表向きは万年青(おもと)売りの浪人、実は藩札の万(よろず)指南である。戦のないこの時代、最大の敵は貧しさ。飢饉(ききん)になると人が死ぬ。各藩の問題解決に手を貸し、経験を積み重ねるうちに、藩札で藩経済そのものを立て直す仕法を模索し始めた。その矢先、ある最貧小藩から依頼が舞い込む。三年で赤貧の藩再生は可能か？　家老と共に命を懸けて闘う。